娑萨朗

VIII

永恒的家园

雪漠 著

作家出版社

娑萨朗，娑萨朗，我生命的娑萨朗。

——作者题记

目 录

第八十二乐章

善恶力量又一次齐聚阴阳城。真心的女子等来了郎君，满了团圆的心愿。可也有人不请自来。以造化秩序的警察自居的白发老头儿，不知他要下的是哪盘棋？

第 213 曲　团圆

欢喜郎亲率大军出征阴阳城，
其阵势既像腾起的黑云，又像突然
爆发的沙尘暴，遮天蔽日鬼怕神惊。

正如巫师所料，欢喜郎刚一动身
胜乐郎便得知了他们的行踪。
只因上次给欢喜郎授权时，
在他的心轮上安了种子字。
遂有光道与娑萨朗相通，
欢喜郎的讯息能即时传送，
更能防止他被邪魔外道所害。
这殊胜的光道来自殊胜的传承，
这传承就是行者的生命。
就像一个灯泡，
进入供电系统才会发光。
行者须找到具德的善知识，
为自己接通那心灯的电流。
所以每一个欲求解脱的行者啊，
用你虔诚的心祈请吧，
只要信心足够，就一定能够相应。

再说胜乐郎得知了欢喜郎的动向，
知道魔王已借尸还魂。

他们双方已打起了明牌，
因为彼此都知道对方的行动，
就看谁能快马加鞭先下手为强，
比对方更早占领那阵地。
只要占领了阴阳城并能固守，
便可凝聚法界的因缘。
都明白此战将决定天下大势，
法界的善恶势力皆汇聚于此。

因此他打起十二万分的精神，
团结一切可以团结的力量。
除了召唤诸多的成就师相助，
他还联络了威德郎增援阴阳城。
虽然他一向不愿介入政治争端，
但此一时彼一时再不能固守原则，
那人间的战斗还需要人来解决，
为了正义的生死存亡，
他只好放弃自己的原则联手抗恶。

那巫师也知道胜乐郎的行踪，
因奶格玛在法界有无比的威德，
诸多的天龙护法和善神皆听其号令，
他知道这一战会异常惨烈，
是你死我活的一场恶战。
无论胜者为谁，那失败的一方
都将会彻底丧失自己的势能。
于是，他召集了全部的魔子魔孙，
如黄沙一般卷向阴阳城。

威德郎收到胜乐郎的檄文，
心中顿时豪情万丈壮志凌云。
他发誓要借此良机剿灭欢喜军。
胜乐大德有强大的号召力，
与他结盟，无疑是背靠大树。
他多年的渴望，就是与胜乐郎
成为同一个战壕里的战友，
如今他的梦想得以实现，
他心中的喜悦像欢跳的马驹。

只见胜乐郎和拥护他的善神力量，
以及那魔王和魔子魔孙们，
还有两国的人员兵马，
都浩浩荡荡朝阴阳城进发。
那阴阳城本是弹丸之地，
当所有的善恶力量都汇聚于此，
它的天空便布满乌云似山雨欲来。
无数的暗能量也在涌动，
掀起巨大的诡谲云波使人恐慌。
显然，无论这一战谁胜谁负，
城中的百姓都将遭到涂炭。

阴阳城的空气显得无比压抑，
很多修行人已随百姓外逃。
他们只想躲避这场祸乱，
不想给正义的一方加瓦添砖。
在他们无明愚痴的字典里，

并不知那覆巢之下难有完卵。

好在阴阳城与娑萨朗只一河之隔，
胜乐郎很快就到达了目的地。
此时的世界已是漆黑一片，
月亮和星星正等着为他们接风。
因为临行前放出了信鸽传讯，
华曼和武乙已在约好地点等候。
胜乐郎打算先与他们会合，
再一起商议那应对策略。

华曼自从上一次诛法受伤，
就一直住在阴阳城调养身体，
已有三两年未见胜乐郎，
相见之下便泪眼盈眶，
整颗心儿都被狠撞了一下，
有无穷的话儿涌出了心窝。
它们欢呼着跳跃着，
化为一曲动情的歌——

"我的郎君啊，看你那消瘦的脸庞，
还有那挂满了风霜的两鬓。
上面写满你的操劳奔波，
写满你为众生福祉经历的风刀霜剑。
那岁月的刀剑也太过无情，
我只是稍稍眨了眨眼睛，
它便在你的额头刻满了皱纹。
我的心里好个疼痛啊，

那皱纹是我心头的针。
我日日夜夜向本尊祈祷，
祈祷你的平安与大愿有成。
我才不管那些天下大事啊，
那都是男人们打打杀杀的游戏。
经历了太多的生死我早已看腻了，
我的眼里永远只有我的夫君，
你是我唯一的灵魂依怙。

"我的胜乐郎，我心上的人！
这分离的时光其实从未分离，
身虽不在一处心始终一体。
为了众生的福祉，
我在这里虔诚祈祷，
你在那里披荆斩棘；
我在这里挥洒甘露，
你在那里拔丁抽楔。
岁月的刀剑虽然无情，
可在你没有止境的爱里，
我不会老去！
我虽不再说我爱你，
但我的眼神透露着我的秘密；
我更不曾说想你，
但你时时会出现在我的梦里。

"此刻你累了吗？
累了就在我的怀里安睡吧，
我就在这里。

此刻你是舟楫，

而我是海岸，你一个人的海岸。

让我为你拭去满身的疲惫，

让我为你涤荡周身的困乏。

我知道你心中的火焰仍在升腾，

因众生的苦难尚未被除清。

那就让我们并肩战斗吧，

不需要那些卿卿我我的小情爱，

直接投入那拯救众生的信仰。

"我已经不再是当初的那个索爱的女子，

岁月教会了我等待也教会了我爱，

还教会了我要坚守内心的神，

教会了我如何磨砺心性。

既然我选择了你做我的男人，

我就必须接受这孤独的守候。

这盛宴一般的孤独啊，它是我命运的交响乐。

我要继续用它奏出绝世的曲目，

让自己成为一个与你携手并进的女人。

我依然把你私藏在心里，

你是我的骄傲，也是我的榜样；

你是我的男人，也是我的灵魂。

只要心中有你的名字烫下的烙印，

就算是再寒冷的岁月也如同阳光在抚摸。

它用那轻柔至极的声音在一声声呼唤——

来吧，来吧，让我们融入那光明。"

等华曼唱完这歌谣之后，

胜乐郎感到了温暖和沧桑。
他也从华曼脸上看到老去的痕迹，
他知道她的等候望眼欲穿。
多少个日日夜夜的担忧和牵挂啊，
每一次牵挂都变成了一条皱纹。
于是他感到痛彻心扉，
泪水也不觉间湿润了眼眶。
他轻轻地执了华曼的双手，
抚摸着因操劳而磨出的茧子，
它们是华曼在生活里淬炼的痕迹。
他多想一粒粒地软化那茧子，
恢复那双纤手曾经的细腻和青春，
但他只能静静地望着她。
他的眼中满含柔情，
任凭两人炽热的目光融为一体。
在这份你知我知天知地知的相融里，
无数言语化作极致的温情，
在那温情里他们的灵魂也相融为一。
化为天，化为地，化为山川树木，
化为江河湖泊……

他依然能感受到她心中活泼的浪漫，
那茧子那皱纹并不曾带给她些许妇人气，
她的心依然充满了新鲜的生机，
她还是对一切充满了热情。
他轻抚着她的脸庞，那俊秀的眉眼，
多了许多淡然和坚定的气韵，
可那娇俏的唇，仍藏着她年轻时的调皮。

他曾在心中为她许下诸多的浪漫，
也曾想象过一琴一瑟隐居山水间，
或是一剑一马执手悠游苍茫大漠，
然而，他是胜乐郎呵！
他注定是为了众生而活，
那诸多的浪漫，便融入了更广阔的情怀。

那四个武士也终于相聚在一起，
久别后的重逢自有一种亲热。
他们拍着彼此的肩膀开些亲昵的玩笑，
嘻嘻嘻哈哈哈好生温馨。
只是眼下的局势紧张，
没时间享受团圆的喜悦，
他们玩闹了没有一会儿，
马上就严肃起心态部署城防。
华曼带人给大家烧水煮饭，
忙碌的间隙她总爱默默注视胜乐郎。
那高大的身影已有些佝偻，
不再是当初那个朝气蓬勃的青年。
华曼在心疼夫君的同时，
也涌出许多人生的感叹——
"你年轻时的样子总不由自主地浮现，
再看此时的人儿已老去了容颜。
那岁月啊总像个高明的小偷，
才一眨眼就偷走美好的青春。
但老就老去吧，哪有不老的人呢？
毕竟是活老的，又不是被偷老的。
尽管你我都已经老去了平凡的肉体，

皱纹和白发写满了岁月的磨炼，
但所有沧桑都是我们浪漫的见证，
我愿生生世世地奉献那灵魂。
我的爱啊，你可知道，
我已经分不出那是信仰之光，还是爱情之火，
在我的心里它们早已无二无别。
我只有在默默看着你的身影的时候，
才感觉到我还在这个世界上活着。
就让我所有的生命都化作你驱寒的柴草吧，
也为你遮风挡雨洗去一路的风尘。
别看我是一个弱不禁风的女子，
但在灵魂的世界里我能撑起一片天空……"

抛却华曼的多愁善感不谈，
也不说胜乐郎正带领着众人部署防御，
却说欢喜军正朝阴阳城里进发，
又迎来了另一桩殊胜的因缘。
那退隐山林的老术士再次出山，
主动申请辅佐欢喜郎一统江山。
只见他目光刚毅神态凛然，
一副老骥伏枥志在千里的模样。
当初老术士离开，欢喜郎本来就不情愿，
此番他能自愿回来相助，
欢喜郎当然求之不得。
它将是此战极好的缘起，
也能解除欢喜郎的心头大患。
因为他虽然不抗拒与巫师的合作，
但巫师之恶之毒之神通广大，

自己却是早有领教，
自己虽十分忌惮他，却对他束手无策，
如今有老术士来到身边相助，
既可以帮他消灭敌国，
又能帮助他钳制巫师，
这是一举两得的好事。于是，
他愉快地接受了老术士的效忠。

巫师看到这一幕不发一言，
他只是阴阴地盯着老头，
时不时抛出一两句隐语：
"别以为自己就是老大，你的把戏
可以瞒过欢喜郎的凡胎肉眼，
却躲不过我魔王的火眼金睛。"
只见他一下子精进了许多，
时不时就躲在那帐篷里念经。

原来巫师一直在利用自己的神通，
进入法界调查老术士的底细，
那真相着实令他诧异：
这老术士并非真的老术士，
而是消失已久的造化仙人。
他发现对方的修为不在自己之下，
遂产生了前所未有的警觉。
这一日欢喜军行进到了夜晚，
选择了一块空阔地带安营扎寨。
于是，巫师迫不及待地面见欢喜郎，
将"老术士"的真实身份告知，

要他把造化仙人清除出军，
那老头儿假扮老术士分明犯了欺君之罪，
要按照欢喜国的法律严惩。

欢喜郎听后也是惊愕万分，
他转向老术士问道："国师所言，可是真相？"
老术士却泰然自若一脸平静，
一个转身，便恢复了真身。
只见他白须白发一身道貌，
再看那挤眉弄眼的神态，却又分明是个顽童。
他说："好个神通广大的巫师，
竟能识破老夫的精心易容，
看来你黑暗法力提升真实不虚。"
随后他又转向欢喜郎一脸肃穆，
拱手一拜说道：
"请大王体谅老夫。
老夫之前受密集逆子的连累，
被大王削去官职遣往蛮荒之地。
本是没脸再来面见大王，
可如今老夫在法界观到了造化动向，
知道欢喜国有极大的变故，
心中担忧国事便想前来相助，
又想到身份问题所以只好伪装。
想不到大王身边有如此能人，
竟能窥破我造化仙人之真容。
望大王体谅我一片诚心，
能不计前嫌起用老夫。"

这番话说得在情在理，
而且情真意切颇让人感动。
欢喜郎当然清楚造化仙人的能为，
之前他们曾合作建立起黑城堡，
虽然黑城堡后来被幻化郎送走，
但他仍然叹服老仙人通天达地的本领。
老仙人能窥破宇宙造化玄机，
还能借用未来之力，
若是有老仙人相助，
捏碎那威德郎就如捏碎一个泥球。
只是欢喜郎虽明白这一点，
却不想表现出过分的惊喜。
毕竟是他欺君之罪在先，
他儿子也在为敌人效力。
因此他只示现冷峻的神色，
此外并没有多余的言语。

第 214 曲　造化仙人的苦心

再说那造化仙人，此番前来
并非只为打仗，更重要的是，
他在造化的棋局里看到了另一种可能。
身为宇宙警察，他的命魂
本身就是宇宙造化的载体。
虽然他非善非恶非正非邪，
但他代表造化的运行规律，
谁顺应造化大势，他就会助谁。
当巫师掀起暗能量想要席卷法界时，
他当然不会袖手旁观坐视不管。因为
任何一种力量的突然崛起都会打乱造化，
为了让天地的运行正常平衡，
他必须出面遏制黑暗势力。

但那拨乱反正谈何容易，
虽然他神通广大逢战必胜，
有着不可一世的通天能为，
但奈何巫师能盗取造化之功。
就像那天网号称疏而不漏，
却让参破天机者成为漏网之鱼。
他也用法界能量诛杀过巫师，
却被巫师改动程序逃之夭夭。
为此，造化仙人绞尽了脑汁，

才发现那造化棋局的关键性棋子——
只要欢喜郎能驶入正常轨道，
依附他的邪恶就无法逞凶。

当他来到欢喜郎的身边时，
却发现局面远比他想象的糟糕。
那曾经拔山举鼎的娑萨朗力士
不但忘了自己涉入红尘的初心，
更沉溺于被巫师煽起的欲望里，
已经完全背离了大道。
他杀伐过重缺少悲心，
追名逐利欲望熏天，
那过重的杀业染污了德行，
导致天下大乱民不聊生。
仙人知道，这一切都是巫师
精心筹划的结果。他不断在欢喜郎的身边
煽阴风点暗火，持诵着增加恶能的咒语，
鼓荡出欢喜郎疯狂的欲望，
让他像发情的公狗般扑向战争。

因此造化仙人只好随顺时势，
将自己乔装打扮，精心易容为
威德国老术士前来投奔。
他试图说服欢喜郎远离邪恶巫师，
却不想被对手窥破了真容。
造化仙人苦笑一声——
窥破了也好，也不用再费尽心机
掩盖自己此行的目的。

于是，他决定好好陪那巫师
下一局正大光明轰轰烈烈的敞亮棋。

这一日，他向欢喜郎提出了抗议，
说大王不该重用巫师，并慷慨激昂地
陈述了巫师的滔天罪行。
在说到欢喜郎被困魔阵时，
他更是义愤填膺疾恶如仇。
他想重申这些血淋淋的罪恶历史，
让欢喜郎认清巫师的真面目。

仙人虽然在修行上登峰造极，
却有一个很大的缺陷，就是
在世间法上的情商不高，
他率性耿直不通人情世故，
就像那头脑简单的孩子。
说话时，他总是电线杆子穿胡同；
做事时，也总是该出手时就出手。
即使是面对唯我独尊的国王，
他也直言不讳从不避嫌。
只因师父当年的教言早渗入他的骨髓——
修行的利器不需要聪明，
有了小聪明就会远离智慧，
修行的大敌是世故机心，
远离机心才能融入光明。

造化仙人也知道欢喜郎的用意，
知道他左右平衡的政治机心，

但还是不计后果直言相谏。

他苦口婆心费尽心思，

一次次拿他正义的剑，

去刺国王结痂的伤口。

欢喜郎直气得满口钢牙打架，

用愤怒的眼神一次次警告，

可造化仙人却视而不见，

仍喋喋不休没完没了，

还总是哪壶不开提哪壶：

"那巫师不是在帮您一统天下，

他是想毁灭世界壮大自己！

他是邪恶的！大王，他是真正的魔鬼！

是魔鬼，才会行凶人间；

是魔鬼，才会大奸极恶；

是魔鬼，才会恣睢无忌；

是魔鬼，才会多行不义；

是魔鬼，才会杀人无数吸命能；

是魔鬼，才会挑起事端想打仗；

是魔鬼，才会制造魔阵囚禁您；

是魔鬼，才会……"

瞧，这个不识抬举的老头，

坚持不懈地正义控诉，

成功地惹得国王恼羞成怒。

欢喜郎冷哼一声疾言厉色：

"仙人请尽好自己的本分，

你与巫师一样，只是臣子，

是臣子就要学会尊重本王，

别不识轻重乱喷唾星！"
说罢他一甩袖子使气而去，
留下老仙人自己呆杵在原地。
老仙人见状有些无地自容，
他的胡子在抖，手臂也在抖——
自己一片赤心，为了欢喜国的将来，
不顾年迈也不顾个人安危，
千里迢迢地来到都城，
想不到却是这般待遇。
在这黑白不分的江湖，
自己左边耻辱右边委屈，
还不如躲在那深山里乐得逍遥。

其实造化仙人通过他心通，
知道自己挑战了国王的尊严。
他对那巫师的一声声控诉，
都像在控诉国王本身——
欢喜国王自作自受认敌为友，
昏庸无能用人失当，
才让那邪恶之徒钻了空子。
所以，他越是提及那黑暗魔阵，
就越是在唤醒欢喜郎恐怖的记忆。
那是他英雄的一生中
又一份不堪回首的耻辱，
每一次提及，都会生生地撕裂那伤口，
仿佛那恐怖的黑影还会吞噬自己。
他又是疼痛又是恐惧又是耻辱，
灵魂被搅得不得安宁。

他感到一股无名怒火从心底燃起，
像休眠的火山突然汹涌澎湃。

欢喜郎出了帐篷也心生悔意。
那仙人毕竟神通广大，
又主动来效力于他，
而自己身为一代明君，
却如此待见一个正义的老臣，可见
那魔阵给自己带来了怎样的伤害。
对于巫师，他当然清楚他的邪恶，
自己不仅领教了他的邪恶，
还见识了他的歹毒，更有那
居心叵测的政治野心令他胆战心惊。
可那时，惨遭胁迫的他无路可走，
想要实现一统，也需要巫师相助。

好在老天相助，现在给他送来了
造化仙人去制约巫师，
他欢喜郎怎能顾此失彼？
他既不能失去仙人的辅佐，
更不会偏听仙人的建议罢免巫师。
他要团结一切可以团结的力量，
为他的梦想冲锋护航。

再说造化仙人走出帐篷，
却偏偏冤家路窄遇到巫师。
原来巫师从欢喜郎的脑波中得知，
造化仙人正在背后踢飞脚，

便径直赶了来想予以回击。
造化仙人一向看不起邪法，
巫师却有盗造化之能。
两人功力相若各有千秋，
代表着两种不同的能量。
造化仙人以阳气为重，
巫师却以阴性为能。
这两个冤家谁也不服谁，
都怨恨对方坏自己大事。

巫师见到了造化仙人，
知道他刚受了窝囊气。
他心中像吃了蜂蜜一样，
叫一声："老仙人真是忧国忧民，
可惜你的伟大情操用错了地方。
你不见欢喜王对我的器重，
简直是一人之下万人之上。
我劝你还是回到深山老林，
好好地修身养性别生火气。"
说完他哈哈大笑扬长而去。
他明白欢喜郎需要他的巫术，
绝不会听信仙人废黜自己。
于是他改变了主意不再反击，
让顽固的老头子去自取其辱，
看着他吹胡子瞪眼的样子好个有趣。

再说巫师虽忌惮造化仙人，
但他已掌控了欢喜国的军队。

他研发了一种叫黄煞阵的阵法，
可以调动有缘的凶神恶煞，
还可以连通人心与魔国的能量，
让众将士作战时如邪魔附体。
只要魔阵一成就能奠定大势，
满天的神佛也敌不过黑暗大能。
只是疯狂嗜血的战术有极大后患，
用恶能量去冲击人类的命魂，
会让所有参与者最终五内俱焚。
只是这恶果只有巫师知道，
只要能壮大自己的势力，
他不会在乎愚蠢低贱的人类。

第八十三乐章

两个老头又互相开骂了，这真是个好机会。毕竟，恐怖的黄煞阵的破阵密码在那老头手中呢！机灵如幻化郎，能说服那耿直的老头吗？

第 215 曲　战前

放下巫师和造化仙人的争斗不谈，
再说胜乐郎在阴阳城中的部署防御。
因欢喜郎的心光和胜乐郎相通，
他的一举一动胜乐郎都能即时知悉。
胜乐郎知道巫师在启用黄煞阵，
若是布阵成功黑暗势能就会成倍增长。
别说人类的士兵会被众多的凶神砍瓜切菜，
就连法界中的善神也会被邪阵吞噬。
因此，他除了部署阴阳城的防御措施，
也想挤出时间去破坏邪阵。

在这非常时期，胜乐郎真有些分身乏术，
诸多事务大山般压在肩头，
他原本就清瘦的身影更加单薄。
来到阴阳城还没几天，他就完全变了样：
眼睛是红的，眼神是憔悴的，
头发是乱的，胡须是芜杂的，
那背影也显得疲惫不堪，
但他仍然依托他强大的愿力
在支撑着那鞍马劳顿的身子。
华曼看着好个心疼，
时时给他炖一些鸡汤，
常陪在他的身边打理事务，

用爱的力量去协助胜乐夫君。

正在他忙得不可开交的时候，
幻化郎和寂天带领人马也赶到了。
这雪中送炭的增援真是让人感动，
更使胜乐郎能腾出手来去做更重要的事。
于是他通过欢喜郎的心光扫描诸种讯息，
扫描结果出乎所有人意料——
那黄煞阵的阵眼不是真金也不是白银，
而是一个体质极其阴寒的小兵。
他就像连接魔界与人间的超导体，
一旦阵法运行，他便是所有能量的通道。
因此，控制了此人，就扼住了黄煞阵的咽喉，
继而让魔阵陷入瘫痪。
胜乐郎为此做好了极端的打算，
必要时甚至会采用那杀度手段。
此事已迫在眉睫刻不容缓，
在这十万火急的紧要关头，
胜乐郎只草草安顿一下，
便直接收拾好法物，
找来幻化郎带了流浪汉，
与他们一同赶往欢喜军营。

这些年，经历了九死一生的诸种惊险，
幻化郎积累了丰富的经验，
最终都圆满地完成了任务。
流浪汉已经人石合一，
拥有无边无际的大能。

有了他们二人的协助，
此行定然能旗开得胜。

幻化郎和流浪汉接受了任务，
也是满脸的严肃不敢掉以轻心。
都知道此行的意义重大，
事关法界正义的存亡死生。
很快他们便备好器物，
要赶在午时三刻起程。
临行前，寂天特意来送行，
他打开了一坛纯酿美酒，
盛满三大碗，致敬三位英雄：
"万千豪情，尽在寸寸杯盏；
英雄出征，捷报个个频传。"
说毕，便仰起头将杯中酒一饮而尽，
白须白发里显出慷慨的豪气。
胜乐郎心中也涌出了激情，
一碗酒入肚后热血沸腾。
那浑身的血气像涌动的岩浆，
此行誓要为众生开万世太平。
寂天见状忍不住连连赞叹：
"长江后浪推前浪，
奶格玛传承后继有人。
那四武士忙于筹备抵御之策，
无法亲送师父挂帅出征，
特意托老夫代为相送。他们说，
这一生能追随胜乐大德死而无憾。
还说请师尊和大德们放心，

他们会在阴阳城里竭尽所能，
确保这重镇万无一失。
他们宁愿肝脑涂地马革裹尸，
也不会让巫师的阴谋得逞。"

胜乐郎闻听此言十分欣慰，
因为常年跟随自己做事，
积累了无量的功德和资粮，
四个徒弟成长得越来越快。
他们必将成长为大德，
让奶格玛的智慧法脉开枝散叶。

华曼也依依不舍，
她的双眼溢满了泪水。
刚刚团聚片刻又要离别，
她的心被揉成了碎片。
多想跟着夫君一起出生入死，
与他并肩战斗永不分离啊，
可恨自己是女儿之身。
但女儿身就女儿身吧，
有了女儿身才有那绚烂的爱情。
无论有多大的艰难险阻，
她都会守着这份爱情。

那女子已无须再多说话语，
她只是诵着古老的吉祥经，
她的眼中满含了深情。
吉祥经代表自己的深爱，

也是一种吉祥的缘起。
夫君是世上最伟大的男人，
他的心中装满了众生苦难，
已无法再装下个人的家庭。
但他的心中定然有爱情，
那是由华曼的真爱织成。
离别的话儿早融在了眼神里，
美好的祝愿也不用再表达，
那牵肠挂肚都放在心里，
让昼思夜想的守候走入生命。
再把这一切化成歌声吧，
从亘古的梵音里流淌出深爱，
像柔软的围巾绕上他的脖子，
为他挡去征程路上的寒冷。
只是歌声为何充满哽咽，
只是目光为何充满不舍。
那伸出的双手又默默缩了回去，
对他说不必再为她担忧。
"知道吗，我的胜乐夫君啊，
我恨不得把自己变成那歌声，
陪着你走入那漫漫黄沙。"

胜乐郎听得懂华曼的心意，
他的心里也盈满了深爱。
在目光交会中他们已融入彼此，
所有的言语都成了多余。
那就扭头踏上那艰辛之路吧，
带上太多的深爱和慈悲。

在吉祥的歌声中离开阴阳城，
留下那孤独而坚定的背影。

于是三人告别了亲朋好友，
风驰电掣般前往欢喜军营。
只因时间已非常紧迫，
魔阵的运行已接近尾声，
那欢喜大军也日日逼近，
必须赶在开战前破坏黄煞阵，
否则一旦交战后果不堪设想。

他们马不停蹄跑到黄昏时分，
便露宿林中谈论形势。他们都知道
目前危机四伏命悬一线，
来不得半点含糊和大意。
谁都明白欢喜郎势大，
若任其发展定要荼毒生灵。
更有那巫师的死后复生，
成为法界魔王的肉身载体。
眼前的局面实在危机重重，
不能盲目乐观大意轻敌。
胜乐郎和幻化郎仔细推敲计划，
他们不想有任何的疏漏。

这时幻化郎忽然听见了响动，
他立刻扑灭了篝火前去探察。
他的身影像灵敏的野猫，
也像迅捷的猎豹般势大力沉。

其实那响动还在十里开外，
但幻化郎的神经却异常灵敏。
这是无数次大战练就的技能，
如丛林中的猛兽一样警觉。

说话间幻化郎完成了探视，
十多里之遥已打了个来回。
原来他分出了幻身回来报信，
说发现一小队欢喜军巡逻兵。
正好一军人林中解急落伍，
幻化郎便将他活捉捆绑，
并已幻化为他的样貌，
继续跟随巡逻队前行。

胜乐郎二人跟上幻身前去会合，
然而他心中却一直在思索另一件事——
那幻身本是由微细风心所构成，
不能为寻常人的肉眼所见，
为何这次的幻身却与真人无异，
寻常的肉眼也可看见？

流浪汉却对幻身毫不上心，
他只想在大德的指引下老实做人。
他的修行超越了名相和概念，
在善知识的指引下已生起净信，
只想沿着那对机法门一门深入，
持之以恒度过漫长的一生。
他不想把自己变成杂货铺子，

也不想一味地追求速度。
他知道修行不是速成班，它是春种秋收；
也知道修行不是结的果，它是结果的过程。
所以真正的行者们啊，
放下一切目的与功利吧，
只要你日复一日年复一年，
只有起点没有终点地走下去，
就会自然而然水到渠成。

再说幻化郎带来了欢喜军俘虏，
胜乐郎却只是扫了一眼。
他迫不及待地拉过师兄的手，
询问师兄幻身咋成了实体。
胜乐郎虽知道俘虏能提供情报，
但在他行者的程序里，
幻身的变异更让他心动，
一如武士看到稀世的神功秘籍，
便会抛开一切事务眼里只有那秘籍。

幻化郎发出了神秘一笑，
对着胜乐郎的耳朵叽咕一番。
原来这得益于他某日的突发奇想。
那一日他突然想到，造化系统
既然可以调动法界的地水火风，
为何不将它与那幻身配合，
再造出一个自己，
让自己能隐显自如化身随行？
于是他安住空性生起妙观，

那风心所成的幻身便如白骨生肉，
在虚空中显出了清晰的影像，
随着四大的聚合渐渐有了实质，
落在地上之时，与常人的肉身已是无异。
他既可见也可触，
他隐显自如能随心所欲。

幻化郎得此成就好个得意，
但他却强抑着心中的喜悦，
默默地坚守着妙法原则。
如今终有机会大展拳脚，
引得胜乐郎赞叹不已。

随后幻化郎开始审讯那俘虏，
拷问其黄煞阵的关窍所在：
到底谁才是黄煞阵的阵眼？
他有着怎样的外貌特征？
然而那俘虏不清楚什么黄煞阵，
他只是一个普通的士兵。
面对幻化郎的恐吓和拷问，
他吓得尿湿了裤子只求能保住小命，
就像竹筒里倒豆子一般，
把知道的信息全部说出。
他说欢喜军提前了行程，
会于十日内抵达阴阳城。
这可是一个重大消息，
因那威德郎的援兵还没有到达，
仅凭阴阳城的力量很难抗衡。

这也说明魔阵快要完成，
巫师有恃无恐才敢大军压境。
胜乐郎立刻写信通知寂天，
要他在阴阳城里部署好城防，
随时准备迎战欢喜国的大军。
同时他写信通知那威德郎，
让他的部队火速增援不得延误。
他放出了这两封飞鸽传书，
继续和同伴连夜赶路。
他们没时间再露宿和休息，
必须赶在欢喜军到达阴阳城前破坏魔阵。

但如何处理俘虏却非常麻烦，
肯定不能杀掉他以绝后患，
因士兵也是活着的生灵，
慈悲心不允许三人杀生害命。
然而要放掉他也不妥当，
万一通报告密会后患无穷。
此时娑萨朗发来了飞鸽传书，
询问幻化郎一些事宜。
幻化郎的脑中突然灵光一闪，
先把俘虏绑在一棵树上，
然后放出了飞鸽传书，
让娑萨朗派人来把俘虏带走。
只见那飞鸽扑棱着翅膀很快便消失，
胜乐郎们也快马加鞭赶起了夜路。
连续几日，他们风餐露宿，
送走星星迎来太阳，

送走太阳又迎来月亮。
他们以匆忙的脚步，托起沉重的身体，
他们沉重的身体里，护持的是
一颗装了无数人命脉的沉重的心……

不知行了多久，
在一处开阔的地方，他们终于发现了
防范严密气势宏大的欢喜郎军队。
只见那里黑压压一片，蚂蚁窝一般，
无数的傀儡在巡视，无数的士兵在放哨，
他们一个个像逮鼠的猫一样高度警惕。
胜乐郎见此状也不免紧张，
那巫师魔阵定然就在此地。
于是他安排幻化郎，先去看看
那滥竽充数的傀儡有什么动向。

幻化郎听到这安排便立即执行，
收起了吊儿郎当的态度小心谨慎。
他时时提醒自己要全力配合胜乐郎，
也时时提醒自己，
要胆大心细要松紧有度。
只见他结上了手印口中念念有词，
随即那幻身眼中的景象
也呈现在了胜乐郎的心中，
胜乐郎遂有了关联那幻身之能。

胜乐郎的光明心与幻身双运，
一路跟随了欢喜军士兵，

已到达军营中休整。

他随即用脑波对幻身进行远程操纵，

控制那幻身在欢喜军营里四处侦察。

他要尽快找到那黄煞阵的阵眼，

为了整个人类甚至法界众生，

他要斩草除根不留余地。

为此他已备好杀度所需的法物，

为了众生安危，他只能采取这霹雳手段。

只见那幻身继续四处侦察，

他们防护得滴水不漏，

抛去巡视的站岗的放哨的，

更有无数的恶灵和魔军。

看到这里胜乐郎捏了一把汗，

幸亏没贸然用真身探入军营。

否则就算能瞒过那看得见的士兵，

也会被魔军和恶灵洞悉了影踪。

于是，他边看边在心中赞叹，

这幻身的优势无与伦比——

肉眼看他，分明是凡胎一个士兵；

灵体看他，却无形无相毫无踪影。

军营里唯一能窥破这幻身的，

想来便是那怪老头造化仙人。

那幻身正搜寻着阵眼的消息，

不觉间来到了欢喜军主帐。

在主帐门口他见到了造化仙人，

仙人想进帐篷去面见欢喜郎，
却被那傀儡侍卫拦阻不能进入。
造化仙人见此状愤怒地说道：
"几个没心没肺的草狗纸人，
也敢来阻拦老夫去进呈大事。
你们的主子正在里面祸害天下，
你们却在这里为虎作伥麻木不仁。
也罢也罢，留着你们也是平添祸害，
这就把你们送入火焰山里烧为灰烬。"

说罢他便念起了咒语。只见他
右手掐成剑诀划动几下，
在左手手心连画三个"雷"字，
然后对着那傀儡鼓足了中气便是一声大喝，
并将左手的能量朝他们迎面打去。
这掌心雷直打得鬼怕神惊天地失色，
只见傀儡们中了这一掌，
顿时成为一张张符纸四散飘飞。
随即，于空中自燃又于空中自灭。

其实凭仙人能为根本不需如此费力，
他只要轻轻弹几下手指便足以搞定傀儡，
只是仙人这掌心雷并不是针对那些纸人，
而是为了敲山震虎引蛇出洞。
果然那巫师闻声后走出了主帐，
看到他精心做出的傀儡灰飞烟灭，
一下子怒发冲冠气急败坏：
"我正在和大王商议政事，

你不要干预那政事的运行，
也不要再耀武扬威自鸣得意。
现在的每一刻都事关大战的胜负，
若是耽误了军务你吃罪不起！"
说罢那巫师摆出高冷的脸色，
俨然像是在训斥一个孩童。

造化仙人看到那巫师的神态，
直直地啐了巫师一脸唾沫：
"你个妖人误国误民为非作歹，
别以为我不知道你打什么算盘，
你无非是想把这世界彻底毁灭，
好壮大你这鸟人在法界的势能。
告诉你趁早别做这种春秋大梦，
只要有我老头子一天不死，
那法界的造化就换不了主人！"

那巫师闻言顿时变了脸色，
他说："你居心叵测妖言惑众，
纵容儿子卖国求荣，更挑起那世界大战，
让咱堂堂欢喜国损失惨重。
都知道密集郎诡计多端卑鄙无耻，
各种下作的伎俩无所不用其极，
都是源于你这造化疯子的基因。
你难道受了儿子的指使，
来造谣生事瓦解军心？"
言语间他一副正义凛然，
看起来比土地还要实诚。

他当然是说给欢喜郎听，
好让欢喜郎对仙人生起疑心。
但造化仙人也不是省油的灯，
他怎能不知道巫师的卑鄙用意。
他也扯着嗓门发出吼声，
列举证据挑明巫师毁灭世界的诡计。
两人你来我往地互相攻击，
在主帐门口对骂得好不热闹。

第 216 曲　赌气

只听帐篷内传来声响，
说两位仙人何必动怒？
话音未落，欢喜郎昂首阔步走出帐门。
只见他一脸威严十分凛然，
端的是一派帝王的气象。
那眼神更是不怒自威，
所有看客顿时心虚地散去。
随后他又望向两位法师，
语气显得无比谦恭：
"两位老者请息怒，
大法师也请暂时回避。
军务之事换个时间再议。
请造化仙人进帐，
本王有要事与阁下商谈。"

原来欢喜郎听到外面的吵闹，
心里怫然不悦觉得有失体统，
堂堂欢喜国高级法师，
居然在国王眼皮底下对骂。
但仙人所言巫师图谋不轨，
让欢喜郎心里直咯噔。
他想起仙人上次就告诫过他，
可那时他被愤怒冲昏了头脑，

连一句谏言都没能入耳。
俗话说兼听则明偏听则暗，
他想在两个高人间平衡博弈，
便将老仙人请入帐篷。

只是巫师听到却变了脸色，
他知道欢喜郎在玩弄着平衡。
他想再施展一下手段恐吓欢喜郎，
却顾忌造化仙人为他撑腰。
那老头代表了宇宙中的造化势能，
在功力上与他平分秋色。
他们一明一暗谁也无法除掉对方，
关键在于欢喜郎更倾向谁的立场。
于是他气呼呼瞪仙人一眼，
才无精打采地进入另一顶帐篷。
然而，巫师进入那帐篷的瞬间，
先四下里警惕地张望了一下，
这细枝末节正好被幻身捕捉，
而那巫师也显然没有发现幻身的存在。

巫师还没有彻证空性光明，
哪怕他是魔王再生有大神通，
也依旧看不到这殊胜的幻身。
于是，胜乐郎当即隐去了可见之身，
安住光明心与幻身双运，
追踪着巫师一道入了帐篷，
却见帐篷里面空无一人。
此处没有其他出口也没有暗道，

而那巫师却凭空消失。
这让胜乐郎感到惊诧，莫非
巫师发现了幻身隐匿了身形？

于是他立刻以光明心控制幻身
退出了帐篷。
再观四周，一切都是老样子——
站岗的，纹丝不动；
巡逻的，仰观俯察；
训练的，雄赳赳气昂昂。
再看那顶帐篷也再普通不过，
并没有发动机关，也没有特殊气息。
胜乐郎由此判断幻身并没被发现。
在确保了幻身的安全后，
他再次启用光明心，
与幻身合一入内去搜寻。
这次他查看得更加仔细，
连一顶毡帽都不放过，
连一片纸屑都不放过。
终于，他发现了巫师的几缕头发。
这让胜乐郎惊喜不已——
有了毛发，就有了巫师信息，
依着那信息，自己可以搜寻整个法界，
任他巫师上天入地，
自己都可以于瞬间找到。

于是胜乐郎调出头发主人的信息，
然后安住于明空观察整个法界。

借助那信息的引导，
他的法眼穿越了层层白雾。
忽然，他的眼前一亮，
那巫师居然出现在另一个时空，
只是那里朦朦胧胧飘忽不定，
让人很难看得清楚。
胜乐郎想凝聚心力仔细查看，
却担心力道一强，会引发巫师的警觉。
他想，巫师定然设置了咒力机关，
如同后世的网络防火墙，视野才会模糊一片。
稳妥起见，他撤回了清净幻身。
他不能贸然行动，免得打草惊蛇。

再说造化仙人跟欢喜郎进了主帐，
然而欢喜郎停在地图前默不作声，
造化仙人也一言不发地站在一旁，
两人的性格在这一刻显露无遗——
欢喜郎要保住王者的尊贵，
免得主动发话引来倔老头训斥；
而造化仙人则余怒未消，
认为欢喜郎纵容巫师祸害人间，
于是抱定主意不主动开口，
要欢喜郎拿出诚意真诚相求。

只见造化仙人放空了心，
跟欢喜郎开始赛呆。
圣者如同那沉默的钟鼎，
你不去撞它它就不发声音。

大事缘起需要主动相求，
拿缘起的钩子在法界里勾取。
这造化仙人虽然也是圣者，
外显却示现了俗见俗肠。
他像孩子一样喜欢赌气，
又像俗子一般渴求尊重。
他与那欢喜郎一样，
宁愿度日如年细数那沙漏的沙，
也不愿先开口使自己陷于被动。
就这样，他们一老一少打着哑谜，
在静默的较量中考验着意志。

那欢喜郎毕竟没有成就，
饶是他武功盖世又有王者气场，
时间一久也会显得烦躁，
更有对巫师的怀疑之心作乱，
终于妄念纷飞败下阵来。
只见他清清嗓子，揉揉眼睛，
再单击疲惫的太阳穴，
然后费力地把视线从地图上移开，
说能否请仙人观观因缘，
预告一下未来的战况。

欢喜郎这一句提问本是深思熟虑，
想用这恰到好处的一问，掩饰
他刚才暗中较量的机心。
他想告诉仙人，自己
一直都在专心致志研究部署，

大敌当前，做国王实属不易。
他多希望这倔老头能顺坡下驴，
给他一个满意的回答解了这尴尬气氛。

然而，欢喜郎还是高估了造化仙人的情商，
这个倔老头、炮筒子、老顽童、无心人，
仍是一副苦瓜脸，并从牙缝中挤出四个字：
必——败——无——疑！
说完又着意地冷哼一声。
其实，他也知道欢喜郎想让他婉转，
但他想用雷霆震怒的方式震醒欢喜郎，
才不屑用世间法的婉转和机心。
欢喜郎一听热血顿时上涌，
大战在即，此言多么晦气！
这分明是在动摇军心！

欢喜郎真想一声令下，将他拖出去五马分尸，
他情不自禁咬紧了牙齿，
发出老鼠啃铁的声音。
造化仙人却依然慷慨激昂，
说出一连串正义的话语。
他说那败因便是那巫师，
任邪法肆虐必会丢失人心。
还说国之重器应是正法，
自古以正治国以奇用兵，
没见哪个国家因邪法成事。
自古顺天者昌，逆天者亡，
造化可师而不可盗取。

那巫师靠邪门歪道惑人，

骗得了一时骗不了一世。

又说治国要靠正大光明，

心正了国才正民风才正，

心邪了国就邪妖气横行。

要知道自古天道以拙朴为上，

妖邪之法难以赢得人心。

欢喜郎现在重用邪恶巫师，

本身就已偏离了大道轨迹。

更有那残暴不仁的黄煞魔阵，

一旦启用就会荼害无量众生。

如此伤阴德的极恶之事必遭天谴，

不信看那自古以来的因果，

昭昭朗朗可曾饶过谁人。

若是欢喜郎仍执迷不悟一意孤行，

这一战便是他的穷途末路。

那仙人用连珠炮一般的重锤敲打，

想震醒那欢喜郎，还天下一个朗朗乾坤。

欢喜郎又一股热血冲上了脑门，

直想下令把这老头拖出去问斩。

但他看到那白胡子白眉毛的老头子，

却脸红脖子粗地吵架像个孩童，

不禁感到有些好笑，

明白仙人也是为国尽忠一片赤诚。

于是他的情绪突然平静下来，

便微笑着对仙人说道：

"仙人所言，我当然明白，

只是这术也能为道护航。
巫师虽有不正之行，
但他能夺造化之功。
有他参与，必能多几分胜算。
权宜之行，该行则行。
老仙人刚才所言极是，
自古以正治国以奇用兵，
那这一次就先来以奇用兵，
借巫师之力夺造化之能，
待到打败威德郎之后，
再行以正治国的大略方针。
寡人知道仙人忠心耿耿，
因此不再追究你的冒犯之罪。
但事不过三下不为例，
更不能去当众乱说惑乱军心。"

造化仙人听完解释并不满意，
说巫师并不是以奇用兵，
他从里到外都透着邪气，
邪心加奇术会祸国殃民。
接着造化仙人还想据理力争坚持到底，
而欢喜郎早没了谈话的兴致。
欢喜郎当然知道以正治国的道理，
但空喊正义口号会成为殉葬标本。
不过造化仙人是大名鼎鼎的老顽童，
跟他一般见识实在是有失身份，
还不如躲出去图个耳根清净。
因此欢喜郎笑着招来了卫士，

说先叫老仙人安静安静。

随后欢喜郎一甩袖子走出了主帐，
但心中的疑虑又泛起了水泡——
到底那仙人和巫师谁更可信？
一个是邪术阴谋有巨大的隐患，
一个是儿子叛国有通敌的可能。
再加上两个老家伙都有神通，
他们互相攻击让欢喜郎难辨真假。
欢喜郎左思右想仍是没有主意，
只好在混乱中求个平衡，
而这样的把控最是伤神，
也罢，还是看看神奇的黄煞阵吧，
看它如何能于刹那间力克敌军。

于是，欢喜郎抬起了脚步去看魔阵，
造化仙人还在帐篷里气哼哼。
胜乐郎想着破阵之法，
巫师在异度空间不知搞啥阴谋。
几种力量汇集在这弹丸之地，
一时间天空又堆起了阴云。

第 217 曲　异度空间

话说胜乐郎安住光明境观察，
看到巫师在那个异度空间，
神神秘秘地不知在鼓捣什么，
他推断那空间里必有蹊跷。
若是不破解这个秘密，
恐怕很难破那黄煞阵。
只是巫师用黑咒力设了结界，
胜乐郎只能远观不能身临其境，
又时不时有乌云飞过遮挡视线，
所以就连丝毫线索都很难找到。
胜乐郎试了很多个角度观察，
但那异度空间的防范实在严密，
简直滴水不漏风雨不透，
就像给大门加上了密码锁。
破解这密码绝非易事，不加强念力
就很难做到，而贸然加强念力，
又很容易会引起巫师的警觉，
胜乐郎顿时陷入了两难局面。

就在胜乐郎冥思苦想时，
幻化郎却突然生起了警觉。
他瞪大的眼睛里闪烁着精光，
仿佛那黑夜里的狸猫。

他全神贯注地感应着虚空，
感应空气中若有若无的异动。
就这样过去了片刻工夫，
真被他捕捉到异常的气息。
穿林而过的徐徐清风送来杀气，
那是兵者异动的不祥之气。
于是他操纵幻身生起身形，
幻身为欢喜军士兵刺探军情。
不一会儿幻身便传回消息，
欢喜军接到了命令要全速前进。

这消息让胜乐郎头皮发炸，
莫非那巫师察觉到了异常，
才忽然发动了欢喜军急行？
若真是如此原计划就被打破，
要制订新的行动方案。
他凝神静气在心中回放过往，
却并没发现有什么明显破绽。
然后他安住明空再观因缘并
查看巫师行踪，
发现那巫师仍盘桓在异度空间，
三人这才松了口气。

但如何应对这一异动仍是难题。
根据最新的飞鸽情报显示，
威德郎已命令增援的军队加速前进，
预计那援军还需两日便能到达。
按原来的十天期限，完全可以赶上进度，

谁知欢喜大军的行程却忽然提前。
在这十万火急的时刻，
拖住欢喜军是唯一的出路。
如果让欢喜军长驱直入，
现在的阴阳城根本无法抵挡。
巫师若是掌控了法界的枢纽，
世界将会陷入无边的黑暗。

幸好那幻化郎发挥了
在威德郎身边不曾有的足智多谋，
想出了拖延欢喜军的一计。
他如是这般安顿一番，
听得那胜乐郎也是频频点头——
兄弟俩一长于正法一工于奇术，
兄弟配合何愁大事不成？
只是这一计虽然奇巧但也十分冒险，
必须要各个环节紧紧相扣，
任何一个环节出了问题，
都会置他们于险境全盘失败。

胜乐郎推敲了方案的各个环节，
才开始按照计划展开行动。
首先由幻化郎摇身一变化为巫师，
胜乐郎和流浪汉则化为侍卫随从。
三人沿着幻身的信号进入军营，
一路上果然畅通无阻，
那些士兵都毕恭毕敬，
连傀儡和魔军也莫不如是。

只因幻化郎进入军营之前，
按照胜乐郎的细心提示进行了周密伪装。
他通过那造化系统，
将自己的基因重新排列，
不仅外相是巫师模样，
内里也是巫师的气息。
加上他又善于调皮搞怪模仿他人，
只要在心里存上几个邪恶的念头和阴谋，
便能成功地骗过观察心念的阴灵。

但这军营里还有一位成就者，
就是被巫师气得火冒三丈的造化仙人。
若是他识破了幻身的秘密，
就会让整个计划功亏一篑。
因此胜乐郎拟订了计划让幻化郎出面，
在开始行动前拜访造化仙人。
他们现在虽然各为其主，
但那昔日的情分十分深厚。
加上他们都精通造化系统，
对巫师的阴谋洞若观火，也都为了
众生舍己忘我殚精竭虑，
有共同语言也能互相理解。
希望仙人不要出手阻拦，
让他们能顺利破坏黄煞阵。
虽然他们的出发点和目的都不相同，
但巫师和黄煞阵是他们共同的敌人。
俗话说敌人的敌人就是朋友，
于公于私都当相助。

幻身多次前往探察，仙人都视而不见，
上次近身观看他和巫师的争吵，
他也没有任何反应，
按理说仙人不该如此迟钝，很可能
他只是装聋作哑对幻身听之任之。
所以，于公于私，于情于理，
在行动之前都要拜访仙人，
这既是出于稳妥谨慎的考虑，
也是形成统一战线的尝试。
幻化郎听完了胜乐郎的想法，
也是连连点头称赞不已。

幻化郎去军营里拜访仙人，
仙人并不意外更没有敌意。
正如胜乐郎所料，
他早就发现了幻身的存在，
只是选择了不去告密。
他恨不得那巫师从此彻底消失，
永远滞留在另一个时空，
因此对三人的行动不加干预，
但也没有给予实质性的帮助。
幻化郎转动几下眼球计上心来，
先咒骂巫师凶残至极邪恶透顶，
其心其行恶贯满盈，简直是罄竹难书，
然后顺势表明自己的立场和来意，
希望仙人能支持他们的行动，
一起维护造化系统的和谐。

这一番咒骂好个快意恩仇酣畅淋漓，
让那仙人很是解气，而那周全的考虑
也让仙人对造化系统重返平衡充满希望，
但他仍然陷入了沉吟，只因他知道，
这咒骂，这铲除邪恶的宏伟计划，
并不是为了帮助欢喜郎赢得统一，
而是为了瓦解这场必然发生的战争。
虽然发心很好但十分幼稚，
无非是拖延矛盾治标不治本。
他认为最有效的途径是帮助欢喜郎，
统一天下才会有真正的和平。
既然双方的出发点不同，
盲目帮助幻化郎就会拖延统一进程。

于是仙人沉吟了片刻便做出决定。
他说他不能背叛欢喜国王，
况且幻化郎们代表慈悲想消灭战争，
自己代表造化帮助顺天之人，
这两种立场和出发点不一样，
帮助他们就意味着要削弱欢喜郎，
这在他的立场看来不能接受。
他只能对幻化郎的行动不管不问，
由着他们去铲除邪恶的巫师，
而不会给他们提供任何帮助。

俗话说屁股决定了脑袋，
在什么位置上就要做什么事情。

幻化郎能够理解造化仙人，

但他换了种思路再一次尝试。

这就是他与胜乐郎的迥异之处。

胜乐郎举世公认德馨日月，

如雄伟的泰山一般高远博大，

他有着大气昂然的君子风范，

凡事都会随缘而不会攀缘。

幻化郎却机敏灵活，

一计不成再生一计，

直到达成目的为止，

从不管什么攀缘随缘。

所以即使造化仙人拒绝了他，

他也会据理力争当仁不让，

继续动之以情晓之以理，

只是这一次他把矛盾集中于巫师，

避开了与欢喜郎为敌的话题。

只见他叫一声老仙人，

说："您介入世事的心愿是想利众，

就算顺应大势也是为了谋取和平。

因战争与和平是造化规律，

是人力不可扭转的事实。

只是如今巫师崛起邪气四溢，

日月哭泣天地悲恸，

他祸害人间打乱造化体系，

他是法界共同的敌人，

无论是出于慈悲心想要实现和平，

还是出于责任维护造化和谐，

都要把这个祸害彻底消灭，
才能顺利完成各自的使命。

"我们与其这样各自为政，
不如联合起来共同抗敌，之后再谈各为其主。
只有扫清了这个人神共愤的祸害，
我们才会有可商量的未来。
那时老仙人可以不必放弃欢喜郎，
继续用造化的能力去帮他打仗。
我们也会继续广行救度，
以我们的方式让世界归于和平。
所以我们可以求同存异达成合作，
扫清我们共同的敌人。"

老仙人听完了幻化郎的建议，
再次陷入思考，但他当然不是
被那当年的忘年交所动。
他眼里只有法界的公正，
他秉公执法一身正气，
他根本没有个人的私情。
但巫师的存在阻碍了他的天命，
更妨碍了造化系统的平衡。
与其这样费劲地独自力争，
不如和三个成就者联手干掉巫师。
只见他叫一声："幻化小子你好个心计，
抓住了老夫的痛点大做文章。
也罢也罢这次就依你的方案，
等除掉巫师咱们再各自为政。

到时别指望我手下留情放弃原则，
就算敌人是你我也会付出全力。"
说完他透露了巫师命门，
便是那异度空间的秘密入口。

第八十四乐章

　　黄煞阵原来在另一个时空，胜乐郎几乎不敢相信自己的眼睛，那魔王的真身，还有代表那阵眼的人偶，实在出人意料！他终于明白了这魔阵的恐怖与邪恶之处。

第 218 曲 缓兵之计

原来巫师的心思好个狡猾，
进入那异度空间不仅要凭咒力，
还要找到它在现实世界的秘密入口。
这就像净境的秘境，
先要在现实中找到那秘处，
再凭咒力的密码方可进入。
这一来等于有了双保险，
若是不明其中的玄机，
大罗金仙也进不了那空间。

但造化仙人对巫师了如指掌，
因那造化系统遍及一切无所不含。
他时时通过造化系统监控着巫师，
便发现了巫师的秘境命门。
因那密码又是巫师的心念所成，
仙人用他心通也已经知晓。
只是他不想跟巫师拼个鱼死网破，
才没有亲自下手去搞破坏。
如今有了幻化郎团队的介入，
他突然发现了战胜对手的另一种可能——
流浪汉的空行石超能无边，
胜乐郎幻化郎也很有能为，
自己完全可以借第三方之力灭了巫师，

于是他才说出那咒力密码。
但很快，他的眼神又转为模棱两可。
幻化郎当然明白仙人心思，
他毕竟还是欢喜郎的部下，
只能不偏不倚只取中间。
能这样坦诚相告已属不易，
他不可能再有更积极的支持。
于是，来不及行礼来不及告别，
幻化郎一句"谢谢"干脆利落，
之后便一个转身疾速消失。
只因形势已到如救头燃的地步，
不能多作一刻的停留。

三人立即化身为巫师一行，
前往秘境入口所在的帐篷。
只见帐篷门口有无数的傀儡把守，
远比幻化郎们探察的时候更多。
而那些傀儡的守卫也很是严密，
每一个细节都一丝不苟滴水不漏。
那巫师果然老谋深算不可小觑，
要不是得到造化仙人事先指点，
纵然是大罗金仙，
想在不惊动敌人的情况下进入其中，
恐怕也是天方夜谭。

然而只要知道密码找到入口，
再严密的防御也会形同虚设。
更有那幻化郎机敏如泉百样玲珑，

突破警戒线几乎没有任何问题。
只见他大咳一声，大摇大摆，
更有盛气凌人的架势惟妙惟肖，
对着那些傀儡就是一顿训斥，
仿如是巫师本人来视察工作。

那些傀儡本是纸人没有感情，
见到"巫师"表现出十万分惊恐。
只见他们毕恭毕敬唯唯诺诺，
弓着腰接受了"巫师"的一切指责。
他们完全没有怀疑过眼前人的真假，
因为他们没有思考和判断的能力，
只要来者在心里默念那密咒，
他们就会把此人当作巫师。
他们像一群没有自主意识的机器人，
无论是谁，只要掌握了管理员密码，
就可以对他们随意差遣随意调配。

幻化郎看到傀儡们毕恭毕敬，
心中很是得意嚣张。
原来做巫师如此潇洒，
可以任意使唤喽啰好个过瘾，
不像自己做这清修的大德，
要有板有眼中规中矩。
胜乐郎见状干咳了一声，
提醒幻化郎要干好那正事。

于是他们进入了那顶帐篷，也就

进入了异度空间在现实世界的命门。
于是，胜乐郎开启了明空之境，
借助捡来的巫师头发，
很快便确定了巫师的方位。

胜乐郎定位后诵起咒钥，
一个手势加一个指令。
流浪汉接受命令后，
立刻开启那空行灵石，
放出超能量为胜乐郎助力。
胜乐郎深入了明空大定，
以意生身进入那异度空间，
眼看一场惊悚而刺激的戏码，
也要就此开启——
成，则扭转乾坤万事大吉；
败，则暴露目标计划早夭，
更有那空行石的大能反噬胜乐郎，
使他魂飞魄散肉体受损。

好在这一仗初战告捷——
那胜乐郎心思细密，智慧也是周全圆润，
他选择了最佳方式，
也选择了最佳时机，
他的神识被成功地送入了异度空间，
而其他的一切也在按照预定计划推进。
流浪汉负责照看入定的胜乐郎，
幻化郎则继续假扮成巫师，
去找欢喜郎建议其缓兵。

临行之前幻化郎突然灵机一动，
又调遣了几个傀儡把守帐门。

随后他大摇大摆去面见国王，
目光所及皆是敬畏的眼神，
似乎这巫师在欢喜军中
被当成了天神般供奉，
定然是平日里作威作福，
让人人都怕他三分。
于是幻化郎也摆出目中无人的架势，
走一步晃三晃享受这威风。

只见那幻化郎一边晃荡，
一边走进欢喜郎的主帐。
欢喜郎正在查看行军的路线，
就等着天亮派前军起程。

幻化郎顿时不再狂妄，
露出一副阿谀谄媚的模样。
他调用了全部的记忆，捕捉
巫师的每一处细节。只见他
向欢喜郎呈上占卜的卦象，
叫一声大王英明神武，
此战必将活捉威德郎。

欢喜郎一听来了精神，
他双眼放光精神抖擞，
他明日高悬阴影顿消，

仙人那必败的谬言消失遁形，
他的心中又充满了壮志将酬的兴奋。
只见他春风满面，一片祥和，
微笑着请巫师讲讲卦象的奥秘。

"巫师"见他已经上钩，
就摆出高深莫测的表情，
开始对他进行劝说：
"我打卦打出了空行卦，
空行卦似空而实不空。
它的意思是，谨慎稳妥才能随心所愿，
否则福兮祸兮立刻就会转换。
可见近日发兵会有大凶，
需要再等两日避避法界凶煞。
请大王下令更改发兵日期，
望大王不要逞一时意气。"

欢喜郎闻言收起了笑容。
猎物就在眼前，自己唾手可得。
目前又抢先了威德郎一步，
肯定能比他先到达阴阳城。
那时天下大势尽在自己掌中，
怎能因卦象便拖延如此良机？

这欢喜郎的心态好个有趣，
当卦象迎合他时异常欣喜，
恨不能将卦象当成天意。
一旦那卦象不如他意，

立刻生起怀疑找种种借口。
这就是典型的伪信仰者的心态啊，
信仰只是他的工具。
他要拿着工具实现自己的目的，
他并不真的向往伟大之光。
你迎合他你就是师尊或天神，
一旦你违背了他的心中所愿，
你立刻就变成了江湖骗子。
这自欺欺人者的心态好个可笑，
就算是世尊也只能徒唤奈何。

于是那欢喜郎拒绝了提议，
无论卦象如何他都要发兵。
只因彻底的胜利就在眼前，
自己再也不能眼睁睁错失机遇。
那卦象大吉他就当顺天意行，
那卦象不吉他也要强行进取。

幸好幻化郎的机灵早深入骨髓，
稍有风吹草动他便会见风使舵。
他见欢喜郎没有中计，
就立刻换了策略继续劝说。
他调出他的十分慎重、百分肃穆，
拿出他十二万分的忧虑，说：
"强行出兵也不是不可以，
只是会遭遇凶煞伤害主帅，
再说那黄煞阵还未彻底圆满，
一旦打起仗来极易失去控制。

犹如那不稳定的车轮一旦高速运转，
立刻就会左右颠簸导致灾祸。
那时巨大的恶能就会反扑自身，
这诸多的因缘都不利于我军。"

欢喜郎听后沉吟不语，
对于巫师所言，他信也不信。
一方面，对方说得有理有据；
另一方面，又觉得他行为怪异。
只因那巫师自从复活之后，
从来都是居高临下的样子，
这时却恭敬中带着阴阳怪气，
不知他又在搞啥诡计。
只是那阴谋诡计姑且不谈，
凶煞的事情也可信可不信，
黄煞阵却是看得见摸得着的重器。
那黄煞阵一旦出了问题，
欢喜军的实力就等于损耗过半。
因此他不得不同意暂缓两日，
让巫师去圆满那神秘战阵。

第 219 曲　破阵

再说胜乐郎的神识借了空行石之势，
瞬息间就进入了另一个时空。
起初，那里朦朦胧胧一片混沌，
巨大的负能像黄沙漫卷，
使他的神识好个迷糊。
他像呆住了一般大脑一片空白，
只好时时提醒自己要安住心神，
去适应那超强的负能。随后，
他才打开所有警觉，
搜寻和捕捉巫师的信息。

他发现这里是梦与现实的交界，
那些负能总被神秘的力量牵引，
极其有序地涌向另一处所在。
胜乐郎认为那个所在必有蹊跷，
只见他一个闪念，便已身入其境。

这意识世界好个有趣，
虽然看起来有三维立体感，
实则所有的位置都是互相重合，
意念到时人也即到，
速度之快如电光石火，
仿佛是那梦境中的意生身，

不论咫尺还是天涯，都是瞬息即达。

胜乐郎到达那旋涡中心，
见所有负能量都涌向此处，
它们形成巨大的黑色旋风。
那旋风的上端遮天蔽日飞沙走石，
滚滚滔滔像龙卷风一般。
下端则收拢在一个中心点上，
那些负能便争先恐后
排山倒海般聚集于此。

这搅天的场面虽然壮观，
但强干扰让胜乐郎痛苦无比，
仿佛进入紊乱的电磁场，耳边
有刺刺啦啦的电流声在不断叫嚣。
那旋风的中心点上有一个黑影，
随着他对周围环境的逐渐适应，
那黑影也渐渐清晰，
赫然是一头小山般的巨兽。

那巨兽长着牛魔王的犄角，
还有野猪和棕熊的皮甲，尖锐的獠牙
如长矛一般直刺天空。它眼红如血，
从瞳孔里射出无量的精光。
它四肢短粗，如柱子一般铿锵有力，
一股股肉棱涌动着无穷的野性。
更有那尖锐的利爪看起来力大无比，
似乎有着能撕碎金刚的能为。

只见它蹲立在旋风的中央，
张大嘴巴，在贪婪地吮吸着大能。
它像吃草的老牛一样，
源源不断地转化着吸入的负能，
从掌心冒出一个个黑色的光团，
灌注给面前的黑色人偶，
同时也洗刷着自己的身体，
看起来很像是在做某种治疗。

看到此，胜乐郎想这也许就是巫师，
那人偶，也许就是黄煞阵阵眼。
但他心中还是难以置信，
他想不到真正的魔王竟是这等模样。
他在明空之境中看到的魔王，
分明长着巫师的五官，而到了这异度空间，
那魔王却变成了一头巨兽。他想，
也许这才是魔王的真实面目，明空之境
只能读取意识，而魔王想要化身为巫师，
明空之境中也就现出了巫师的样子。
想想这人兽之间，真假之间，
到底有多远的距离？胜乐郎还发现
那巨如山岳的怪兽好像受了伤，
正在借助这负能修复着创口。

还没等胜乐郎想明白关窍，
他又看到了让他吃惊的一幕——
那黑色人偶的轮廓渐渐清晰，

看那眉清目秀的样子，
却分明是欢喜郎！
巫师对欢喜郎撒了谎，
黄煞阵的阵眼不是什么体质阴寒的小兵！

虽然那智慧让胜乐郎如如不动，
而且他也知道此刻必须收敛气息，
免得被魔王发现节外生枝，
但他看到这景象，还是不由得一阵
惊恐和愕然。这阵情绪过后，
那冲天的怒火更是腾然而起，
从他的心轮荡向四肢，仿佛电流般
带来针扎的刺痛，
让他浑身一阵战栗。

想不到那魔王如此阴险歹毒，
竟然将欢喜郎当成布阵的道具。
欢喜郎既是力士投胎又有国王的威能，
用他来做阵眼魔阵定然会所向披靡。
但魔阵越是厉害，反噬之力也会越大，
它能在刹那之间让世界灰飞烟灭，
也能在转眼之间让那阵眼殉葬。

然而事情突然又有变化，
已容不得胜乐郎愤怒忧虑和感慨——
只见那巨兽已发现了他，铜铃般的大眼
顿时发射出愤怒的闪电。
旋涡内的黑色旋风随之消失，

没等胜乐郎回过神来，便化为无穷的负能
在这诡异的空间里炸响。

原来那巨兽真如胜乐郎所料，
是法界魔王意识里的真魂。
它一直藏在这里加持阵眼，
好让欢喜郎的恶能更加熏天。
这天它正做着称霸法界的美梦，
却有至阳之气猝然而来。
它一个激灵提起了警觉，
知道定然是有人前来破坏。
当它放眼四望看到那熟悉的面孔，
顿时仇人相见分外眼红。
只见它捞起那阵眼人偶藏入胸前，
用那浓密的毛发团团裹住，
紧接着嗷的一声，便张开血盆大口，
竖起那獠牙扑向胜乐郎。
眼见一场生死较量于电光石火间展开，
胜乐郎也凝聚了气力和能量准备迎战。
然而他的目光却瞅定了人偶，
想抓住一切机会将它拍成碎片。

正在这时，胜乐郎突然发现，
自己那呼风唤雨的法术没了力量，
每当他凝聚起能量想要攻击，
就会有一股强大的能量干扰。
他知道是巫师放出的干扰脑波，
只是他不知该如何解除。

还有那三昧真火也失去了效用，
刚一生起立刻消失了踪迹。
眼看巫师怪兽如飓风一般扑到，
身形像极了横冲直撞的犀牛，
那蛮横的力量让人不能不忌惮，
千钧一发之际胜乐郎只能逃跑。

这一逃，他又有了新的发现：
虽然他无法凝聚起攻击能量，
但移动起来却异常迅速。
只要他启动拙火成就之风轮，
便能瞬间到达任何想去的地方。
而那怪兽虽然凶猛力大，
却根本无法追上自己。
可惜他不能运用法术进行攻击，
只能靠快速的移动来躲避险情。

这让胜乐郎喜忧参半，因为他
虽无性命之忧却也没法达成所愿。
这样拖下去就会非常危险，
人偶被负能浸透魔阵就会闭合，
魔阵一旦闭合大势就已注定，
任是师尊亲临恐怕也无力回天。
想到这胜乐郎心中不免忐忑，
但过了一会儿仍是恢复了镇定。
只因他有良好的心理素质，
也明白目前的形势已容不得拖延。
于是他重新启用慧眼观照，

发现那人偶已成了怪兽的弱点。
想来是因为人偶还没吸满负能，
两者的联系不能有一刻断裂。
因此那怪兽有些畏手畏脚，
既怕中断联系也怕伤及人偶。
它的眼神也极为复杂，
明明无比兴奋却又要极力隐藏，
想来那魔阵已经快要闭合，
怪兽生怕会半途而废功亏一篑。

综观全局胜乐郎有了主意，
他一边闪躲一边发出脑波和幻化郎联系。
他要把这现状告诉幻化郎，
还要让流浪汉启动空行石进行远程攻击。
那阳刚威猛的空行大力定能击伤怪兽，
至少也能让它出现片刻的防守漏洞，
这时胜乐郎就能欺身而上，
用一双肉掌拍碎人偶。
只见那脑波一点一滴射向法界，
仿佛那无线电信号呼叫着同门兄弟。
可信号却一个个如泥牛入海，
始终没有收到一丝半点的回音。

不一会儿，胜乐郎已气喘吁吁大汗淋漓，
这脑波要突破干扰犹如披荆斩棘、
于枪林弹雨中杀出一条血路，
对心神体力是极大的消耗。
于是那信号便也时断时续，

很难成功地发射到幻化郎所在的空间。
更有巫师的追杀一波紧似一波，
眼看胜乐郎已陷入绝境岌岌可危。
幸好他早已习惯了淡然应世，
无论如何危急都以平常心对待。
因此他仍是在左右腾挪间集中心念，
更祈请奶格玛加持助以大力。
愿那人偶别完成闭合，
否则任谁也回天无力。

然后他凝神静气再一次尝试反击，
才发现自己之所以不能启用法术，
一是那负能量的干扰太大，
使心念专注力很难集中。
二是怪兽不断地发出脑波，
通过脑波来改变空间环境，
让胜乐郎的眼前始终很陌生。
常常他刚喷出那进攻的火焰，
就因为环境变化而消散一空，
就像在水面上作画，
刚画成图案就消逝于波纹。
他只能观出风轮不断躲闪，
无法产生攻击性的势能。
因为环境变化险情不断，
胜乐郎的体能也飞速地消耗，
在与怪兽的不断纠缠与逃脱中，
他渐渐感到力不从心。
于是他更加密集地发出脑波联系幻化郎，

让幻化郎赶紧通过造化系统想办法增援。

可是那屋漏偏逢连夜雨，
在这千钧一发的紧要关头，
他幻化郎老人家却断了联系，
无论胜乐郎怎么联系都得不到回应。
因那可恶的干扰波实在太大，
把他们的脑波完全扰乱。
如今胜乐郎真真是进了异度空间，
已变成光杆将军只能孤身作战。
而那怪物的攻势又一波猛似一波，
招招都直指胜乐郎要害。
那阵眼的小人偶也已开始闭合，
吸收能量的光芒正一点点减弱。

情急之下胜乐郎放弃了呼救，
他知道幻化郎铁定联系不上。
他打算孤注一掷拼死相搏，
哪怕丧命于此，
也要拖延时间寻找转机，
绝不能让那魔阵完成。
这个瞬间他忽然感到一阵轻松，
似乎所有的包袱都统统放下，
那出世间智慧也冲破浩劫的阴影，
在胜乐郎的心中大放光明——

"和平与战争是无常，
众生与法界是无常，

永恒不比刹那漫长,
那生死也不过如梦一场。
不用期待有人相助,
不用期待拯救成功。
就连法界众生的存亡也是心外之事,
不要牵挂不要忧虑,只管全力以赴任运随缘。
安住于当下的殊死搏斗,
结果如何都不要去管。
演好你人生的剧本,只要尽了全力,
就对得起怀中这颗激昂跳动的金刚心。
勇敢的战士,无畏的战士,
无我的战士,无执的战士,
用你铿锵有力却宁静如水的声音,
喊出这滚烫的句子吧——
就让战争来得更猛烈一些!"

只见胜乐郎忽然停止了逃跑,
并且于专注中发出了心光。
那心光化成了曼陀罗,
里面有无数的火焰和金刚杵。
那金刚杵的辐射威力无比,
如巡航导弹一般纷纷射向怪兽。
怪兽对此变故猝不及防,
手忙脚乱之下身体有多处受伤。
原来这邪恶的世界是魔王脑波所化,
胜乐郎的神识已进入魔王的脑波,
因此才会处处受到制约。
如今胜乐郎展开了脑波对抗,

和巫师直接进行意识的抗衡，
才能一改被动挨打的局面，
进入了主动攻击的模式。
随着这场佛与魔的意识之争，
那异度空间也开始剧烈地晃动，
忽而是魔国忽而是曼陀罗，
忽而光明朗照忽而阴风呼啸。
这一场大战真是鬼怕神惊，
双方都调动了强大的能量，
不断把各种武器投向对方，
都想用自己的曼陀罗困死对方。
只是战果一时还很不明朗，
谁输谁赢实在很难预料。

随着战斗的持续，
胜乐郎有些力不能支。
由于之前正能量消耗过大，
又没有及时补给，
身体的能量也凝聚不起，
供应不了所需的能量。
战斗持续得越久，
胜乐郎越是显得力不从心。
而那怪兽边战斗边吸吮搅天的恶能，
因此不但不见疲惫，反而越战越勇。

忽然，怪兽发现了胜乐郎的疲态，
只见它突发一股大力，变化出无数绳索，
如同钢筋铁链，捆住了胜乐郎。

然后，它以闪电的速度欺身而上，
嘴放臭气眼冒精光，
挥起了熊掌拍向那被缚的圣者。

再说胜乐郎已是精疲力竭，只能
眼睁睁看着那黑黑的巨掌劈头袭来，
他无力对抗。他已气若游丝命悬一线，
他只好无奈地闭上双眼——
老天能给，他就能受。
生死已是幻觉。
只能在万般无奈之下闭起双眼，
坦然接受命运的安排。
无论那生也死也都无所谓，
因他的这份智慧已不生不灭。

就在这千钧一发的时刻，
半空突地炸起一个霹雳，
紧接着炸雷一般的能量迅速袭来，
无数的金刚杵带着那炽热的火焰，
仿佛炽浆火雹一样砸向巨兽。
一时间，巨兽毛发被烧，惨叫不断，
更有一根根金刚杵像呼啸的钢鞭，
带着威猛之能，抽得它皮开肉绽，
它狂怒不已又不得不抱头躲避，
仿佛被烧了尾巴的猴子到处乱窜。

胜乐郎见此状精神一振，
他知道是流浪汉启动了空行大力。

随着这能量在异度空间炸响，
胜乐郎身上的绳索瞬间松散，
正能量又重新盈满了身心，
手脚也重新恢复了敏捷和力量。
他抓住这天赐良机，直奔怪兽，
挥起金刚般威猛的手掌，
力贯千钧击向怪兽胸前的人偶。

那人偶随着胜乐郎的一掌，
化作了碎片飘飞四散。
怪兽发出暴怒的狂吼，
仿佛被击碎了心肝脾肺。
只见它不顾伤势和火焰，
扑向胜乐郎就想拼命。
但胜乐郎既然已摧毁了阵眼，
就没必要继续和怪兽缠斗。
只见他迅速地掐起手诀，
念动咒语，使出一招金蝉脱壳法，
便离开了巫师的意识世界。

怪兽只能对着空气疯狂地挥动拳头，
就算是它有玉石俱焚的决绝之心，
此时业已老虎吃天无从下手。
它只能在那异度空间里气得仰天怒吼，
震散了脑中无数的星星。

第八十五乐章

　　无奈的父亲被迫去迎战儿子，那胶着的战况何尝不是对亲情的成全？可那悲悯之心却备受煎熬。巫师拿出了终极撒手铜魔盒，流浪汉不顾性命地启用空行石，魔与道孰高一丈？

第 220 曲　考验

胜乐郎的神识离开了异度空间，
重新回到了帐篷里的肉身。
幻化郎和流浪汉正守候着他，
并且仍在运行着各自的法力。
原来幻化郎后来收到了讯息，
于是进入造化系统聚集了五大之精，
再合以流浪汉的空行之力，
在千钧一发的时刻发出了霹雳。
幸好他准确地给了巫师重重一击，
使得那巫师不能马上凝聚起心力，
这才有胜乐郎破阵和逃离的机会。

而现在，巫师随时都会返回，
欢喜军营已是危险的境地。
于是幻化郎再次进入造化系统，
得知威德军前军已行至中途，
胜乐郎定好了撤退的路线，
就带领大家离开了欢喜军营。
他们前脚迈出欢喜军营，
巫师后脚也出了异度空间。
他派出了大量的傀儡和士兵，
沿讯息开始了围追堵截。
好在胜乐郎们已顺利撤退，

傀儡们一时也难以得手。

巫师气急败坏地赶往主帐，
见到欢喜郎便满腔义愤，
陈述起自己的惨痛遭遇，
说眼看那大功就要告成，
却被胜乐郎破坏了阵眼。
欢喜郎闻讯大愕，
马上问起那缓兵之事，
巫师听后更是怒火冲天，大叫：
"你也中了那伙奸人的缓兵之计！
欢喜军必须即刻开拔！
必须不顾一切直扑阴阳城！"

说话间巫师显得颐指气使，
满是下达命令的狂妄语气。
他才不管欢喜郎是不是国王，
在他魔王的眼中任何人都是蝼蚁。
再加上气急败坏之下歇斯底里，
他甚至想代替欢喜郎行使权力。

欢喜郎虽然愤怒胜乐郎的蓄意破坏，
但他更介意巫师的嚣张跋扈。
曾经，巫师胁迫威逼他胡作非为，
迫于实力上的差距，他只能忍气吞声，
现在有了造化仙人的助力，
他终于可以不怕被威胁和胁迫。
这次，他要以国王的权威提醒巫师，

欢喜郎可不是任人揉捏的软柿子。

欢喜郎刚动了这个念头，
他心通的巫师已明白其心思。
他冷笑三声叫一声："国王陛下，
恐怕你倚重的造化仙人已经通敌。
这黄煞阵的命门只有他能知晓，
若是他不通敌胜乐郎从何处得知？
再说幻化郎的伪装瞒不过他的法眼，
他为何不当场揭露反而视若无睹？"

这番话直如晴空霹雳，
炸得欢喜郎晕头转向——
巫师所言极为有理，自己却不曾想到。
难道那造化仙人真的纵容敌人，
在活人眼里下蛆？
他马上传唤造化仙人，
他要听听老仙人如何解释，
看看是不是真如那巫师所言。

造化仙人被士兵引进主帐，
看到欢喜国王满脸阴霾，
又见巫师在一旁狞笑，
就知道巫师定然嚼了舌，
而且说的肯定是黄煞阵命门之事。
但自己既然将密码告诉幻化郎，
便已料到有今天这一幕，
于是他笑了一笑想坦然受刑。

反正那黄煞阵已经毁灭，
巫师没了这引发浩劫的凶器，
法界的造化也不会被打乱，
他总算是了却了一桩心愿。
因此他也对巫师报以冷笑，
然后坦然地说了跟幻化郎见面之事，
还说只恨胜乐郎没有斩草除根，
不过这也没啥，
反正巫师也掀不起什么尿势，
一如被割了卵蛋的叫驴。

说罢，他昂起那满头白发的脑袋，
对着欢喜郎说："国王陛下，
真正的忠臣从不畏惧死亡，
他只恨奸臣当道误国误民。
您可以将我处死，我的死可以
杀一儆百，也可以严明法纪，
但我更希望能换取您的清醒，
让您不要被巫师的邪法蒙蔽了眼睛。
自古以来，天下大道必以正法为本，
奸臣和神棍只会祸国殃民。
所以欢喜国王啊听我这番言语，
将那巫师斩首以正乾坤吧。
有了这妖人陪我共赴阴司，
我老汉在黄泉路上也能喜笑开怀。"

欢喜郎听完仙人的言语，
并没有下令将他处决，

他发现自己的猜测没错，

这仙人不是为了背叛而通敌，

而是为了铲除巫师，

才借助那胜乐郎的力量达成目的。

他又在心中权衡利弊，

国王的机心瞬息间开启——

黄煞阵已被破坏，

纵使杀了这老头也无力回天。

而巫师却司马昭之心路人皆知，

不说他虎视眈眈地盯着法界，

只说他对自己气急败坏地指使，

目中无人不知尊卑，就已经等于犯上作乱。

杀了仙人，巫师会失去制约更加猖獗。

况且大敌当前正是用人之际，

仙人的忠心与耿直也是少见。

虽然他破坏了黄煞魔阵，

但只是出于正法治国的初衷。

杀了他，实在是得不偿失，

可不杀他，通敌之罪又该如何处置？

欢喜郎左思右想权衡利弊后，

终于敲定了一个主意。

只见他转向巫师，叫一声：

"老法师请暂时回避，

仙人之事本王自有安排。"

巫师当然知道欢喜郎的想法，

只见他脸色铁青，冷哼一声便退了出去。

如今，有造化仙人给他撑腰，

自己法力再高也奈何他不得。
更因刚刚结束一场恶战，
已无力再与造化老头抗衡，
他只能吹胡子瞪眼睛服从王命。

见那巫师退出帐篷之后，
欢喜郎对着造化仙人又开始吐露衷肠。
他说："老仙人秉承正法治国一心为公，
只是这大敌当前，我们必须精诚合作，
要团结一切能够团结的力量。
黄煞阵一事既已至此，就让它过去吧。
某种意义上，它的被毁也是好事，
避免了巫师称王称霸。只是眼下，
本王有更重要的事需要仙人出马。
欢喜国人才凋零，更有这
连年征战损兵折将，除了仙人，
无人能担此重任。探子来报，
近日有三千威德兵正赶往前方要塞，
本王想派五千精兵作为先锋拦截，
希望仙人能随军而行，
将功折罪为本王分忧。"
说罢，他意味深长地望着老仙人。

原来欢喜郎刚刚接到奏报，
说密集郎正率领先锋军赶往要塞。
为了检验造化仙人的赤胆忠心，
他决定让仙人对决自己的儿子。
只有事上的忠心才是真正的忠心，

口头上再忠心也可能是在演戏。
如果说毁了黄煞阵是对抗邪法，
那么，要是在战场上再动心思，
仙人的通敌之罪便是铁板钉钉。
他已安排了心腹将领，
若是仙人有丝毫通敌迹象，
便当场砍下仙人的人头。
这样的安排好个缜密严谨，
每一处细节都毫无纰漏。
我们的英明君主欢喜郎啊，
总能统揽全局运筹帷幄。

仙人听了国王的安排，
非喜非忧，面无表情，更没有跪下
对国王的不杀之恩感激涕零。
虽然欢喜郎没说到密集郎，
但所有的因缘都在他的监控之中，
他当然知道这一战意味着什么。
面对国王别有用心的精心安排，
面对与亲生儿子的生死对决，
他除了接旨，别无出路。
他除了沉默，别无选择。

再说胜乐郎三人还在林中奔跑。
巫师的追剿已是穷凶极恶，
他派出了无数的魔子魔孙疯狂报复。
那魔子魔孙仿佛被激怒的公牛，
在巫师暴怒之心的驱使下，

对胜乐郎们气势汹汹紧追不舍。

此时的胜乐大德极其狼狈，
他的元气还没完全恢复。
流浪汉也是刚刚启用过空行石，
内力耗损无法再投入战斗。
三人中只有幻化郎可以抵挡，
然而一人之力难抵群狼突袭。
还没等他们摆好架势，
黑压压的敌人便如恶狼扑至。

因那巫师在冥界采吸了能量，
他的狂怒之心如同火山爆发，
所以傀儡们也都力大无穷不可抵挡，
一个个挥舞着手臂仿佛钢筋铁骨，
恨不能把胜乐郎三人拍成肉泥。

就在这千钧一发的时刻，
忽听到远处传来了马蹄声。
同时还有一阵阵轰鸣，
那是威德国骑兵的战斗号角。
那威德国的铁骑如同旋风一般，
冲锋中发出战斗的吼声。
一个个士兵在马背上挥舞着马刀，
把傀儡的脑袋像割草般砍下。
虽然傀儡并不畏惧死亡，
但他们的身躯也是五大和合，
并没有那刀枪不入的本领。

马刀砍过之后，他们都成了身首异处的尸体，
随即又变成一张张符纸四散飘飞。
原来这正是威德国突袭军，
他们正打算从侧翼进攻欢喜军营，
却有一个神秘老人前来报信，
说前方不远处，那功德巍巍
的胜乐大德正被傀儡包围。
胜乐郎们寡不敌众，
希望威德军能出兵救援。
如今胜乐郎们已脱离险境，
那老者却没了踪影。

胜乐郎走上前去向将军合掌，
感谢他们的救命之恩。
将军说威德郎也在快马加鞭，
预计两天内可抵达阴阳城。
胜乐郎闻讯松了口气，
一阵疲惫感随即涌上心头。

再说那造化仙人率军前进，
却是步履迟缓心事重重。
独步江湖一生，素来都是雷厉风行，
何曾见过他如此纠结？
在感情与理性之间，
他甚至找不到一个平衡点。
主管造化几十年，
他从来都是按造化规律行事，
如今要和亲生儿子兵戎相见，

他才看清了自己那感性的一面。
他心中的纠结像一团乱麻，
每一根乱麻上都有无数倒刺，
纠结一起乱麻就会开始抽动，
好像是无数的蚂蚁在噬咬五脏。

然而越怕什么就越来什么，
就在仙人左右纠结的时候，
忽然接到了探子的禀报，
他说那敌军有数万兵力，
并非像欢喜郎说的只有三千。
并且对方的将领十分强悍，
正是仙人的儿子密集郎。
他是威德军的加油站，
却是欢喜军的拘魂咒。
敢问仙人可有妙计退敌，
又该如何打赢此战？
这一番话直说得探子声音颤抖，
用古怪的神色打量着仙人。

只见那仙人面无表情，
所有的一切他心知肚明——
巫师谎报军情欺骗欢喜郎，
想借刀杀人来铲除自己。
欢喜郎也怕仙人私下里通敌，
就不加核查便发出军令，
派他和自己的儿子来一场决斗，
让他通过实际行动来证明忠心。

于是造化仙人先是让探子退下，
然后对部下说道：
"传我将令，
谁取下密集郎首级，赏金千两！"
造化仙人这是在告诉大家，
他不会因为私情就网开一面。
他除了顺应大势别无选择，
但那年迈的心仍是感慨不已。
想当初这孽子不务正业，
整天歌颂什么仁爱与和平，
被官府通缉如同丧家之犬，
为此自己没少操心。
没想到他竟混得风生水起，
摇身一变成了威德国的将军，
统率着千军万马纵横驰骋，
如今更是犬子成虎，与父相搏。
命运的舞台充满了逆转的剧情，
那编剧简直比
造化的棋局还要神鬼莫测。
想到此，多少沧桑和惆怅漫上心头。
然而，就在他感叹世事无常
造化弄人的时候，令他纠结的局面
又引出更多纠结。密集将军派使者，
送来一坛米酒，
说要献给老父亲品尝。

这一坛米酒来得好个及时，

使原本就微妙的气氛更添微妙，
那凝固的表象之下翻涌着无穷的心思，
每个人都在观察仙人的反应。
只见那献酒的使者毕恭毕敬，
用心捕捉着仙人的每一个表情。
他知道，他送的是酒，
更是一个烫手山芋，
但他必须不辱使命，去向密集将军汇报。

再看帐中的欢喜军将士，
个个脸上也都是阴晴不定疑云密布。
他们既担心这酒有毒，
因为那密集郎的阴险无人不知，
又担心这是血浓于水的蜜罐，
会瓦解仙人坚定的斗志。
更有人幸灾乐祸，就等那仙人
因一坛小酒而延误军机大事。
仙人对一切心知肚明
也对一切视而不见，
他打开了封口仰头就是一个满口。
啊，这是他最爱的米酒啊他家乡的酒，
甘甜之中有无穷趣味，
喝起来好个酣畅好个陶醉。
此刻他的眼中只有这家乡的美酒，
他的心中也只有这甘甜的美酒，
他不去管此外的一切。
不管身边有多少异样的眼光，
不管身边的谁谁心存恶意的期待，

此刻他的世界里，只有这甘醇的酒。

仙人喝完米酒发出一声长叹，
他望着手中那精致的小口瓷坛，
心中的复杂犹如波涛在汹涌。
这是儿子第一次给父亲的献酒，
没想到是在这兵戎相见的时候。
他多想抛开所有的世事干扰，
把所有的使命全部忘掉，
把所有的身份全部忘掉，
把所有的权衡全部忘掉，
把背后那阴阴的目光也全部忘掉，
好好享受儿子的孝敬。
儿子从前的叛逆让他恨铁不成钢，
如今儿子大了，懂得心疼父亲了，
他们父子俩却站在了对立面上。
他当然读得懂那份无可言说的情感——
纵使明天阵前交锋，敌我双方誓不两立，
今天，你依然是我的父亲，
而我，依然是你的儿子。
这不是毒酒，也不是蜜罐，
这只是一份最朴素的人间情，
只是一个儿子对老父不言的爱，
它有着水的平常，也有着酒的浓烈。

他还想起儿子小的时候——
从一个婴儿呱呱坠地，
到一个幼童咿呀学语；

从喊出第一声奶声奶气的"爹"，
到青春时期无法沟通的叛逆；
从好学好问的少年，
到拥有独立思想的青年……
他总是跟身边的人不同，
总让人把他当成疯子，
后来，他才会离家出走。
在命运的轨道上，他一直都走着不寻常的路。

人生如白驹过隙，这一切的剧情
都已经远远地成为过去，
然而，那些本该恍如隔世的故事，
却还鲜活在老父亲的心里。

想到此，老仙人忍不住又一声长叹，
随之滚下两滴浊泪。
这浓浓的沧桑和伤感只是情绪，
明天的太阳照旧会升起。
他再次仰起头，将壶中残酒一饮而尽，
那长长的白须上顿时缀满闪亮的水珠。
只听得一声脆响，老仙人一掌
打碎了酒坛也打散了他浓浓的悲伤。
随后，他收拾起残片让使者带回。
他知道，那密集儿从小顽劣但也聪慧，
他自会懂得这背后的意思：
饮下了酒是父子情分的和解，
打碎了坛是各为其主的决绝。
明天的交战他定不会手下留情，

只因那造化的使命责任在肩。
过了今晚他们就是敌人，
且看明天的战斗究竟鹿死谁手。
欢喜国将士看到仙人的表态，
心中松了一口气放下心来。
他们当然理解老人的感受，
内心也觉得十分沧桑落寞。

第 221 曲　胶着

且不说这一夜父子俩如何辗转难眠，
因为这一点没有任何悬念。
他们定然会为了亲情而无限伤感，
却又因各自的立场而身不由己。
只说那翌日上午两军极速前进，
在中途迎面相撞并展开激战，
欢喜军奋力杀敌毫不留情，
威德军顽强抵抗勇猛作战。
双方好像并没受到父子关系的影响，
一个个士兵都抡起了武器如狼似虎。

只见那现场血腥四溅，
两军纠缠在一起难舍难分，
一如无数次的战斗场面，
滚动的人头和四散的肢体随处可见。
痛苦多了再柔软的心也会麻木，
更没有人会记得一个老人的眼泪。
所有人都在挥舞着兵器，
他们砍打刺杀，早把自己当成了死尸，
满心所想，也是如何把别人变成死尸。
他们的字典里没有感情，
他们的世界是杀与被杀。

再说那造化仙人身为欢喜军将领，
仿佛也忘记了他还是一个父亲。
只见他驻扎在军队后方，
也发出一波波能量刺激着
欢喜军英勇威猛的豪情，
使得为数不多的欢喜将士们，
个个如狼似虎人人以一当十。
因此，双方的士兵都杀红了眼睛。
天空中充满了血腥的气味，
大地上滚满了染血的头颅，
人心里燃起了杀戮的大火，
然后他们又举起残忍暴戾的火把，
把这个世界烧得满目疮痍。

只是造化仙人看到这一幕，
那一向秉公执法刚正不阿的心中，
却突然充满罪恶感懊恼不已。
他不是因为对手是亲生儿子，
而是被这残忍的场面震撼了心灵。
长久以来，他虽参战无数，
可每次都是在后方施法助力，
从未正面参与这血腥厮杀。
因此他总是一副造化使者的态度，
为了那天下大势铁面无私。
他觉得世上的因缘皆是造化注定，
顺天者昌逆天者亡自有规律。
因此他总是积极介入世事，
帮助顺应天道的一方夺取胜利，

他从不在乎有多少人为此牺牲。
在他的眼里众生都是棋子，
所有的生命只是造化里的程序，
是为了成全大事而可供使用的物资。
因此他视众生犹如草狗一般，
心里没有爱憎只有能否一用。
好在他并未因这种观点而放纵自己，
否则也就成了另一个巫师。
他只是一个法界的警察公正执法，
看破了大道却少一份悲心。
然而此刻他却无比震撼——
无数的头颅和无数的残肢，
无数的鲜血和无数的尸体，
还有那无数的厮杀和无数的呐喊，
更有那无数的暴戾和无数的怨恨，
都像是一声声尖锐的灵魂啸叫，
刺入了他的灵魂深处。
刺得那冷漠无情的心灵感到剧痛，
刺得那铁面无私的面孔充满愧疚。
这远远不是坐在造化系统前面，
挥动手指用心灵下棋一般的洒脱。
那些生命也不再是没有情感的血肉，
不是一个个可供使用和消遣的棋子。
他们是一个个鲜活的生命，
有爱恨情仇也有喜怒哀乐，
他们也与自己一样，在战争之前，
有着对亲人的不舍和种种无可奈何。
然而一切都在战场上化作腥风血雨，

在绞肉机一般的天地里变成肉泥。
因此这血腥的天地让他好个悲痛啊，
他一瞬间拥有了同体大悲，
他对以前的造化观点也有了动摇，
心中的大爱和悲悯被一一启动。
因此，他才为自己的行为感到懊悔，
后悔介入这争端给世界制造了无穷灾难。
他不能再像过去那样，
依造化规律做一个没有感情的执行者。
他的心中遂产生了退隐之意，
只想带着这些部下顺利脱身，
从此后，江湖路远，不问沧桑世事。

然而此时的交战已陷入胶着，
单方面撤退势必会伤亡惨重。
更有那欢喜军的士气被激发了起来，
在战场上奋发了前所未有的杀意。
一个个红了眼疯狂厮杀，
眼神里放出嗜血的光芒，
仿佛地狱的岩浆冲进了血液，
恶魔般地挥着兵器疯狂杀戮。
此时，就算是仙人想退出战斗，
现场也失去控制陷入了疯狂，
对于这失控的场面，他当然功不可没：
是他，在初战时用脑波激发了士兵的杀意。
此时，就算是他想收回那可怖的能量，
也因为两军的胶着而骑虎难下。
他只有怀着满腔的悲痛和罪恶感，

眼睁睁地看着那恶魔的巨口，
成片地吞噬年轻的生命。

然而仅有这前锋的厮杀怎能足够，
那魔王的使者正躲在暗处狞笑。
它们疯狂地吼叫着呼啸着，
在法界里酝酿着更大的狂欢。
它们要把整个人间都给吞没，
众生的灵魂是它们可口的点心。
它们卷起了遮天蔽日的乌云，
把战争的消息带给两国主力。
它们要用这盘小点做开胃菜，
引出一场气势宏大的聚餐。

就在他们打得昏天黑地之时，
欢喜郎率领着主力及时赶到。
他于前夜接到探子消息，
威德国兵力并非只有三千，
而是浩浩荡荡的数万铁骑，
更有那微妙的一坛小酒，
使欢喜郎疑虑丛生烦躁不安。
为了确保首战不被折了锐气，
他率领援军日夜兼程，
赶往那对父子的对决之地。

再说那威德军也同样增加了军力，
密集郎把所有的兵力都压上战场。
他似乎也忘记了和仙人的父子感情，

自从昨晚一过他的心中便只有敌人。
更有那欲望宝石也在发挥着作用，
让他的帝王之梦胜过了父子之情。
他想通过这一次残酷的战争，
尽快把两军的实力消耗殆尽，
梦想中的王位已呼唤了太久，
他已经等不及要建立那密集帝国。
他早就忘了最初为何参与战争，
那仁爱和平的初心已远到九天之外。

因此两国主力又在这战场上相遇，
那真是仇人相见分外眼红。
欢喜郎和密集郎早就是老对手，
新仇再加上旧恨激起了无穷火焰，
一时间搅起了遍天的血腥。

只见那两军的大战打得正酣，
密集郎又发挥了智谋的优势。
他早就在附近埋伏好了突袭军，
正是救出了胜乐郎的那支部队。
他让这支部队改变了原计划，
埋伏在战场的侧翼准备突袭。
因此在主力们杀得热火朝天时，
突袭军忽然从侧翼发动了进攻，
犹如那利剑一般直直插入战场，
直扑那欢喜军的左侧攻其要害。

这一下欢喜军顿时乱了阵脚，

只因他们正在全力向前进攻，
却不料那阴险的密集郎还有伏兵。
气得欢喜郎恼羞成怒连连顿足，
这密集小子诡计多端狡诈多变，
总是害自己一次次吃亏，
难道真是卤水点豆腐一物降一物，
他是自己命定的克星？

只见他情急之下呼叫着巫师，
让那巫师赶快施展法力支援右翼，
而自己也迅速地分出兵力，
抵御敌军对侧翼的攻击。
更见他本人也奋发了神勇如天神降临，
率领着主力部队拼命向前进攻。
毕竟他经历了无数次的生死大战，
其智谋心计和英明神武都是世所罕见。
因此在这片刻之间他便理清了头绪，
看眼下的情形敌军已占了先机，
与其将主力分散去应付突袭，
不如牺牲侧翼去争取时间，
击溃敌军主力取得整体性的胜利。

于是欢喜郎定好了应敌的策略，
便集中全部的力量进攻敌军主力。
至于那侧翼姑且交给巫师摆平，
不求能将突袭的敌军给击退，
只要能争取到时间就是胜利。

只见欢喜军的阵型迅速变幻，
战场上的局面一时间也波诡云谲。
威德军一边发动对欢喜军主力的进攻，
一边用侧翼的突袭军击其要害。
欢喜军则对侧翼的进攻不管不顾，
仿佛那剽悍的犀牛一般横冲直撞，
勇猛中带了一种壮士断臂的决绝，
试图将那威德军的主力撞成碎片。
战斗的局面一时趋向了白热化，
只因两支军队都竭尽全力想要一战而胜。
仿佛两个高手之间的生死相搏，
其移形换位和闪展腾挪令人目不暇接。
只是随着这一番你来我往的过招，
又有无数的士兵在战场上变成肉泥。
王侯将相一个念头就是一条妙计，
就得有无数的生命为它作祭。
这便是千古战争的残酷真相啊，
而这样的悲剧却一直在历史中上演。
人类像是一群记吃不记打的猪猡，
虽然也喊着热爱和平反对战争的口号，
却总是拿起了屠刀砍向同类。
在这场你来我往的血肉游戏中，
只有那法界的恶灵好个亢奋好个欢欣，
它们睁大一双双红眼，激动无比，
高喊着："继续自相残杀吧，
愚蠢的猪猡，美味的猪猡！"

再说那巫师接到了王令，

立刻就启动咒语烧起符纸，
造出了大量的傀儡加入战斗。
只见那些傀儡一个个青面獠牙，
仿佛远古那未开化的野蛮兽人。
它们挥动起强悍有力的胳膊与尖爪，
纷纷发出了恐怖的怪叫攻向威德军。
那青面獠牙的面孔令人望而生畏，
威德军误以为是地狱来的恶鬼，
一时间很多将士都丧失了斗志，
整支部队阵脚大乱节节后退。
恰在此时，不远处响起一声雷霆大吼，
一个壮汉腾空现前介入战斗。
他仿佛有着金刚无畏的大力，
一手提起一个傀儡使其互相猛撞，
傀儡们在亲密无间的瞬间冒出两股青烟，
之后便化为片片符纸随风四散。

再一看，来人竟是那力大无比的流浪汉，
原来他经过休养已经完全恢复，
只见他奋起了刚猛无比的空行大力，
比横冲直撞的傀儡更加蛮横。
他喝喝大叫的样子像极了天神附体，
沸腾的血液如同爆发的火山岩浆，
这一场厮杀好个畅快，
连他的身边都荡起了气流，
裹挟着凌厉的劲风射向四周。
与此同时，胜乐郎和幻化郎也加入了战斗，
为了守持不杀生的戒律，

他们任是有一身本领也按兵不动，
只因那些士兵是众生也是普通百姓。
现如今，符纸所化的傀儡们加入战斗，
英雄们终于有了用武之地。
更有那巫师的邪法为正法不容，
因此他们便名正言顺来行侠仗义铲除邪恶。
一时间，三人如同猛虎冲进狼群，
拳脚所到之处傀儡们纷纷现出了原形。

那血腥的战斗并没持续太久，
战场上的形势就开始明朗起来。
威德军的主力虽然在节节后退，
但侧翼的进攻已经开始深入敌方。
更有那胜乐郎们与傀儡的战斗，
已经开始进入了毫无悬念的收尾。
只因那些傀儡虽然有些蛮力，
但总是缺乏些灵活和机动。
胜乐郎运用三角战术，
和幻化郎流浪汉配合起来天衣无缝。
加上那流浪汉所具有的空行大力，
其阳刚威猛正是傀儡天敌。
他奋发了石破天惊的金刚之勇，
仿佛成了传说中的威猛战神。
傀儡一个个被击成碎纸，
像被狂风卷起的草灰一样四处横飞。

于是威德兵们重新抢占了先机，
把侧翼的欢喜军压制在低洼之中。

他们挥起了手中的刀斧武器，
狠狠地砸向那些身处劣势的敌军。
一时间洼地里到处鬼哭狼嚎，
欢喜兵被砍杀得血肉横飞凄惨无比。

欢喜郎见状，再次呼叫巫师与仙人，
此时，他已不分仙人妖魔，
他只想借用一切可借用的力量。
只是那造化仙人虽有回天之力，
但因为心灰意懒而不显大能。
他依旧陷在这残忍的战斗场面里，
充满了懊悔自责和愧疚之情。
眼见那无数的士兵瞬间变成了肉泥，
一声声的惨叫涨破了他的耳膜。
更有那漫天的冤魂在嗡嗡哭泣，
制造出无数的负能量使他头疼。
于是他明白了战争和暴力的残酷性，
远远不是那造化系统的评判标准所能衡量。
就算是很多事情在造化程序里早就注定，
也依旧不能免除他此时的自责和悲悯。
因此他只是发出些能量波护住欢喜军人，
却不再用那汹涌澎湃的大力促使他们反攻。

胜乐郎与幻化郎却展开了反攻。
他们已经把那些傀儡全部清理干净，
随后带着流浪汉一起包围了巫师，
为了将这祸害彻底铲除，
他们使出了浑身的解数。

这三个成就者的能量一旦集合，
绝对能让魔国都感到震动。
再加上那巫师刚在异度空间身负重伤，
他双拳难敌六手顿时陷入危急。

只见那三个成就者展开了车轮大战，
巫师左支右绌顿觉狼狈不堪。
那流浪汉在三人中最是神勇，
一招招都裹挟着大力刚猛无比。
他早就对这个妖人祸害恨之入骨，
更有那浑身的蛮力无处释放。
此时这祸害好不容易落入手中，
他索性使出了一招泰山压顶，
并且在这一掌上倾注了全部力量，
眼看就要把那巫师砸成骨泥肉酱。

第 222 曲　牺牲

再说巫师看到这一掌也大惊失色，
虽然他是法界的魔王，
但也要依托肉身才能存在于人间。
就像无线网络的信号再怎么强大，
也要有对应的手机才能发挥功能。
他知道自己受不起这雷霆一掌，
于千钧一发之际，念动咒语启动了最后的法宝——
那散布灾难的魔盒。
魔盒挡住了力大无比的铁掌，
并释放出无量的黑气向四周扩散。
流浪汉已是收势不及，
又或者他根本就无视任何阻碍，
他充满佛挡杀佛魔挡杀魔的霸气，
将那只威猛的手掌径直砍下，
本想把巫师拍成掌中肉泥，
却不料被魔盒挡住了攻势。
他仿佛砸中了一块千年寒冰，
一股阴寒之气顿时袭向胸口。
他整个气脉都为之一滞，
一口鲜血喷射而出。

胜乐郎和幻化郎见状，
立即收回了打出的拳头，

移形换位护住流浪汉。
他们两人下意识做出这选择，
虽没有商议却配合默契。
在电光石火间便放弃了攻击，
转而去保护兄弟的性命。

只见幻化郎启动了造化系统，
形成了一个能量的防护罩，
抵御魔盒的黑暗能量。
胜乐郎也运起了浑厚内力，
为受伤的流浪汉逼出体内寒毒。
这寒气若是攻破心脉，
流浪汉立刻就会毙命。

那巫师的情况也好不到哪里，
启用魔盒的能量消耗让他脸色苍白。
加上流浪汉的铁掌产生的震荡，
也让他的五脏六腑翻江倒海。
他强撑着不使自己倒下，
并让魔盒继续发出邪恶光波，
它像抽水机一般开启，
抽取他的能量释放黑气。
只见巫师捂着胸口脸色狰狞，
强撑着意念在持诵那黑咒。
过去屡次遇险他都不用魔盒，
正是因为启用魔盒会消耗大量命能。
这是一场以本伤人的博弈，
最后没有一方称得上胜利。

但此时既然祭出了魔盒，
那就索性来一个鱼死网破。
于是他鼓动着顽强的意志力，
催动魔盒放出大量的黑气，
那黑气随波动四处扩散，
诞生了无数的厉鬼冤魂。
它们张舞着獠牙和利爪，
向威德国的士兵扑去。

随着那魔盒恶能的扩散，
威德士兵也出现了幻觉。
他们看到了无数的厉鬼冤魂，
有着青面獠牙的恐怖面容。
那无数的黑气也涌上脖颈，
变成了吐着芯子的毒蛇，
缠得他们捂着胸口呼吸困难，
软塌塌倒在了对方的刀下。

胜乐郎见到了这种景象，
万分焦急却无可奈何。
因幻化郎的防护罩极其狭小，
只能保护他们三人不受伤害。
他要全力以赴帮流浪汉疗伤，
没精力对付魔盒的恶能。

突然听到一声大吼，
只见流浪汉摇晃着立起，
原来他看到这局面陷入危急，

而所有人都束手无策，
因此他决定要祭出空行石，
用空行之力去抵御魔盒。

此时已至黄昏，阳光慈悲地
给流浪汉披上了金色铠甲，
使他如护法天神般伟岸。
他在这神圣的彩光里启动咒语，
在咒声中进入了空性状态。
他虚弱的身体不再虚弱，
发紫的脸色也不再发紫。
天地之间，只剩下一声声咒语，
以及他赤如鲜血一般的朱砂痣。

幻化郎见状气得捶胸顿足，
大骂蠢汉、呆子、傻瓜蛋……
他知道，那呆汉是拿命气去压制魔力，
此时那寒毒未尽不能妄动，
若是勉强自己就会埋下巨大隐患。
如果自己造出的那宝盒还在，
就无须兄弟冒这般风险，
可惜黑城堡一战，
那宝盒也被吸回时空裂缝，
此刻，他也无计可施。
胜乐郎也叫不可不可，
流浪汉的决心却如那铁石。
只见他大吼一声震天动地，
祭出了空行石浮上天空，

那宝石放出了五彩光芒，
又发出一道虹光和流浪汉相通。
流浪汉的心轮传出能量，
空行石的彩光也随之明亮，
它一晕晕向四周扩散开去，
顿时就压住了魔盒的邪能。

这时的流浪汉已虚弱至极，
只见他浑身颤抖不已，
脸色是青的，嘴唇是紫的，
汗珠如暴雨，一滴滴滚落。
尽管如此，他却强撑着身体，
如飓风中的大树一般，
枝干虽在摇动，脚下却岿然不动，
他把能量源源不断传送给空行石，
希望能将魔盒彻底击垮。

空行石放出的五彩之光，
和魔盒的黑能量胶着在一起，
像两条巨龙在空中绞杀。
大地被气流激荡得一阵阵颤抖，
空气里也充满了爆炸的气息。
两军士兵都呆若木鸡，
不知不觉中停止了厮杀，
呆呆地观看这世纪之战。

但事态的发展果然如胜乐郎所料，
虽然空行石是魔盒的克星，

虽然流浪汉的空行大力也专克恶能，
但因为那石头过度使用已出现裂缝，
再加上流浪汉受到重创气力不足，
两条巨龙胶着了一阵，
便发出一声惊天动地的巨响，
空行灵石碎裂成数块，
那五彩宝光也陡然消失。
流浪汉喷出了几口鲜血，
猝然倒地，人事不省。
威德阵营里顿时一片混乱，
两位大德在全力抢救流浪汉，
那些威德兵却惊慌了心神，
不是被吓碎了心胆般愣在原地，
便是丢弃了盔甲四处逃命。

那魔盒经过和空行石的斗法，
像被撩起了性子的公鸡一般亢奋。
也许是打败了空行石让它兴奋，
那邪恶的黑暗能量也在迅速扩大，
甚至已经超出了巫师的控制限度，
使部分欢喜兵也开始陷入迷乱。
巫师满头大汗倾尽全力，
试图去控制魔盒的力量不伤及自身，
然而那魔盒已是脱缰的野马，
任那巫师法力再高也无法控制。
一时间战场上一片混乱，
两军士兵都汗落如雨，
他们感到万分惊骇却无能为力，

只能闭上眼睛等待末日降临。

这时候密集郎突然出现，
只见他抓住时机冲入阵中，
将一根金光闪闪的手杖交给胜乐郎，
嘱咐他抓紧时间为流浪汉疗伤。

原来威德郎知道密集郎要去阻击欢喜军，
所带领的兵力又远远不如对方，
必然会有那九死一生的凶险，
因此在密集郎就要率军出发时，
把那根疗伤圣物的手杖，
交给了密集郎让他随身携带，
以便遭遇不测时能够应急。

此时密集郎见流浪汉情况危急，
更看到魔盒的能量在不断扩散，
两国的士兵都面临灭顶之灾，
于是当机立断将手杖交给胜乐郎。
那手杖上镶有空行石碎片，
还凝聚了威德郎的世间法福德，
胜乐郎拿着它就如强强联合，
或有扭转败局的可能。

胜乐郎接过手杖时却略感诧异，
他若有所思地点了点头表示感谢，
然后抚摸着手杖上的空行石碎片，
脸上露出了不确定的神色。

他知道这手杖是疗伤圣物，
想当初华曼的起死回生，
便是依托这根手杖的超能，
却不知密集郎为何突然发此善心。
然而眼下情势紧急已不容他多想，
于是他催动真气启动手杖，
并用手杖对准那流浪汉发出能量。
只见他几缕真气下去，
流浪汉的脸上就有了血色，
那急促的气息也开始稳定起来，
眼皮一阵抖动就要张开。

见此状胜乐郎顿时心头一喜，
他知道那空行石碎片发挥了大力。
空行石本是空行勇士的命石，
它荟萃了五大之精，
有不可思议的大能，
再加上威德郎强大的念力，
那手杖更是有了化腐朽为神奇的功能。
眼见流浪汉的命气已开始恢复，
胜乐郎运起了更大能量输入流浪汉身体，
想为他补充元气让他尽快复原。

只见流浪汉的眼皮又抖动几下，
四肢和手指也开始抽动。
突然之间他撑开了眼皮，
放出的光芒犹如夜空的闪电。
那目光里满是凛凛的威严，

像圣洁的雄狮充满了大力。
还没等胜乐郎反应过来，
他便一把抓过手杖诵起咒语。

这一下胜乐郎傻了眼，
眼前的流浪汉哪像个病人，
他分明是威风凛凛的天神护法，
浑身都充满了不可冒犯的
威严以及粉碎一切的大能。
只是他也知道那蠢汉的决绝打算，
这是在用自己的最后那一点命气，
去启动手杖上的空行石碎片，
继续和那巫师的魔盒作斗争。
因此胜乐郎想强行阻拦那汉子，
让那呆子护住根本命气从长计议，
然而电光石火间一个画面却浮现于脑海，
那是魔盒的能量彻底失控后的景象——
魔盒突然收回了所有能量，
世界也在刹那间陷入静默，可不到两秒，
那魔盒就将所有能量喷射而出。
巨大的能量波类似于核弹爆炸，
整个战场顿时化作一片火海，
所有的一切都被烧成尘埃，
巫师和两支军队全都灰飞烟灭，
欢喜郎和密集郎一命归阴，
自己和幻化郎流浪汉也遭池鱼之殃。

胜乐郎看到这共同毁灭的结局，

立刻做出了决绝的打算。
他运起内力输入流浪汉身体，
好让流浪汉有更大的能量启动空行石。
幻化郎也明白了眼前局面，
更知道胜乐郎的所思所想。
他们从来都是默契配合的搭档，
更有那相同的传承心有灵犀。
于是他也伸出双手按在胜乐郎肩上，
和胜乐郎流浪汉一起启用空行石能量。

只见他们三足鼎立连成稳定的一体，
一个按住另一个肩膀同时用力，
三个成就大德同心所向齐心协力，
定然是强大无比所向披靡，
更有那牺牲自己的决绝斗志，
让他们拼尽了全力在此一搏。
只见三人都奋发了前所未有的神勇，
调动起全身的能量去灌输给空行石。
他们丝毫不给自己保留维持生命的命气，
哪怕是气绝人亡也在所不惜。
这番豪情壮志令人动容，那波澜壮阔的场面
更是让人回肠荡气。不管此番决战的结局如何，
三位大德不惜粉身碎骨为众生的精神，
已成了世上最为光辉伟大的剧情之一。

然而三个成就者虽然能量强大，
这样的串联却也有隐患，
那流浪汉要承受两个大德的功力，

还要承受空行石的反作用力。
他就像那连接两头的螺丝钉一般，
所有的力量都在挤压着他。
若是他不慎心乱气散，
极可能会五脏震裂气绝身亡。
只见胜乐郎和幻化郎一边运功，
一边不能自已地流下热泪——
他们眼睁睁看着兄弟命悬一线，
却不得不继续往他身上加力，
这是怎样的残酷与无奈呀，
让他们的心中如怒海翻涌，
随后又化成了强大的悲心，
一起向魔盒迎头撞去。

只见空行石碎片的能量陡然间剧增，
它的五彩之光里带上了霹雳闪电，
放出了阵阵震耳欲聋的响声。
那强大的正能量如洪荒之力，
又像是一条燃烧着亘古大火的巨龙，
以黄河般的不可阻挡之势，
也像呼啸的火车撞向了魔盒。

流浪汉已如火炭一般，
浑身的皮肤变成了通红，
胡须和头发也被鼓荡起来，
像迎风飞舞的战旗猎猎作响。
他不顾自身安危凝神于当下，
全力安住于明空之心，

随后调动起心力凝聚能量，
发出一声狂吼放出最后一击。

于是那空行石燃起亘古的大火，
火焰中有无数的霹雳闪电，
那大火又凝聚成了一条火龙，
吼叫声震耳欲聋向魔盒撞去。
如同惊涛骇浪撞上了礁石，
又像是两颗原子弹碰在一起，
随着那一声毁灭世界的撞击，
大地发出了一阵抖动和巨响。
天空也放出了刺眼耀目的白光，
众人眼前一片刺目的光亮，
随即一切陷入了黑暗和死寂，
世界在这一刻停止了运行。
所有士兵脑中都一片空白，
胜乐郎和巫师也失去了意识。
不知道那个刹那发生了什么，
被巨大的能量给震成了木鸡。
整个世界都陷入了一片黑暗，
所有人都在黑暗里丧失了记忆，
忘记了自己身在何地所做何事，
对那周围的景象也感到陌生，
仿佛不是置身于你死我活的战场，
而是在看一出突然静止下来的默剧。

第八十六乐章

造化仙人又不见了。阴阳城内外的人们正忙成一团，城外娑萨朗家园的火光照亮了人们的泪眼；城内流浪汉命悬一线，激情昂扬的国王正煽动着组建新的战斗队伍……

第 223 曲　残局

这时候远处传来一线光明，
仿佛一把剪刀剪开了黑暗。
紧接着，那光线由一线成为一片，
世界像电脑系统般重启。
随着光明的无限蔓延，
两军将士也恢复了暂时中断的意识。
只见魔盒已被彻底摧毁，
威德郎的手杖也断裂成数段，
上面的空行石碎片更是化为灰烬。
流浪汉的空行石倒是还剩下一块，
那是第一次启动时剩下的碎片。
只见流浪汉摇摇晃晃站起身来，
又缓缓地弯下腰捡起那块碎片，
然后双手捧着，轻轻触碰了一下额头，
又珍宝一般，收回自己怀中。
而后，他仰天吐出一口鲜血，便栽倒在地。

顿时万物沉寂了。世界也死了。
一切都安静到了极致，
只有明晃晃的太阳照耀着一切。
人们被那阳光照得头晕目眩，
依稀看到一个伟岸的身影站起又倒下，
如同上演了一场惊心动魄的默剧。

然而魔王的子孙却并不喜欢这出默剧，
进行了一半的盛宴戛然而止，
他们怎能容忍？于是，
每一个魔子魔孙都怒不可遏，
他们的眼中又闪烁起贪婪的光芒，
他们的嘴角又流出了腥臭的涎水，
他们的辘辘饥肠正等着血腥的大餐，
因此他们迫不及待地化身为战士，
继续煽动起邪恶的风暴卷向战场。
只见一支箭嗖地飞了出去，
启动了暂时休克的战局。
那天地间的舞台上又开始鼓噪，
继续上演千百年来从未停止过的血腥剧情。
于是，血腥的舞台更加血腥，
将残酷的人间闹剧推向高潮。

只见威德兵们脱离了魔盒的控制，
仿佛睡醒的雄狮一般威武有力。
他们恼火那欢喜军使用了邪法，
用卑鄙的伎俩夺取无数战友的生命，
更有流浪汉自我牺牲的精神，
激发出他们奋不顾身的豪情。
于是一个个威德兵举起刀斧如狼似虎，
如江河泄洪般扑向欢喜军。

欢喜郎看到战场上的局面，
判断出敌军已经恢复战斗力。

那勇猛无畏的精神犹如猛虎，
如同砍瓜切菜一般势如破竹。
而欢喜军却随着魔盒的破碎，
士气低落萎靡不振。此消彼长之下，
自己唯有收兵才是上策。
于是，他一边指挥弓箭手迎击敌军，
一边鸣锣击鼓命令大部队撤退。
那撤退也不是一哄而散的溃败，
而是有组织有分工有序地撤兵。
欢喜军在弓箭手的掩护之下，
部分士兵负责阻击威德军断后，
大部队则迅速地向后方转移。
井然有序犹如那训练有素的蚁群。
咦呀，好个临危不乱的强兵劲旅。

密集郎看到了欢喜军的撤退，
自己也在心中权衡着军情。
虽然威德军此时士气高涨，
可怎敌欢喜军人数众多，
更有流浪汉不省人事。
而对方还有造化仙人助阵，
如果他们再用神通，自己根本无力抗衡。
况且建国大业的梦想没有完成，
此时的欢喜军还不能完全消灭。
只有他们两个国家继续消耗，
才有他密集帝国的生存可能。
这诸多的条件都不利于再战，
他像一个极其精于算计的赌徒，

在瞬息之间便盘清了局势，
随即便决定放弃追击，
敲响了锣声收回军队。

随着双方的收兵休整，
天地又恢复了平静，
只有无数的尸体在展示着战争的罪恶。
有的睁大双眼死不瞑目，
欲跳起来与敌人再争个你死我活；
有的表情扭曲痛苦至极，
仿佛在控诉这人间的罪恶游戏；
更有那一支支迎风飘舞的残破旗帜，
仿佛招魂幡儿在招引着无数的冤魂。
曾经的尊严与荣耀已成为过去，
那残存不全的片片布缕，
也在昭示着帝王功业的残酷与无常。

是啊，这样悲情的曲目何时才能落幕？
这样凄惨的场面何时才能消失？
人类总像一群不停折腾的蝼蚁，
在野心和欲望的驱使下竭尽全力地自取灭亡。
也许直到那世界彻底毁灭的时候，
他们才会在最后的刹那懂得反省与悔恨吧。
然而那时候还有什么意义呢？
所有的一切都已经归于尘土，
无论是圣人的救赎还是魔王的毁灭。
何不安住当下享受快乐幸福？

此刻的欢喜军营里却不平静，
只因大军气势汹汹地进发，
一心想要摧毁那出尔反尔的敌人，
却不想出师不利，首战就折了锐气。
而对手又是造化仙人的儿子密集郎。
这一刻，欢喜军营的主帐里冷如冰窖，
无数的目光阴阴地窥视着造化仙人。

那巫师更是慷慨激昂地出言控诉，
说仙人肯定是为袒护儿子而出卖了国家，
否则他为啥对国王的命令充耳不闻？
如今自己元气大伤那魔盒也被摧毁，
而威德国却有好几个成就者相助，
欢喜国显然已经陷入了劣势，恐怕
此后的作战欢喜军不得不任人宰割——
当然，那巫师虽然口口声声是为国为君，
其实却是在发泄个人损失造成的愤怒。
他险些丧命暂且不谈，那魔盒的被毁
更是让他像烈马被骗去了卵蛋，
纵然有天大的念想也难振雄风，
因此他对仙人深恶痛绝。
这次的战败让他找到了借口，
当然要好好把握将仙人置于死地。
于是他唾星飞溅地罗织罪名，
不但声称仙人通敌让自己受伤魔盒被毁，
甚至将此番战败全部归咎于仙人。
并且他言之凿凿地说出了证据：
在流浪汉们聚集发功的时候，

造化仙人袖手旁观，没有保护魔盒；
那密集郎大举进攻的时候，
造化仙人也消极怠工未施展神通。
这才导致欢喜军被威德军压制，
大量的欢喜国男儿葬身战场。

巫师控诉完仍是义愤填膺，
一时间怒气扰乱气息引起咳嗽，
更牵动伤口扯出一阵阵剧痛。
只见他捂住胸口痛苦地喘气，
那狰狞的表情让人不寒而栗。
他对造化仙人早已恨之入骨，
恨不能将那老头碎尸万段、千刀万剐。
但他在大义凛然地指控仙人时，
眼睛的余光却不忘观察欢喜郎的表情，
看国王会不会采纳自己的观点，
把那可恨的仙人就地正法处以极刑。

欢喜郎闻听此言，心中确实七上八下。
巫师所言并非凭空捏造。
当初是造化仙人提取了未来科技，
制造出魔盒要帮助自己完成统一，
因此这魔盒本就来自造化之功。
即使仙人没有保护魔盒的能力，
也应该在态度上积极参与。
欢喜军被敌人压制的时候，
仙人也的确没有尽力尽心。

想到此，欢喜郎那狐疑而锋利的目光
如匕首一般，开始刺向造化仙人。
巫师及时捕捉到欢喜郎的这一心思，
又开始了他的添油加醋：
"造化老贼，你通敌行为铁证如山。
大敌当前，你身在曹营心在汉，
还与敌人眉来眼去。
你徇顾私情目无王法，
如今，罪证累累，你还有什么话可说？！"

这番话更挑起了欢喜郎的疑心，
他已听说了那送酒之事，
也知道仙人打碎了酒瓶。
当时他还觉得这老仙人很不容易，
要和自己的亲生儿子在战场上厮杀，
换作是谁也难免会产生纠结和犹豫。
因此他并没有追究此事，只当自己全不知情。
却不想，仙人老奸巨猾，绵里藏针，
竟然睁一只眼闭一只眼，
在战场上不尽全力。
此时，再谈信任已不能够，
连那起码的尊老也被满腔怨恨替代。
平生里，欢喜郎最恨背叛之人。
是可忍，孰不可忍。
只见他一声令下，唤来侍卫，
直接剥去老仙人朝冠朝服，
打入那监牢听候发落。

仙人见欢喜郎怒发冲冠，
却仍像一面湖水平静如斯。
自从进入这帐篷，他就一言不发。
该来的，总会踩着坚定的步伐到来，
任自己如何解释都苍白无力。
其实，说他通敌想想也不为过，
在这场战斗里，他确实没有全力以赴，
这和之前那积极介入的态度大相径庭。
只是这并非因为他们认为的通敌，
也不是徇顾私情目无法纪。
在造化规律面前，他可以放下父子之情，
可以将那坛美酒的苦涩留在自己心底，
然而，他不能对那些血腥和惨叫视若无睹。
他无法继续坦然地参与罪恶。
在那悲心显发之下，他只想抽身而退，
卸去这法界警察的使命与责任，
回到那深山老林里避世躲清闲。
只是，那些被仇恨和贪婪占据的愚昧之心，
又何尝能明白一个仁者的悔悟和无奈？

眼下巫师被拔去了爪牙，
无论是那断子绝孙的黄煞阵，
还是这鼓荡欲望的邪恶魔盒，
都已经被胜乐郎们彻底摧毁，
那巫师再狂也掀不起多大风浪。
这也算是了却了他的一桩心愿，
就算是从此退出江湖也毫无牵挂。

因此他在心中打定了主意，
只待欢喜郎做出判决，
他便离开这斗争的旋涡。
于是他心想："姑且随你怎么判，
反正老夫要来便来要走便走，
几个凡夫俗子也奈何我不得。"
所以他既不辩解也不反抗，
由着侍卫把他捆了个结实。

巫师却深知仙人的心思，
他怎能由着这老贼逃出生天？
于是，他继续向国王谏言：
"大王在上，老妖人一日不除，
欢喜国便一日有患。他一身妖术，
放了他岂不是放虎归山？
再说通敌之罪，非同儿戏，
不除他，怎么严明欢喜国军纪？"

欢喜郎一听，心里却咯噔了一下，
愤怒的情绪也渐趋平静，
国王的机心遂飞速运转。
将仙人斩首？当然不能。
你巫师的小算盘打得好个精妙，
斩了仙人，你就能称霸独大。
我欢喜郎再蠢，也不会自毁长城。
于是他对巫师之言不置可否，
依然命人将仙人押入大牢。
巫师见状直感到后悔不迭，

没想到自己的临阵补刀，
却促使欢喜郎提起了警觉。
哎呀呀这真是弄巧成拙，
只怪自己急功近利揠苗助长。
因此他调整策略退而求其次，
又摆出那一副忠心耿耿的样子，
上前一步叫一声："国王陛下，
务必要把这老妖怪严加看守，
防止他使出什么妖法逃出生天。
要知道此人与那密集郎身为父子，
一旦逃离就会对我军造成威胁。
我可以配制一种特殊的好酒送他，
让他一喝忘千愁，记忆尽消，法力尽失。
只要这妖人没了那猫颠狗跳的邪法，
就不怕他再掀起那阴风和暗火。"

欢喜郎当然不会采纳巫师的提议，
要是造化仙人喝下了巫师的毒酒，
就会法力尽失与那废人无异，
那时自己还不是照样被巫师把控。
所以，欢喜郎决定留下老仙人的这把老骨头。
这一方面是为了钳制巫师，
让那嚣张的巫师有所忌惮不敢妄为；
另一方面他也希望仙人能回心转意，
有朝一日，能再燃起一把大火，
为那欢喜大业摇旗呐喊。

可那巫师仍不甘心，只见他正要开口，

欢喜郎却摆摆手走出了主帐，
留下巫师一人呆立在那儿。
那巫师顿时撕破了忠诚的面具，
钢牙紧咬攥紧双拳，急怒攻心就想发作。
然而伴随着怒火，更有一阵剧痛扑面而来，
巫师不由得打了个冷战清醒过来。
于是他心不甘情不愿地松开双拳，
又向欢喜郎离去的方向啐了一口，
然后回自己的帐篷准备运功疗伤。

欢喜郎当然知道此举会激怒巫师，
但他也知道，造化仙人一日在营中，
哪怕枷锁在身，巫师也不敢轻举妄动。
再者，无趣之人只有无趣之法才能对治，
这巫师屡次犯上，却毫不知悔改，
现如今，必须让他知道谁才是大王。

再说那巫师回到帐中心绪还未平复，
无尽的怒涛还在他的心里翻滚。
眼睁睁看着仙人就要逃出牢笼，
自己却空有一腔愤怒而束手无策，
他气得直想一拳要了欢喜郎的小命。
然而黄煞阵被破坏，魔盒也被摧毁，
他手中的王牌渐次成了废纸，
如今欢喜郎已是他的最后一张王牌，
就算没有造化仙人在碍手碍脚，
他此时也不能将那欢喜郎除去。
然而，如今的欢喜郎已今非昔比，

仿佛从猫变成了虎，对自己已不再畏惧，
这可真是个伤脑筋的问题。
于是他一边吸收战场上的冤魂邪气，
想要尽快恢复自己受损的法力，
一边转动着眼球想要修补霸主大梦。
想着想着，他的心中又喷出一股怒火，
将那两只闪着寒光的鼠眼
烧成了两个通红发亮的火球。

而那老仙人也果然如巫师所料，
早已打定主意要入山修行，
因此在当夜里便不辞而别。
只是临走时留下一张纸条，
告诉欢喜郎切记要正法治国，
别再用那邪法妖人去祸国殃民。
老仙人更让欢喜郎放心，
自己的不作为并不是通敌，
自己也绝不会去帮助威德郎，
只因战争的罪恶让他感到无比自责，
他不想再管人间的废废兴兴，
才会有战场上的袖手旁观。
而且，日后他会卸甲入山做野鹤闲云，
不再干预造化和人间的纷争。
但他最后还送给那巫师一句警告：
"如果他再猖狂作恶祸乱人间，
我必会重出江湖来铲除祸根。"

欢喜郎看到了仙人的纸条，

发出了一声无奈的感叹。

他并不后悔没听巫师的建议，

赐给仙人毒酒或者将其斩立决，

只因他经历了这么多的世事沧桑，

心中早已学会了放下和释然。

他明白留不住的终究留不住，

与其耿耿于怀不如相忘于江湖。

他更想到了当年的胜乐郎，

那圣人先是抛却国师一职，后来与仙人一样，

也从狱里脱身而去，

看来正道的成就者都不愿介入战争，

更无法用世俗的牢笼将他们囚禁。

也罢也罢随他们去吧，

天要下雨娘要嫁人，

总有一些事是国王也管不了的。

他更对仙人的担当生出了一份感动，

因那老人虽然被自己打入大牢，

临走时却依旧在敲打巫师，

让那巫师别以为失去制约无所顾忌。

因此他从心底里原谅了仙人，

更对仙人的境界产生了向往。

他决定只要这一次平息了战争，

让天下的百姓都安居乐业，

他就学那仙人去入山修行，做一个闲淡散人。

想到这里欢喜郎又长叹一声，

带着满心的沧桑和对修行的向往，

继续去谋划他的下一步作战行动。

他满心呼唤那最后的大决战，
他要看那天下究竟鹿死谁手。
他要昭示天下——
他欢喜郎才是一统天下的千古大帝！

第 224 曲　起死回生

随着这次战斗的结束，
胜乐郎们也抽身而退，
随了密集郎赶往阴阳城。
一路上，幻化郎低头不语，
时不时望着密集郎沉思。
他不再像从前那样喋喋不休，
总是与师兄抬杠、斗嘴，
他现在的脸上，只有一份神秘，
聪明如密集郎也摸不着头脑。

流浪汉仍生死未卜，
他因过度使用空行石受到
强大的震荡而五内俱焚，
要不是在那千钧一发之际，
胜乐郎用法力锁住他的命魂，
使它依旧停留在那副
坏皮囊的心轮处没有出窍，
他也许早就一命归阴。
尽管如此，他却仍是个活死人，
没有呼吸，心跳微弱，
躺在那担架上昏迷不醒。

胜乐郎明白，这样的抢救

不过是权且的延时。时间一久，
流浪汉还是会死去。
只因命魂宛如生物电波不能久存，
如果不能及时启动肉体，
它就会随着时间而消散。
但胜乐郎依然在全力以赴，
将一晕晕真气输入流浪汉体内。
只因能不能救回兄弟是老天爷的意，
而救不救兄弟却是他自己的心。
他也依然祈祷着奇迹的发生，
祈请着奶格玛师尊的加持。

只见他边做功边回忆着相处的时光，
那些患难与共的片段如电影般上演，
一丝丝感动加上一丝丝心痛，
令他如鲠在喉，时不时就潸然泪下。
他明知世事无常转瞬成空，
那坚固的觉悟却隔不断手足情深。
他握着流浪汉的手，
祈祷师尊能引发奇迹，
又时时对流浪汉低声念叨，
望那痴汉也能努一把力。
寥寥的几句呓语，
已将浓浓的兄弟情谊渗透在其中——

"流浪汉啊我的好兄弟，
拉着我的手！
无论面对多大的风雨，

你都不会感到孤单。
不管是光辉灿烂的净境，
还是刀山火海的地狱，
只要有我，
你的灵魂就不会飘零。"

胜乐郎就这样边祈祷边引导，
握住流浪汉的手传递着光明和爱。
他相信，不管流浪汉是走还是留，
都会因这份温暖而祥和安宁。
而幻化郎却心不在焉魂不守舍，
流浪汉的命魂眼看就要消散，
他却表现反常像无事人一样，
偶尔皱皱眉头，偶尔若有所思，
不知他心里到底在想些什么。

这一夜，流浪汉的命气已开始消散，
眼看他已撑不到启明星升起，
胜乐郎便运用了传承中的仪式，
随时准备为他做好导引，
帮他在中阴身阶段达成解脱。

正在这时，幻化郎出现了，
他凑上前来附在胜乐郎耳边，
神神秘秘地叽咕了几句，
眼中精光四溢分明充满希望。
他从怀里掏出两颗宝石，
那宝石闪着七彩流萤的柔和光芒，

赫然是断头谷里的九天玄石。
只见他将宝石一左一右塞入流浪汉手中,
再与胜乐郎一同握住流浪汉双手,
两人也是一左一右每人各握一只。
然后他们屏气凝神,安住于明空之心,
调动起心力开启了宝石。
顿时,那宝石流光溢彩,如波如晕,
明亮似满月炫目如红日,
只一刹那,便又归于暗淡。
再看,却通体碧绿犹如翡翠一般,
两者之间,还有一线相连,
宛如那彩虹桥,使能量的传递更加通畅。
胜乐郎见此状,顿时大开眼界,
心中也升起了希望的火苗。

随后幻化郎一个眨眼,
胜乐郎便心领神会,
知道那合二为一的九天玄石火候已到,
所有能量都被他们成功启动。
只见两兄弟同时发力,
将那大能注入流浪汉体内。
此刻他们的心中,都有一幅美轮美奂的画面:
无尽能量如同月光般倾泻,
流遍流浪汉的每根血脉每个细胞,
所到之处,经脉愈合,骨血复原。
而九天玄石也呼应着两兄弟的观想,
将无尽的大能转化为治愈的力量,
一遍一遍冲刷着流浪汉的身体发肤。

仅仅一炷香的工夫，
两颗九天玄石的超常异能与
两位大德的高超修为双管齐下，
终于挽回了流浪汉的生命。

见流浪汉命难解除两人松了口气，
随后胜乐郎便向幻化郎询问宝石来历。
幻化郎说了自己和密集郎在断头谷的经历，
还说了宝石与空行石相通的奇异特性——
所持者心善宝石便焕发善能，
所持者心恶宝石便焕发恶能。
正是那善者更善恶者更恶的特性，
让幻化郎和密集郎得到了不同的助缘。
而两颗宝石本身，也随着两兄弟的变化，
出现了截然不同的两种面貌。

幻化郎的那块越来越善良慈爱，
密集郎那块却充满了贪婪与算计。
初时幻化郎并不知九天玄石的异能，
也不知自己的事业飞速发展，
正是依仗了宝石的力量。
成就之后，他才在造化系统中找到答案，
也明白了奶格玛当初为何不回答他的提问。
如今看到密集郎的变化，
还有那超乎寻常的强能，
幻化郎立刻联想到九天玄石的大力，
并且进入造化系统确认了答案，还知道了
密集郎那曾经仁善的心中，

藏匿着怎样的野心和阴谋。
然后，一个看似离奇的念头电光石火般闪现，
给了幻化郎希望也让他异常兴奋。
于是，经过反复试验多次验证，
确定了九天玄石起死回生的功能之后，
他便暗施法术，迷惑了密集郎，
盗取了他视若生命的九天玄石。

而此时，宝石的任务已完成，
幻化郎必须在密集郎醒来之前将其归还。
他还决定趁此机会来一个掉包，
以自己的善良之宝，
替换密集郎那颗欲望之石。
他想用那善能熏染密集郎，
使师兄脱轨的命运回到正常轨道。

胜乐郎听完甚是欣慰，
流浪汉起死回生，更有那密集郎
也出现了救度的机缘，这无疑
是两个天大的喜讯。
原本自己也觉出了密集郎的怪异气息，
只是他一直忙于调停两国争斗，
如同那旋转不停的陀螺，
才忽略了这个大因缘。
于是，他对着幻化郎连连称赞，
使幻化郎志得意满，连眉毛也开始了舞蹈。

随后，他们将流浪汉抬回威德军营，

并涓涓细流般为他继续输入真气。
眼见流浪汉的生命体征越来越稳定，
他们的脸上也展露了笑颜。

胜乐郎因此有了心力才可以旁顾，
他时不时观察法界形势好未雨绸缪。
现在，他已知道造化仙人的退隐，
幻化郎听后心里满是沧桑。
当初，是那个快乐的
喜爱恶作剧的老头改变了他的命运，
可惜后来，因各自的造化，
他们各随其主各行其命。
如今，老头能退出这纷争也算圆满结局。

此时密集郎也得知了父亲的动态，
因此减轻了负担不再愧疚。
经过这些天九天玄石的陪伴，
他的心气已明显转变，
他时时想终止这蓄谋已久的政变。
只因他忽然觉得，
春秋大业没有意义，
帝王江山也没有意义，
心中被他赶走的和平与善良
再次返回，在他的心间开始复苏。

第 225 曲　迁行

这时探子来报战事有变，
因前方区域暴发瘟疫，
欢喜郎将改道梵河谷，
绕过瘟疫区赶往阴阳城，
届时将路过娑萨朗。
说罢，他便转身策马离去。
这是密集郎训练的精锐之一，
说话做事不拖泥不带水。
他们的心上眼里，
永远只有一件事：做好自己，
在其职，尽其责，谋其事。

诸大德闻言无不忧虑，
欢喜军经过娑萨朗将有极大隐患。
只因娑萨朗是幻化郎的阵地，
虽然名相上它不偏不倚，是慈善基地，
但幻化郎却在帮助着威德郎。
更有上一战重创巫师，
他必然会怀恨在心展开报复。
而娑萨朗的难民中，多为老弱妇孺，
那里贮存的大量物资定会被哄抢，
青壮年也许还会被抓去成为兵丁，
作为欢喜军的补充力量。

就在大家长吁短叹不知所措时，
胜乐郎却站了起来，他建议兵分两路：
自己带一支队伍护送流浪汉回阴阳城；
幻化郎带一支队伍赶往娑萨朗，
去藏匿物资转移难民。
他还建议密集郎也兵分三部：
一部跟随幻化郎救助难民；
一部跟随自己护送流浪汉；
一部潜伏在敌人的必经之处，
或鼓噪或游击缓其行程。
只见他临危不乱有条不紊，
将诸多细节一一安排，
更有那成就大德的强大气场，
使众将士深深折服信心倍增。
密集郎闻言也暗自钦佩，
这一番谋略高屋建瓴。
那成就大德的内证好个殊胜，
既稳如泰山又毫不张扬。
于是他心中的善根仿佛雨后春笋，
更在心中发愿要做那大德的随从。

再说幻化郎带领的小分队快马加鞭，
不日便抵达圣地娑萨朗。
他以最快的速度召集了会议，
告知大家当下的严峻形势：
"同胞们，敌人就要来临，
我们必须要启动应急方案。

不要惊慌，只要把这劫难当成一次演习，
像训练时那样对待即可。但一定要切记，
只有大家精诚团结才能渡过此劫，
因此所有人都要行动起来，要有所担当，
还要守望相助，这是我们娑萨朗人的宗旨。
首先我们要藏匿粮食和物资，
还要转移那老弱妇孺。"

原来，为了防患于未然，
娑萨朗早就制定了各种预案。
他们举行演习训练难民，
一旦有突发状况，就能拉起一支队伍。
他们有着严密的组织和纪律，
一切都运行得层次分明有条不紊。
而成就大德的内证气场
又杜绝了一些蛀蚀因素，
才使理想中的娑萨朗
成为真正合格的信仰群体。

密集郎看到他们勤勉做事临危不乱，
更有那钢铁意志坚忍不拔，
便又打起了自己的如意算盘：
这群人行事高效意志坚定，
实在是上好的精锐兵源，
一定要把他们争取过来，为己所用。
于是，他便在娑萨朗的广场上，
开始了招募士兵的大动员。
只见他大张旗鼓亮出口号：

"我们要保家卫国争取世界和平，
我们要将娑萨朗的种子
撒向世界的每一个角落！"

只是任凭密集郎如何热情，
也是回应者寥寥，
那些人只是围观，鲜有应征。
人们看他激情澎湃地演说，
只像在欣赏一幅西洋油画。
要是以往，只要他密集郎喊出口号，
再加上那上乘的铠甲和先进的装备，
总能激发出人们的斗志豪情。
而在娑萨朗，任凭他如何绞尽脑汁
费尽口舌，都像是将石子扔进了
一潭不起波浪的死水。

而幻化郎听说了密集将军征兵的消息，
更是大喝一声"这还了得"，
放下了手头之事便赶往广场。
娑萨朗是推崇和平的信仰群体，
它的宗旨坚如磐石八风不动，
幻化郎绝不允许有人打破这传统。

只是到了广场，却看到
一切还是老样子，征兵现场一片冷清，
密集郎一脸阴沉地立在一旁，幻化郎
遂又得意起自己队伍的坚定。
换作以前，他一定会奚落密集郎几句，

而现在，他越来越包容了。
他知道密集郎的善根正在显发，
但目前不过是一棵幼苗，
不能风吹日晒，也不能虫蛀蚁啃，
必须要给它足够安全的环境，
让它的根系深深地扎进泥土，
再给它阳光，给它水分，
假以时日，它才能成为参天大树。
于是他走上前去，
以无比平和的语气告诉了密集郎
娑萨朗与众不同的文化基因，
直听得密集郎连连咋舌。

幻化郎心思一动计上心来，
刚要张口又生起了对治鲁莽的警觉，
遂在心中又思谋了片刻才缓缓发言：
"密集郎呀，我的好师兄，
你是才能出众的将领，
你是智慧卓越的大师。
而我们的娑萨朗救死扶伤，
我们的志愿者训练有素，
我们虽是慈善组织，可也是强兵劲旅。
我们需要你这样的全能人才。
来吧，来我们的娑萨朗！
你将与娑萨朗一起，
在利众大道上功德圆满名垂青史。"

密集郎一听也满心欢喜，

娑萨朗成员虽然不会参战，
但只要能做辅助之事，
就能增加军队的战斗力，
而自己，更成了娑萨朗的领导者。
刚刚还是局外人，那些难民
是他名副其实的累赘，
只一转眼，自己就成了当局者，
眼光和考虑瞬间变了模样。
也罢，那就姑且带领他们集体转移，
唱一曲题为慈善的千古绝唱。
于是，密集郎顺势而行，立刻将征兵现场
改为招募现场，召集志愿者转移难民。
就这样，他们各取所需皆大欢喜，
你天赐良将，我得用武之地。

于是，在幻化郎的感召下，
无数人涌向招募处。
更将那招募口号口口相传：
"行善便是功德，
转移难民就是帮助自己。
家人们，覆巢之下焉有完卵？
欢喜军的铁骑就要开来！
走吧，走吧！暂时的转移
是为了永久的安宁。
走吧，走吧！
帮助难民就是帮助我们自己。"

仅仅两天，在密集郎的领导下，

首批难民便顺利抵达阴阳城。
更有那后续队伍紧张而有序，
一如声势浩大的搬家蚁群。
这样的效率堪称奇迹，
幻化郎听闻也深受感动，
为他们唱起了真心的赞歌——
"哦，我无私奉献的志愿者兄弟，
我大行其善的密集郎兄弟，
你们是最好的亲人，也是最合格的行者。
你们是娑萨朗事业最亮的星星之火。"

密集郎更是感慨万千：
娑萨朗之外，一人有着千万种心；
娑萨朗之内，千万人是一条心。
这是怎样的一个组织？
自从加入娑萨朗，
他常常莫名地感动，莫名地温暖。
这涌动的情绪让他好个舒畅，
远远胜于之前当那常胜将军。
他更时时想起自己的初心，
禁不住感叹起世事的沧桑。

如今，重回信仰的群体，
娑萨朗人的奉献精神令他动容——
他们从不计较个人的利益和得失，
只在乎是否有益于他人。
他们的自动自发远胜于军队的强制执行。
他们高度统一的人生目标，

更让他们的灵魂强大无比。
他们汗流浃背却满面笑容，
那干净而纯粹的脸庞看得他热泪盈眶。
他的帝王大梦也开始消融，
取而代之的是久违的初心。
困了，打一会儿小盹；
饿了，嚼几口干馍。
别人忙碌时，他鞍前马后；
别人休息时，他谋定战略。
随着忘我地辛劳，
他已完全融入了志愿者队伍。

再说那欢喜军抵达梵河谷时，
大部分难民已转移成功，
只有最后几户交由幻化郎护送。
眼看娑萨朗就要成为空城，
却有一户人家拒绝转移。
那男主人更是声嘶力竭，
说："欢喜军是王者之师，
定然不会大肆屠戮，
你幻化郎危言耸听恐吓众人，
定然有不可告人的目的。
我不是政治的棋子，
也不是糊涂的蠢猪，
绝不会盲目轻信任你摆布。"
而且他贪婪愚痴顽固至极，
竟边抗议边囤积着别人留下的物资。

这让幻化郎大伤脑筋，
他知道那贪婪者的双眼，
从来只盯着喷香的诱饵，
根本看不到背后的罗网。
但他的悲心无法坐视不管。
在左右为难手足无措中，
他终于体会到胜乐郎的仁慈。
当慈悲已成为本能，
一个都不能少就是他的平常心。
然而，任凭幻化郎如何苦口婆心，
冥顽不化者仍是一块坚冰。
他阴冷而锋利，总将恶毒喷向幻化郎。
所有人都焦虑万分，更有脾气暴烈者
伸出了拳头。欢喜军已兵临城下，
稍有迟缓，就有可能万劫不复。
幻化郎更在心中告诫自己：
再劝一次，最后一次。
可这一次之后总有下一次，
以至于整个计划都被延误，
更使这一批人马置身于危险之中。

关键时刻，还是密集郎当机立断，
他派出两士兵绑了那男人，
并带领着众人迅速转移。
他觉得情况危急必须快刀斩乱麻，
当有人说好话不听，就只能强制执行。
只有这样才能行动高效，
更不会因为小节而误了大事。

幻化郎却摇摇头，苦笑了一声，
密集郎分明也把他的悲心当作了妇人之仁。
当然，那顽固分子绑了也就绑了，
只是有信仰的娑萨朗人竟也如此贪婪自私，
这让他感到诧异。之前他还以为
娑萨朗精神已深入人心人人信守，
原来只是自己一厢情愿的梦想。
原来，娑萨朗的路还很漫长。

只见那难民们扶老携幼，
乌泱泱一片，如蜗牛般挪移，
急得密集郎在心里直跺脚：
这样的速度哪像是逃亡，
分明是在闲庭信步一摇三晃。
这样想时，他心中的贼寇遂也复活——
这难民就是累赘，
怎比自己雷厉风行的军队。
然而这一个闪念，
已被那善心的镜子照出了全角。
于是他提醒自己：
"密集郎啊密集郎，
这时你不是冲锋陷阵的将军，
你是乌托邦难民营的领队，
不管遇到什么样的困难，
保护难民，都是你神圣的职责。"

再看那些难民虽在蹒跚，

却是你拉我一把，我为你擦汗；
我等你一等，你为我鼓劲。
那场面既让人着急，也让人
不由得心生感动。只是他们
走走停停行动缓慢，直到子夜，
才于一处偏僻的洼地扎营。
再清点人数，竟然无一掉队，
这是怎样的奇迹？密集郎
禁不住再次感叹：信仰的力量，
才是一支队伍最强大的执行力。
更想到过去他麾下的那些伤兵，
因得不到救治而被弃于荒原自生自灭，
他的心中不禁惭愧无比，满是酸楚。
那善良的信念也愈加坚定，
他仿佛从大梦中醒来，
重新找回了活着的意义。

就在他刚刚安顿好众人时，
娑萨朗方向突然间火光冲天。
宛如血色魔王的盛世狂舞，
在一片无边的黑幕上尽情猖獗。
再看那难民，
有人抚胸感叹，
有人泪流满面，
有人在庆幸死里逃生，
有人在痛哭家园尽毁，
只有那顽固分子，面无表情沉默不语。
这时，又有那探子来报——

欢喜军追兵已到近前，
因为夜色漆黑无法行进，
他们已就地扎营，静等天明。

幻化郎闻言愁眉锁眼，
此时前行，大家既看不清方向，
又力竭到了极点，许多人
已瘫软在地打起了呼噜。
如果再急行军，势必会
鸡飞狗跳不得安宁，
更有可能会打草惊蛇，招来祸患。
但若不趁着夜色前行，明日一早
欢喜大军就会轰然杀至。
如今进也不得，退更不能，
到底该如何是好？

密集郎也紧锁浓眉左右衡量，
很快，他便胸有成竹，转向幻化郎说：
"夜色漆黑，我们是瞎子，
敌人也是瞎子。既然他们已扎寨，
我们不妨也继续安营，
天亮之前起程便可。此外，
我会派出一支分队转向他们背后袭扰，
吹号，放箭，鼓噪随机应变，
使他们草木皆兵不得安宁；
再请飞鸽传书给附近的威德军，
让他们在沿途设置障碍，延缓敌人追击。"

幻化郎听完这番对策，
伸出那拇指，便赞叹起
密集郎的大将风范。
只见他末了还挤眉弄眼，
说只有那半夜的鼓噪诡计，
还带有当年阴险的习气。
话刚出口他又懊恼起自己的轻浮，
只好向密集郎投去尴尬的一笑。

只见那密集郎毫不在意，
他知道师兄在称赞自己。
这熟悉到骨子里的语气
更是将他拉回到过去，
那时他们斗嘴、打诨，
开无聊至极也荒诞至极的玩笑，
如今，他们不再年轻，
可只要在一起，总是忍不住
像那调皮骡子打斗一番。
于是，他报以一笑便去巡视营地。

这让幻化郎更加赞叹，
竹子的成长就是比小草迅速。
当年的疯人密集郎，
分明有了大将风范。而自己，
那轻浮的习气倒依旧顽固。

就在幻化郎自省的当儿，
只听见哇的一声，
清脆地划破了浓稠的黑夜。

原来，那顽固分子
因家园被毁愤恼无处宣泄，便拎起
顽皮的孩子就是一顿猛揍。孩子的哭声
惊醒了漫天星辰，也捅了马蜂窝。
密集郎气得拔出了佩刀，
一个箭步便冲了过去，用那
宽大的手掌捂住了声音的源头。
只见他气得脸已成猪肝色，
压低了嗓音骂一声"孽障"，
而那小祸星仍在不停挣扎。
于是，他又用足了力道，
将那放出哭声的小嘴捂得密不透风。
而顽固的蠢汉已被吓傻，
甚至不敢动弹一下。
谁都知道贪婪之人害怕硬茬，
他们面对教导劝诫顽固不化，
却会轻易屈服于强者的手段。
周围的百姓也是不知所措，
所有人都呆立在原地，
宛如一堆有眼无心的看客。
没有人出手相助，甚至没有人出言相劝，
所有人都听任那闷闷的响动
进一步扰乱这本就多事的夜晚。

此时密集郎已被嗔心控制，
他多年的将军生涯形成了固有思维，
宁可用最严厉的手段阻止，
也绝不允许一只小鼠坏一锅粥。
随着他手上的不断加力，

那小祸星的挣扎逐渐弱了，声音也小了，
眼看就要命丧于此。
就在这时，凌空劈来一掌，
生生地砍在密集郎的胳膊上，
他猛一受疼松开了捂嘴的手掌，
孩子才从死神嘴里抢回一条小命。
再看那救星原来是幻化郎，
好在他及时赶到予以阻止，
师兄才没有犯下杀生之罪。

密集郎一下回过神来，
终于意识到自己差点杀了孩子，
他的心里充满了愧疚和后怕，
更惊诧于自己的残暴行径。
当他被嗔恨的魔鬼包围，
那心中的善念早成草木飞灰。
这使他看清了自己的恶习而羞愧难当，
一时间竟无法面对师兄和众人。
世事竟是如此无常，
升华与罪恶只在转瞬之间。
他刚刚还被捧成天上的云，
转眼就成为那坠入深渊的雨。
他不怕粉身碎骨，只是不想
再面对自己——那个可恶的自己，
残忍的自己，甚至万劫不复的自己。
于是，在众人默然的注视中，
他默默地离开，深一脚浅一脚
走向那黑暗的更黑处。

第 226 曲 悲心

幻化郎当然明白密集郎的心情，
因此没有打扰那躲入黑暗的他。
成长的关口需要每个人亲自跨越，
疼痛不要紧，甚至羞愧至死都不要紧，
只要有自察自省就是修行。
只要修行就能升华，重生之后
就是一个全新的他。
因为人们只有看到那污垢，
才能挥起清除它们的扫把；
也只有挥动扫把清扫灰尘和垃圾，
心灵之屋才会有洁净的一天。

这一夜，有人觉得长夜漫漫，
有人却觉得那天空转瞬即亮，
密集郎布满血丝的眼睛，
暴露了他昨夜的秘密。
只见他刚到帐前，就有探子来报，
叫一声大将军在上，前线有最新战况：
咱负责袭扰的士兵很是得力，
一夜里连鼓噪带火箭号角不断，
欢喜军已被折腾得疲惫不堪。
更有那负责游击的战士，
此刻与他们会合在一处。

这两股力量取长补短，
已将敌人引向歧路。

密集郎闻言深松一口气，
但他仍不敢大意，
遂命令大队伍立刻行进。
那欢喜军不是蜗牛，
也不是老弱病残，他们
是削人脑袋的黑旋风，
是能砸绵人骨殖的硬石头，
不定何时，就会从天而降。
而难民们唯一的出路就是走，
不停地走，一直地走，
不到目的地不罢休……

就这样密集郎带领着队伍，
一路上马不停蹄地转移。
那些负责掩护的战士，
表现得很是得力。
他们一路上都在制造障碍，
总能拖住敌人的后腿。
或是时时破坏道路和桥梁，
或是引水灌其必经之路，
或是滚下山石设置路障，
或是半夜鼓噪袭扰敌军，
或是将敌人引向歧路。
诸多的手段不一而足，
全是密集郎的周密部署。

众人昼夜兼程持续前行，
人人已是疲驴，但个个齐心努力，
他们互相打气互相鼓励，
全凭意志力支撑着自己。
为了省时间，他们
饿了，就吃沿途的树叶；
渴了，就喝清凉的溪水；
困了，就找根树枝支撑起
摇摇欲坠的身体。三天后，
那个刻有太极图的城门终于出现。
看到它的那一刻，所有人都疯了，
他们扔了拐杖，
于跌跌撞撞中向前奔去。

那一刻，密集郎终于放下心来，
疲惫和绵软也终于俘虏了他的身体。
他以佩剑为拐杖原地休息，
远远地望着那些喜极而泣的难民，
心里忽然涌起一股暖流，
眼眶一湿差点流下泪来。
他感到前所未有的自豪和成就，
甚至觉得此刻的自己幸福到极点。
然而，他的心中也涌起了另一种痛楚——
在这战乱的年代，只要能活下来，
哪怕身着破衣烂衫，财产也化为乌有，
他们仍然会满足得像是饱乳的婴儿，
只是，这微不足道的心愿，却

如同登天一般的艰辛。他的眼眶
终于湿润了，泪水静静地洗刷着
他的脸庞和心灵。他在心中暗暗发愿，
此番哪怕舍弃生命，
也要保护这些弱小的生命，
守护他们那卑微却艰难的幸福。

至此娑萨朗人顺利会师，
威德军也会合在一起。
更有那威德郎和密集郎，
胜乐郎和幻化郎，
四个转世力士齐聚一城，
加上寂天和诸多的善神护法，
阴阳城的力量空前强大。

只见所有人都喜气洋洋，
唯有流浪汉愁眉苦脸。
虽然他捡回了一条命，
却如废人般久卧床榻。
福耶？祸耶？喜耶？悲耶？
谁也说不清。
只是他痛失了法力，却成为
人们心中顶天立地的英雄。
人们讴歌他，赞美他，
把最美的鲜花送给他，
把最好的美酒敬给他……
然而，任百姓如何狂热崇敬，
流浪汉也只是木然地躺着。

窗台的鲜花换了一束又一束，
他的心情却始终如落寞的秋雨——
"那战场上的叱咤风云，
那娑萨朗的热火劳作，
那救死扶伤时的傻乐和，
那震天一声吼的大自在，
啊，所有的一切都成了昨夜星辰！
亲爱的人们，原谅我无法用
温暖的笑容回报你们投来的崇敬；
原谅我无法用毫不在意的眼神，
隐藏那发自心底的无边哀伤……"

胜乐郎看到他郁郁寡欢的样子，
也心痛不已。曾经，他因救回了
他的性命而无比庆幸，
而现在，那张悲伤的脸，
成了他心头一根拔不出的刺。
他四处求高人，找神医，
但所有能人都束手无策。
只因那药物只能调节五大，
而流浪汉却是命魂被重创。
就像业力病，常规药物已无法奏效，
只有修行成就者的证量，
消解了违缘和业力后，再调动
那法界的能量才能修复。

虽然胜乐郎知道这一切，
但流浪汉的能量场异常强大，

造成的漏洞也非同寻常，
普通行者根本无法弥补，
就如小溪无法填满海洋一样。
而且那缺口仿佛宇宙黑洞，
一旦建立连接就会一个劲地吸收能量，
缺口被填满前绝不会停止。
所以，如果贸然给他修补命魂，
自己甚至会有生命危险。
但流浪汉的情况实在不容乐观，
眼看他眼神黯淡日渐消沉，
那抑郁的程度越来越重，
众多冤亲债主也团团围绕——
被讨债者身强力壮时，它们影响不了什么，
可一旦人陷入危难气场微弱，
它们就会乘虚而入前来讨债，
使被讨债者的身体难以康复，
精神也会日渐萎靡陷入恶性循环。
真是万法皆空因果不空，
饶是那流浪汉乃空行转世，
也依旧难逃这因果规律。

因此胜乐郎思考再三，还是
默默地扛起了这个逆天工程。
他决定用自他转换法，
消去流浪汉的业力和违缘。
但他不想让流浪汉知道，
怕增加那汉子的心理负担；
他也不想让幻化郎知道，

怕分散幻化郎保卫阴阳城的精力。
他不动声色地将流浪汉身上的负能量
统统吸入了自己的身体，
包括那累世的恶业，也包括那累世的恶果。
再用他大德的慈善之波，一晕晕
度化流浪汉暴戾的冤亲债主。

随着这种能量转化，
流浪汉的身体渐趋好转，
他有了笑容，也有了精力，
时不时还会显出他蠢汉的神情。
而胜乐郎更是始终如一地
鼓励他，给予他一切支持。
只是没有任何人知道，
他正在承受剧痛——
他的腿部已严重溃烂，
一片血肉模糊中，白骨清晰可见。
然而有人时，他还是和蔼阳光一如往常，
只有在无人处，他才会露出痛苦的神色，
发出那难以忍受时的呻吟。
而一旦出现在众人面前，
他又会面带微笑如和煦的春风。
只因他不想把痛苦传染给别人，
也不想给任何人增添负担。
他就像一支始终在燃烧的蜡烛，
蜡炬成灰泪始干，他的生命
也会一直燃烧到呼吸停止的那一刻。
他还给流浪汉传递着正能量，

鼓励着兄弟重燃信心。
要知道信心的火苗一旦烧起，
常常能创造惊天的奇迹呢。
只是，为了这个奇迹，他不声不响地
燃烧着自己的生命，却从来没有想过，
他的生命也像别人那样，只有一次。

然而这一切终究瞒不过寂天仙翁。
流浪汉毫无征兆地好转，让寂天感到奇怪，
于是他启用慧眼去观察，很快就弄清了原委。
这发现如一记惊雷，让老头吃惊不小，
大敌当前，作为阴阳城的顶梁柱，
胜乐郎居然损伤自己去救流浪汉——
他当然知道成就者的悲心有时就像金箍，
让人明明知道怎样最好，
却不能不做出另一种选择。
然而，这样的选择实在是凶险，
因为那胜乐郎并非只是他自己。
他身系阴阳城的安危，
如今他让自己陷入危境，就等于
将整个阴阳城都置于危险之中。
想到此寂天开始拧眉深思，
他下定主意，即使牺牲自己
也必须营救那胜乐郎脱离险境。
就这样，胜乐郎救流浪汉，
寂天又想方设法救胜乐郎，
他们都在各自的世界中默默奉献，
形成了一个慈悲的链条。

第 227 曲　共担

这一日寂天在城中巡视，
看到有人正散发传单。
传单上歌颂着胜乐郎的功德，
也澄清了过去关于他的种种谣言。
再看那发单人，
却是胜乐郎以前的同门师兄。
原来，他们都明白"皮之不存毛将焉附"，
于是迫于阴阳城当前形势，
就联合起来支持胜乐郎，
为阴阳城尽一份心力。

只是他们心思不一各怀念头——
有澄清事实想真心忏悔者，
有为保阴阳城而投机钻营者，
有被胜乐郎的慈悲打动幡然醒悟者，
更有明白他的成就而争先效仿者。
虽然他们想法不同，可在此时，
却有着相同的目的：
万众一心团结一致，
力保这法界重镇万无一失。

那寂天见状，顿时心念一动：
他们与胜乐郎一脉相承，

定然容易跟胜乐郎相应，
要是一起修自他转换法，
不但流浪汉的复原有了希望，
胜乐郎的性命也可以保全。
于是，老头走上前去，
赞叹起他们的功德无量，
还说大敌当前需要这正能量，
想邀请他们到营中参观。

一行人到了营地，只见那寂天
再次肯定了他们的行为，
还大力赞扬他们的一腔正气，
然后不着痕迹地转移了话题，
将众人的注意力引至胜乐郎。
然而这时，他却突然一声长叹随即沉默不语。
这奇怪的表现引起了众人的好奇，
他们纷纷追问寂天是否有事隐瞒。
这问题正中寂天下怀，
他顺势说出魔盒一战流浪汉如何负伤，
胜乐郎为救流浪汉而修那自他转换法，
又因为吸入过多的业力，导致肉身多处腐烂。
然后他顿了一下，郑重了语气切入正题——
"如此下去胜乐郎的肉身将会毁坏，
但阴阳城此时不能没有胜乐郎，
所以，即使强人所难我也得问问大家，
你们作为他的同门师兄弟，
能不能与他共修此法，分担一些业力？
这一方面可保全他尊贵的肉身，

让他能以最好的状态，打好这场保卫战；
另一方面也能让流浪汉恢复法力，
助胜乐郎一臂之力。"
同时寂天也提醒众人，
做此决定必须慎重，
这方法是用损己来利人，
非常危险，略有不慎就会引火烧身。

众师兄一听陷入沉默，
更显出了不同的情态——
有神态安详目光坚定者；
有眼露犹疑踌躇不定者；
有东张西望察言观色者；
有寻找理由退出大营者。
他们刚刚还热血激昂争先表白，
说要与胜乐郎同仇敌忾同死共生，
转眼，便原形毕露想脚底抹油。
好一群投机分子的菩提之心啊，
只有在危难面前才能试出真金。

看着眼前的这副众生相，
寂天终于明白了卢伊巴的无奈，
有他们在，做事当然会有阻力。
但他不会勉强他们。于是，
他温和地告诉他们此事纯属自愿。
他还说，时间紧迫，以明日午时为限，
凡有愿意者，可来此处参加闭关。

一天时间，说短也长。
寂天说话的神情虽然淡然，
可他时时对着门口张望的眼睛，
却暴露了他对此事的关注。
临近正午，他终于看到
一个身影走来；紧接着，
又是一个；再后来，接连的人影
俨然成了一片。他们仿佛
奔赴战场的士兵，浩浩荡荡向前涌来。
见此状寂天仙翁格外惊喜，
而更令他讶异的是，今天的来人中
除了昨天的那些人，
还有许多陌生的面孔。
也许他们刚进门派不久，
青涩的面孔还有些懵懂。
但他们却目光刚毅神态坚定，
仿佛在承担伟大的历史使命。

这让寂天倍感疑惑，
经过询问才知道，那些人回去后，
就针对自己的提议进行了讨论。
而正在他们各执一词时，
一个沧桑的老者突然出现，
还开门见山地来了一通演说。
那演说热烈激昂亘古未有，
不但振奋人心，还有强大的加持能量，
使众人信心倍增甘愿奉献。
于是，他们呼朋引伴，特意赶来参加闭关，

要在大德菩萨的引领下救助胜乐郎。
只是那演讲的老头神出鬼没，
讲完就没了人影，
没有人知道他姓甚名谁。

寂天闻言也是一愣，
但他坚信那老者定是得道高人。
他不仅鼓励了众人勇气，
还加持了他们有足够的力量。
他既然不肯抛头露面，
也定然有他的难言之隐。

随着众人专心致志地诵经祈请，
大善的能量也进入了他们内心。
他们终于理解了胜乐郎，并以他为荣。
于是，这一切形成了良性循环，
使他们越奉献越快乐，越快乐越奉献。
这种循环更增强了咒力带来的正能量，
减轻了胜乐郎因承担业力而承受的痛苦，
同时流浪汉的身体也开始恢复。

再看此时的阴阳城万众一心，
那大量难民的加入虽造成物资短缺，
但以威德郎的战略眼光看来，
却也增加了他的军力。他发现
那难民之中，有许多常年迁徙者，
他们原本是善战的勇士，
因家园被毁，才随着娑萨朗四处迁徙。

他们本已具备作战技能，
更有对欢喜军的深仇大恨，
只要组织起来稍加动员，
就是一支合格的队伍。
威德郎发现了他们，就像
发现了宝贝。
于是，他集合他们展开动员。
以自己超凡的领袖魅力和
强大无比的煽动能力鼓舞他们。

只见难民里的男丁纷纷报名，
要求加入军队为阴阳城效力。
同时百姓们也自发动员起来，
或是组成民兵帮助军队，
或是组织人手筹备物资，
或是成为志愿者救助难民，
一时间，阴阳城如火如荼士气高昂，
一扫密集郎征兵时的冷清。

这当然得益于威德郎
与生俱来的大摄受力，也得益于
他英雄国王的强大气场。
他在阴阳城的威能无人能及，
那号召力也堪称空前绝后。
再说，那阴阳城也不是娑萨朗，
欢喜军大军压境，老百姓只能团结起来，
追随威德国王以求自保。

因此，无论是城中的百姓还是士兵，
无论是迁来的难民还是志愿者，
无论是男人还是女人，
无论是老人还是孩子，
全部被威德郎发动起来，
热血澎湃效忠威德国王。
而威德郎也像一个超级容器，
来者不拒，照单全收，
并根据特长进行分工，
建立起机动灵活的组织，
全心全力准备迎击欢喜军。

就在大家情绪激昂的时候，
幻化郎却独自静坐沉默不语。
他发现人们心中暴力的火苗
已被威德郎点燃。那身为百姓的难民
姑且不提，可一些娑萨朗的志愿者
竟也放弃了和平的立场，欲投奔威德郎。
这让他眉头紧锁忧心如焚。
要知道，号召众人保家卫国当然没错，
可鼓吹暴力和仇恨本身就是祸患。
历史上多少悲剧，都诞生于这种
对暴力的过度渲染。它就像兴奋剂，
会让人们失去理智成为魔王的走狗。
如果任其发展，这阴阳城
也不会再是修行之城，
它会成为战争中的焦土。

所以幻化郎在心中思虑，
该如何去劝说威德郎。
只因那尺度难以把握，
说得重了会打击士气，
抵御不住欢喜军的进攻；
说得轻了又不疼不痒，
让对方更觉得是书生论调。
还有如何把控好局面也是难题，
既不能因为狂热而失控，
也不能因为冷静而消极，
这让幻化郎好个绞尽脑汁。

因此幻化郎连续思考几日，
想好了说辞便去找威德郎，
一见威德郎，他便真诚至极地说道：
"我智慧超群的国王师兄呀，
您的行为不仅利益了百姓，也功德无量。
您资粮深厚德行广博，他日必将修成正果。"

威德郎一听，也是满脸悦色，
说道："等阴阳城一战彻底胜利，
天下百姓就能安享太平。
到时，本王就卸甲归田隐居修行，
以证得奶格玛师尊的超越智慧，
还请师兄能多加指点。"

看到威德郎成竹在胸喜悦正浓，
幻化郎遂亮明了自己的观点。

他说："在下当然会全力支持大王，
抗击那欢喜郎的邪师。
只是我有三个不情之请：
都说上天有好生之德，
大王宅心仁厚，也定然会让
每个难民都得以生存。
赢了战争请务必善待俘虏，
不滥杀无辜妄造恶业。
因为刀兵一起，便血流成河，
不仅会招来无数灾难，
也会给修行造成诸多违缘。
再者，娑萨朗本是信仰群体，
我们不参与冲锋陷阵，
我们只救死扶伤协助后方。
否则，信仰的净水就会被污染，
这不仅会影响当下的娑萨朗，
更会成为历史污点。
另外，我们也不应过分宣传暴力，
我们要在心中种下和平的常青树，
因为心存仁善才是大道，
合天意才会赢得民心。"

话说幻化郎的这番劝告，
用心真是好个周密与良苦。
他先是赞叹了威德郎的功德，
然后才提出三点要求。
而且前两点都是普通的原则，
威德郎不可能拒绝，

第三点才是真正的关键，
只因这会消损威德郎军力。
既然难民已被他煽动起来，
他们也有自由选择的权利，
那就必须要保住娑萨朗，
不被暴力的邪风侵蚀。

威德郎闻言，好一阵大笑，
说："幻化师兄思维好个缜密。
本王打仗，也纯属迫不得已，
你看那欢喜郎小儿已攻到门口，
我又有何办法能不迎战？
非我好战或是为功利，
我更不想动摇信仰的根基……"

第八十七乐章

真是怪哉，百年不遇的酷寒一夜袭来，
滚滚河流顿失滔滔，天然屏障顿成进攻坦途。
更古怪的是那突如其来的地震，山崩地裂中，
可有真正的赢家？

第 228 曲　大寒

威德郎正向那幻化郎坦陈心迹，
外面忽然传来声声号角。
威德郎顿时脸色大变，
只因那号角是战斗的信号，
号角一旦吹响，
就意味着战争即将开始。
因此，他中止了谈话，
与幻化郎一道登上城墙。
只见那欢喜军
浩浩荡荡，黑压压一片，
从远方涌来如黑浪也似乌云。

威德郎见状即刻下令，
阴阳城进入一级战备。
将士们弓箭上弦刀枪在手，
随时准备迎击敌人。
只见那威德郎斗志昂扬，
眼睛里射出愤怒的光芒，
他霸气外溢杀气升腾，
雄狮般发出声声吼叫。

再看那欢喜军，虽然浩荡如云，
却只是缓慢地移动，

仿佛有序迁徙的蚁群。
到了阴阳河边，他们便停下了
前进的脚步安营扎寨。

原来欢喜郎知道阴阳河天险阻隔，
威德郎占据天险以逸待劳，
而自己长途奔袭兵疲马乏，
立即开战对自己有害无益。
于是便驻扎在对岸，与阴阳城隔河相望。
同时观察阴阳河水的情况，
研究水文地理来制订策略。

只是这一看非同小可，
且不说威德军正严阵以待，
只看那河宽三十丈有余，
水流湍急如同海啸，
投块木头，瞬间便已消失，
更何况血肉之躯的战士。
威德军已弄断桥梁，烧毁船只，
欢喜军要想过河如天方夜谭。
然而那欢喜郎敢于以身犯险，
也并非毫无凭借。因巫师预言，
这年冬天酷寒，阴阳河会结冰，
到时那天险就会变成通天坦途。

欢喜郎闻言将信将疑，
并非是巫师法力受损不堪信任，
而是阴阳河水流湍急极少结冰，

史书上也说百年难遇。
只是箭在弦上不得不发，
只能与威德军决一死战。

于是他做了两手准备，
希望天无绝人之路，
那天险大河真的变成通天大道；
如若不然，就只能班师回朝，
即使留下笑柄，
也只好听天由命。
这份心思让他更加急于知道结果，
所以才气势汹汹星夜兼程。
而威德郎也不去猜欢喜军到底能否过河，
既然敌军已大举杀到家门口，
他就用尽全力迎战。
若是敌军无法突破天险，当然最好；
若是敌军侥幸突破了天险，
自己也要有应对之策。
因此他迅速增加了兵力，
还加强巡逻时时准备报警，
更在河边修筑工事，
安装了无数的强弓劲弩，
就等着迎击进犯的敌人。

至此，双方的态度已经明朗，
没有丝毫的回旋余地。
虽然阴阳城是中立之城，
但民意已开始倾向威德国。

这一年来威德郎进行统战，
常利用周边驻军优势，宣传威德国
惠民政策和欢喜郎的残暴不仁。
他无与伦比的人格魅力加上政治手段，
已使阴阳城加入了威德国联盟。

再说巫师放出河水冻结的预言，
威德郎这方也并非一无所知。
胜乐郎同样启动了预警，
更有幻化郎时时进入造化系统，
他发现了今年气候的异象，
冬天可能会极度严寒。
并且这严寒来得古怪，
带着莫名的阴冷邪气。
他马上将此消息报告威德郎，
并建议师兄做好结冰的准备。
威德郎闻言也是半信半疑，
理由跟那欢喜郎如出一辙。
即使面对功德巍巍的成就者，
凡人的习气也总像附骨之疽，
总过于相信自己的自我成见。

这一点在成功者身上尤其明显，
世间法的成就让他们自信满满，
总是用"我"的眼光衡量世界，
却不知道，那世间法的成功，
往往会阻碍修行上的成就。
这种情况自古以来屡见不鲜，

行者要想成就必须出离，
远离世间法的欲望和物养，
在僻静之处默默清修，
才能勘破物欲的虚幻，
证得究竟圆满的出世智慧。

这时的威德郎也还没成就，
他的修行总是三天打鱼两天晒网，
更有那所知障无比深重，
对两位师兄的预警也半信半疑，
只是为了确保万无一失，
才在那河边加强了防御。

因此两军就在岸边隔河对垒，
剑拔弩张的气氛溢满寰宇。
随着冬天的到来，
气候果然变得越发寒冷，
早超过了威德郎初步预期，
更有无数困难接踵而至。

威德郎获悉分外着急，
却因为被欢喜军封住城门，
无法取得援助的物资。
因此他只好一边发表演讲，
试图用精神力量鼓舞士气，
一边颁布了诸多法令，
让百姓集体居住，节省燃料相互取暖，
还熬制姜汤给士兵祛寒。

他还下令拆除了废旧建筑，
将那木柴全部用作生活燃料。
并发动了娑萨朗的力量，
想方设法共渡难关。
他们用精神力量强大意志，
开源节流抱团取暖，
在困难面前，焕发出
前所未有的凝聚力。

威德郎心里十分清楚，
阴阳城陷入困难，欢喜军更不会好过。
自己有城池有房屋还储备了物资，
坚持个把月不成问题。而欢喜军的情况
可就不容乐观，几十万大军露宿野外，
那种寒冷，远胜于威德军在房屋中居住。
他们唯一的活路，就是燃料补给能够及时。
所以，不论是物资的补给还是士兵的
战斗意志，都会面临严峻考验。
阴阳城里每冻死一个百姓，那欢喜郎就会
冻死两个士兵。只要守住城门不被攻陷，
哪怕百年难遇的恶寒这次真的降临，
河水结冰让他们能渡过那天险，
欢喜军也定然会受不住煎熬而撤离，
或者冻成那僵尸铺满一地。

因为做好了周密安排，
威德郎高枕无忧地等待这恶战。
可密集郎却不敢大意，

更不敢盲目自信，
他知道，以成就者的证量，
必然不会空口无凭。于是，
他密切关注着河水的情况。

随着寒流的到来，
部分区域已开始结冰，
只是那冰层并不深厚，
结冰的速度也很缓慢。
冰面之下，仍是湍急的水流，
于静深之中涌出一种大势，
总能裹挟了水面那薄薄的冰层。
于是，威德郎断言，目前看来，
欢喜军要想过河，非得插上翅膀不可。

第 229 曲　终极之战

只是在这关键时刻，
阴阳城里却阴风浩荡流言搅天，
人人都说欢喜军在严寒中
死伤无数，还说他们不可能
越过那阴阳河攻取阴阳城。
这种说法广为流传妇孺皆知，
威德军士气开始懈怠。
因为寒冷，他们本就躲在营里，
不愿发起战斗再去杀敌，
而这传言更成为理由，使他们
顺理成章地待在温室，
连巡防的士兵也降低了警惕，
开始擅自离岗欺上瞒下。

但密集郎却不敢大意，
凭借多年的经验，
他当然知道这传言的来源：
那欢喜小儿自辱自咒，
想趁威德军松懈之时出其不意。
"纵使他把头想成蒜锤，
也休想逃过我密集郎的眼睛。"
只见密集郎冷哼一声，
想抓些典型整治军风。于是，

先是几个懈怠者被当众鞭打，
直到皮开肉绽以儆效尤；
后又召开了整顿大会。在会上，
他一再提醒全体将士：
那欢喜郎诡计多端，万不可
被他麻痹意志而放松警惕。

而欢喜郎见自己的妙计失效，
更因对方的主将是密集将军，
便放弃了自己智取的打算，
开始静等河水封存结冰。
双方都将注意力转移到了河面，
他们观察，测量，时时比较。
终于，威德郎察觉到了异常，
诸多兆头无不指向冰冻预言。
他便彻底放下了侥幸心理，
再一次加强防御工事。
几天过去，刮骨寒风便凛冽开来。
居然持续了数日，从早晨到傍晚，
又从黄昏到次日天明。
于是，天地失色，世界也变了模样。
那阴阳河面的薄冰层也越来越厚。
预言中的通天大道，也逐渐显出了端倪。
密集郎更是如履薄冰，小心谨慎，
每过一个时辰便要派人监测一番。

那欢喜郎也同样急切，
寒潮袭来，犹如寒冰恶魔，

无数哨兵冻死路旁，
更有物资粮草紧张。
但他又于这焦急中充满着希望，
觉得那预言一定会实现。
更按捺不住兴奋和焦躁，一次次
问询巫师过河的时间。
巫师却稳若泰山总说不急，
只因他的伤势仍未痊愈。
他必须排除一切干扰恢复能量，
才能和驻守阴阳城的成就者抗衡，
否则就算能顺利地过河开战，
也不过是前去送死。他知道
那些成就者一定不会留他生路，
他也下定决心要将对方歼灭。
他要借助人间君王的力量，
消灭成功路上的一切障碍，
在最终的总攻战中，称霸法界。

这一日欢喜郎又来询问，
仿佛结冰一事由巫师掌控。
他决定三日之后，如若仍旧如此，
便撤出前线，回沿途城市休整。
却不料巫师一脸笃定：今晚即可！
欢喜郎听后吃惊不小，
那巫师却严肃至极，坚定无比，
还对着国王信誓旦旦：
"今晚即可通行，
否则我奉上老命！"

这铿锵之音着实给力，
听得欢喜郎心中底气浩荡。
他以最快的速度颁布了命令，
要求所有将士集结待命。
只见他手握宝剑，剑气如霜，
那满脸严肃仿佛捕鼠的猫王，
一会儿仰望苍穹，
一会儿静观河面，
一会儿沉思冥想，
一会儿，又目不转睛盯着前方……
想到自己要与宿敌结清新仇旧恨，
欢喜郎的心里分外激动，而他的脸上
却又显出异乎寻常的气定神闲。
这是山雨欲来风满楼的平静，
是宝剑出鞘前的收敛，此刻，
他只等那号角吹响，就踏平阴阳城，
擒了那威德郎平定天下，
使自己毕生志向得偿所愿。

忽然，那天象说变就变，
刚刚还是狼吼一般的寒风肆虐，
转眼又变成大雪搅天。
天地之间飘满了鹅毛般的雪花，
仿佛天神抛下的无数白刃，又仿佛
无数的魔王子孙，铺天盖地气势汹汹。
更有那寒冰地狱里的阴气横行，
让人只想瑟缩起脖子，

蜷成一团来保护自己。
只有欢喜郎兴奋至极，
仿佛那冷风也变成烈火，
让他的灵魂炽热地燃烧。

密集郎见天降如此大雪，
严令全体威德军彻夜防范。
恰在这时，有士兵来报——
阴阳河水已完全结冰，
那厚度已能承载人马通行。
密集郎闻讯大为震惊，
连忙到河边仔细查看，
并令人砸开冰层测量厚度，
却听到冰面之上铁骑声阵阵，
那欢喜大军已然在渡河。

再看那河面上虽然漆黑一片，
脚步声却排山倒海好个恐怖。
密集郎下令放出箭雨，
一声声惨叫自暗处响起。
之后欢喜军似乎停下了脚步，
一时双方都陷入了静谧。
一有动静，密集郎便箭雨伺候，
随后就又是一阵静默。
这种战法倒也奏效，
欢喜军一直不敢再攻。
渐渐地天色开始发亮，
双方都看到了对方身影。

欢喜郎马上发出进攻的指令,
密集郎也带领威德军反扑,
双方都射出一片片箭雨,
冰封的阴阳河面
顿时被惨叫和恐怖气息所笼罩。
只见厮杀惨烈血光盈天,
战况激烈到难分彼此。

忽然出现了黑色旋风,
卷得威德军无招架之力。
幻化郎发现是巫师在施法,
他正调动那冲天冤气设置迷障。
密集郎让弓箭手掩护全军撤离,
却被巫师所控无法退出。
而他本人也被团团包围,
直到威德郎领军前来支援,
两军展开了激烈的对攻。
胜乐郎和幻化郎也开始与巫师对决,
安住于明空发出诅咒之波。

只见那战场又滋生出大量负能,
无数死去的冤魂在哭喊着游移。
他们还没有意识到自己已死,
就变成光团被巫师吸入腹中。
巫师在血腥的气息中肆意狂欢,
张开了双臂和大口吸收着精气。
他的贪欲就像那宇宙黑洞,
永远没有被填满的一天。

眼前这凄惨的景象就是他的天堂，
此刻也是他生命中最舒畅的时刻。
他的面孔闪烁着光芒，
他的力量在急速地上升。
胜乐郎们的咒力
竟被那强大的能量波震开，
如一块美玉骤然破裂。
流浪汉听闻战况无比心焦，
他知道战胜巫师需要空行大力。
于是他一下从病榻上跃起，
没等整理好衣服就往战场走去。
四武士和寂天见劝阻无望，
便将他送到了阴阳河边。
只见那战场上有无数人在缠斗，
像极了一团团黑云在不断翻滚。
胜乐郎看到正在赶来的流浪汉，
心下一急就要出手阻挡，那巫师
见他闪神立刻加大了攻击力度，
想趁此良机将宿敌击毙在当场。
胜乐郎只好收回心神迎击巫师，
心中暗暗祈祷那汉子不要再犯傻。
谁知祈祷词还没念完，
那汉子就拿出了空行石残片，
他高声大喊："燃烧吧，我的空行石！"
随后身体疯狂舞动，那是空行舞蹈。
那残片即刻被启动，散发出
橙红色的耀眼光芒。
万丈虹光中又出现了无数的金刚杵，

硕大无比向巫师扑去。

顿时巫师仰面朝天，
他的嘴角流出黏稠的涎液，
他身上的巫袍开始撕裂，
变成一道道黑色的蒸汽，
他一抓一抓地拉扯着丝缕，
像一只只黑蝴蝶肆意飞舞。

流浪汉也诵起了千古咒语，
他享受着自己陶醉的旋律。
随着空行石的助力，
他的身体也开始发烫。
尤其是眉心开始燃烧，最终，
凝结成一颗鲜红的朱砂痣。
再看他，那一道道伤口
像翻腾的雕花。血肉已经模糊，
他却在痛苦中张扬着奇异的欢乐，
化成了暮色与巨大塑像，
与空行石融为一体。

随着空行石的发力，
遍天的魔子们嗡嗡地哭泣，
哭声回荡在阴阳城的上空，
人们还听到产痛般的狗嚎，
无数的狗像狼一般长啸，
叫出狼的凌厉嚎出狼的悲戚。
它像沙尘暴一样奔向流浪汉。

如千万匹狼一起飞驰，
一同冲向那奇幻雕像。
狼魔像从睡梦中惊醒，
嘶鸣之声撕裂了咽喉，
它在剧痛中释放着无边恨意，
无数的狼崽便冲向流浪汉。
天空也降下了血雨，
在亘古大力的推动下，
全部融入巫师之身。
还有那时间的血浆，
还有那万里红的花香，
还有那只有气味没有形状的能量，
还有那一支支仇恨之箭，
都融入那一个巨大的狼头。

流浪汉右手高擎空行石，
左手揽过恐怖的狼头，
以行星爆炸的热情，
亲吻那布满獠牙的狼嘴。
狼头竖起的深灰色毛发顷刻倒塌，
坍成一片火红的彩霞。
狼王腥臭的呼吸响如风吼，
能震碎一万光年外的星球。
流浪汉的头发已变成黑灰，
融入眼前的血雨腥风。

那狼头忽然又化成了狮首，
连起了狮背隐约而现。

那疯狂的怒狮狂笑不止，
巫师的声音像沉闷的狮吼——
"无知的罪人啊！
我要吞噬你们的灵魂，
祭祀我亲爱的神！"

却见流浪汉纵身一跃，
骑上了宽厚的狮背。
狮背和远山已成为一体，
流浪汉也成了海浪上的军舰。
他的咒声再次响起，
仿佛教堂响起的钟声。
灵魂的弥撒正式开始，
他像在宣读上帝的圣言。
天边似响着摩西的赞歌，
仿佛已回旋了几个千年，
吹起了荒原的火山之灰，
也吹开了沥青般的历史。
刹那间宇宙变了颜色，
一声啼哭撕破了天际，
生命的浓浆弥漫开来。

狮吼狼嗥和合为一，
暴力之能量席卷而来，
滚动成一个顶天的大球，
轰隆隆滚向人类的天空。
巫师骑在巨兽背上，
开始发出那可怕的迷咒：

让所有的至爱都去死吧!
一幅幅场景随即在天际出现——
母亲想掐死三岁的女儿,
三叉戟捅入了父亲的心窝,
剧毒正倒入母亲的酒杯,
狸猫咬死了刚生的幼崽,
蜜蜂们围攻苍老的蜂王,
细胞们开始了疯狂的增生,
耶稣背上了生锈的十字架,
死神在天地间若隐若现……
无数的场景轮番出现,
像是薄雾中展出的巨型油画。
清晰的是那死神的狞笑,
还有他疯狂挥舞的那把镰刀。
走过了多少冗长的时光,
他依然钟爱那哀求的甜点。
他的胃里永远擂动着战鼓,
他饥饿得像是刚刚饿死的鬼魂。

只听见巫师说:"我能喂饱你,
供养我亲爱的神祇。"
说完他发出恐怖的大笑,
笑出了无边的黑色搅动暗火,
笑出了漫天红霞般的血腥。
死神也咧嘴一笑天昏地暗,
镰刀挥舞中万灵在狂欢。
扭曲的灰布长袍瞬间褪去,
化为大地上无边的血水。

流浪汉手中的空行石继续放光，
他拧下了死神的头颅，
接在了胯下巨狮的颈项上。
怒吼声中他变了模样，
惨白的面庞化为火红，
火红的散发火红的牙齿。
他伟岸的身躯已化为烈火，
远处的冰山开始融化。
在漫天的大火之中，
流浪汉发出了一声声呼唤——
"燃烧吧，法界的空行之石；
燃烧吧，阴阳城的火龙；
燃烧吧，人心最深处的贪婪；
燃烧吧，暗哑了千年的嗓门；
燃烧吧，淹没了太阳的傲慢；
燃烧吧，刺烂了心脏的嫉妒；
燃烧吧，充满了暴力的战场；
燃烧吧，能让人觉悟的大能！
愿我的生命因此而逝，
愿我吸尽所有的罪恶之能，
愿人间永远不离和平之光，
愿我一生承担六道的苦难！"

空行石发出了巨大的能量，
无数的金刚杵曳着五彩光芒，
犹如漫天的流星雨砸向巫师。
巫师如遭雷殛倒在地上，

空行石骤然碎裂成粉末。
流浪汉的肉身亦轰然倒地，
他终于殉了自己的大愿，
带走了人间的许多苦难。

巫师的身心受到了重创，
大地也发生了剧烈震动，
冰面随之裂开冰水溢出，
大地表面也裂开巨缝，
无数的士兵掉落其中，
一声声惊呼在瞬息间消失。
大震的震源就在阴阳河附近，
山崩地裂的恐惧笼罩了众人。
胜乐郎却不顾大地正抖动，
执意要与巫师拼死一搏。
他用自己的血液为咒墨，
画出巨大的咒轮，
将巫师和自己围困在其中。
咒轮的结界隔断了能量，
让巫师无法吸收恶能自我修复。
胜乐郎随即与巫师近身肉搏，
却引发了大地更大的震动。
咒圈也时而会出现缺口，
但胜乐郎总会立即放血补缺。
幻化郎见状不再劝阻，
只是加入了战斗猛攻巫师。
巫师应接不暇眼看陷入危机，
不断向欢喜郎发出求救信号。

然而欢喜郎此时已无暇旁顾，
只因他与威德郎缠斗正酣。

巫师见此状心生惶恐，
不由得手忙脚乱中露出破绽。
幻化郎遂发出致命一击，
将巫师打入大地裂缝。
那裂缝看上去深不可测，
可以看到有岩浆在沸腾，
巫师像一片落叶掉入其中，
立即化为一缕轻盈的烟雾。

余震仍在继续场面失控，
欢喜郎与威德郎仍两虎相争，
突然震感强烈大地大动，
两军将士无法继续战斗。
但欢喜郎执意不肯退兵，
大叫要拼个鱼死网破，
一块石头却突然间飞来，
正好击中欢喜郎肋部。
欢喜郎大叫一声晕倒在地，
欢喜军立即护送他撤退。

威德军终于赢得了战争，
士兵们欢呼着摇动军旗。
但胜乐郎们心中却只有伤感，
因为双方其实都伤亡惨重，
再加上地震遇难者甚多，

生还者已是寥寥无几。

待得威德军也离开了战场，

苍茫的天地又陷入了沉寂。

没有号角，没有嘶喊，没有惨叫，

能证明此地刚结束一场血战的，

只有满地的血腥和尸体，

还有一面破旗，

在寒风中猎猎作响……

第八十八乐章

震后的阴阳城不啻于人间地狱，圣者现出了疯癫之相，一个国王莫名暴亡，留下疑团种种；另一个则先陷入昏迷又离奇失踪……路上焦头烂额的寻觅者，正被一个灾民纠缠着，他还不知道，一个神圣的指引已来到自己面前。

第 230 曲　重创

阴阳河上的战斗已结束，
空中飘荡着搅天的血腥。
地震吞噬了无数生命，
到处都是野狼和野狗的嗥叫。
那嗥叫像是欢呼又像是哭泣，
充满了令人恐惧的气息。

威德郎带着他寥落星稀的
残余部队回到了阴阳城。
在这场恶战中，他虽是赢家，
却没有丝毫胜利的喜悦。相反，
他对这胜利，有一丝莫名的厌倦，
甚至还想逃离这备受折磨的剧情。

阴阳城里的状况却更使他惊骇，
只见触目所及满是疮痍。
房屋倒塌，良田被埋，
哀号遍野，哭声连天，
无数的残肢断臂散落在地，
无数百姓被埋在废墟之下，
阵阵恶臭在蛮横地啸卷，
浓浓的血腥味无处不在。
使人头晕目眩恶心连连。

这景象仿佛带刺的钢球，
直直地撞击威德郎的心脏。
撞得他心口如同雷击，
一时间有些发蒙，仿佛直堕地狱。
他感到一种悲天悯地的剧痛。
瞬间忘记了战后的疲惫，
他带了他的忠勇之士，
扑向废墟开始救援。

可即使他们拼尽全力，相对于
整个阴阳城近乎瘫痪的现状，
那一份力量也实在是有限。
连续多日的战斗和行军，
早抽干了他们的精神气力，
使他们一个个东倒西歪力不从心。
威德郎这个硬汉也疲惫至极，
但他放下了九五之尊的国王身份，
加入救援队伍，也成为普通一兵。

他已率领残部连续作战几个时辰，
此刻，刚挺直了腰板想舒一口气，
却被扑入眼眸的景象再次灼伤。
这分明是活生生的人间地狱！
威德郎感觉自己像堕入了梦魇：
明明已获取成功，却不曾有丝毫快乐；
明明已赶走贼寇，眼中却尽是悲惨。
他有些恍惚，这到底是天灾还是人祸？
他到底是该庆幸，还是该悲哀？

在这样的追问下，他走向了另一片废墟，
那是他之前驻扎过的营地。

在一块巨石面前，他停了下来，
于踉踉跄跄中一屁股坐下。
他将头深埋在自己颤抖的怀里，
沉默不语——
英雄的男人，心在哭泣。
而那肆虐的风声仍在呼啸，
比风声更肆虐的，却是孩子
呼喊妈妈的哭声……

不知到底过了多久，
威德郎才从恍惚中出离。
不管是不是在梦中，
不管是天灾还是人祸，
那一声声惨叫如同利剑，
时时刺痛着他的心灵。
刺得他的灵魂痛不欲生，
刺得他无法再沉溺于情绪。
因此他忘掉了满身的疲惫，
把那消极情绪也放在一边，
他要效仿娑萨朗的志愿者们，
带领残存的忠勇之士救助百姓。
只见他又抖擞起了精神，
开始规划部署。他清点了
所有的威德之士，组织大家盘点物资。
他还重新编队分工合作，将剩余部队

整合成一股力量去全力救灾。

虽然威德郎的能力极强，
救援行动却不尽如人意。
他让士兵们救援困在废墟者，
却因为没有工具而收效甚微。
他让士兵舍生忘死全力以赴，
但士兵们却虚脱乏力手脚发软。
只因大战之后众人都筋疲力尽，
根本无力再承担沉重的救援任务，
甚至有士兵累死在废墟上。
面对这盖地的烂摊子，
他们如老虎吃天无从下手。
更有那诸多的不利条件，
使救援工作几乎无丝毫进展。
面对无数被埋的百姓，
他们只有寥寥可数的血肉之躯，
就像妄图挡车的螳臂。
没有工具，他们用手刨；
没有力量，他们拼意志；
没有时间，他们连续作战。
纵使累死在废墟上，
那救援的成果，仍不值一提。
这使威德郎感到实在无奈，
纵然他有天大的号召力和煽动力，
在地震和战争面前也无能为力，
惯用的精神动员也没有力量。
于是，他邀来大德们群策群力，

但商议到最后仍是一筹莫展，
阴阳城的灾难如同火海，
而救援的力量只是细流，
就算倾尽所有，也是九牛一毛。
然而，他们并没有放弃，
都在尽己所能发挥力量。
密集郎业已天良显发，
不忍心再看众生受难。
因此他们衡量着眼前的形势，
评估后形成了统一意见：
为了避免大灾之后的大疫，
由威德郎率被救百姓
迁往他处，而胜乐郎、
密集郎、幻化郎和寂天都留下，
带部分士兵继续救助灾民。
密集郎也一反常态，他说：
"我不入地狱，谁入地狱？
我不救助，谁来救助？
不论是待救的难民，
还是死去的亡灵，都需要借助
信仰的力量来实现救度。"

只是这时，战争虽然结束，
但战争的余殃还在继续；
大震虽然结束，
但余震仍未停息，
那生命危险隐藏在时时处处。
但几位大德却奋不顾身，

娑萨朗的志愿者也不顾个人安危。
悲惨的阴阳城里，因了他们的存在，
到处散播着的，都是信仰的光芒。

经过几天与时间的拼命赛跑，
一部分被困者得救了。
然而，更多的被困者，
却被死神永远地埋在了那里。
地震不仅把鲜活的生命碾为血肉，最终成灰，
还掩埋了一段辉煌的文明。
圣地阴阳城并不会因为是圣地，
就能逃过无常的飓风。

天灾和人祸总相呼应，
而战争是最最邪恶的母亲，
她有着惊人的繁殖能力，
总会生出无数的冤魂野鬼，
时不时就在虚空里发出呜咽，
胜乐郎布置了祭坛超度他们，
祭坛的青烟袅袅到天上，
带走了时时响起的哭声。
那是冤魂们挤出嗓门的悲泣，
那是幸存者劫后余生的发泄，
那更是大德高僧无量的悲心，
咦呀，却悲不尽这人间地狱！

再说胜乐郎因连续超度冤魂，
凄惨的景象时时入心，

他本就柔软的内心更加敏感，
身体也因过度操劳而虚弱不堪。
终于有一天绳索啪一声断裂，
慈悲的大德示现了疯癫之相。
他神情怪异，乱舞肢体；
他会披头散发，长歌当哭；
他会梦游一般，随意出走；
他会拉住路人，放声号哭；
他还动辄对着流浪汉的身体，
口中念念有词，像是和他聊天一般。
全然不顾，
流浪汉已成植物人的事实。
他反常的行为让人们不解，
更有许多信众丧失了信心。
都说，如果修到最后却成了疯子，
还不如过那老婆孩子热炕头的日子。

幻化郎们更是疑惑丛生，
胜乐郎身为那成就大德，
究竟圆满的证量独步千古，
更有那大风大浪的人生经历，
让他始终如擎天柱一般无法撼动。
为何现在，他却这般模样？
大家猜想，定然是过度劳累
导致了他的失常。
于是，他们制订方案给他调养，
安排专人照顾他的饮食起居，
只是不论世间的药物，

还是出世间的能量，都于事无补。
他们能想到的办法都想了，
能做出的努力都做了，
甚至祈请奶格玛师尊现身，
怪的是，没有任何回应。
所有人都束手无策，
所有人都忧心如焚。

随着胜乐郎的行为失常，
灾后的阴阳城也一片混乱，
身为当世的成就大德，胜乐郎
一直都是百姓心灵的依怙。
如今的他却自身难保，
阴阳城的阴风再次横行。
那些虔诚的信众，昨日还对他奉若神明，
一转眼，就视他为不祥之物。
他们躲避他，辱骂他，用种种说法解读他——
有说他修行不当走火入魔，
有说他参与战争杀业过重，
有说他欺世盗名业力现前，
有说他巫师附体精神错乱……
这些纷纭众说都长了翅膀，
它们一日千里，纵横天地，
飞遍了阴阳城的角角落落，
飞到了远处的阴阳城难民营，
又传播到邻近的城市。

也有那添油加醋和以讹传讹者，

恨不能把胜乐郎妖魔化鬼怪化，
仿佛打倒了圣人，
也就打倒了自己宿世的仇敌。
尤其那些发誓生生世世追随的人，
此刻的行径更是极端，
他们落井下石，在瘸腿上拿了棍敲。
那些曾替他承受业力的同门，
也纷纷四散如鸟兽一般。
不久前还痛哭流涕真心忏悔者，
此时又摇身一变，
开始了新一轮的道德抨击。
可叹呀，这可怜可恨的卑劣人性，
在变故的镜子前显露了原形。

然而，真金不怕火炼，
圆满的世界终究圆满，
无论夜晚再怎么漆黑，
也总会有几点星光。
胜乐郎的信众虽如鸟兽散去，
但华曼和四武士却初心不改。
他们像照顾父亲一样照顾他，
像呵护婴儿一样呵护他，
像陪伴恋人一样陪伴他，
更以弟子之心敬重他。

日子一天天过去，
纵使爱他的人用尽了方法，
胜乐郎的疯癫也不见好转。

虽然他也知道吃喝拉撒睡，
但行为失常精神疯癫到处乱跑。
那满城风雨和四处传播的谣言，
让胜乐郎的名声一时臭到了极点。

这一日晚上，四武士刚刚躺下，
就听到华曼熟悉的声音：
"胜乐郎已然如此，
你们还是去各地弘扬教法吧。
将光明传遍世界的每个角落，
便是他真正意义上的儿子。
作为他教法和智慧的传承者，
你们有责任燎原这星星之火。"

四武士听完这番话语，
都满眼含泪感慨万千。
想到师尊，相识以来的一幕幕
在心头飞快闪过。他的音容笑貌，
他的谆谆教诲，他的超拔智慧，
他的大爱大行，此刻，
都成了源源不断的加持之源，
如水入海般，注入他们的心里。
他们知道，自己这颗饱满的
激昂跳动的心中，装着他们的师尊。
他永远都会在那里，不来不去！
他们还知道，
师尊的大愿尚未完成，
师尊的传承需要发扬，

师尊的智慧还要传播，
师尊的责任必须扛起。
于是，他们揩去了眼角的泪，
一边顶礼一边祈请：
"胜乐师尊，我生生世世的灵魂依怙，
希望您永远永远加持弟子。"

翌日，四武士便将胜乐郎托付给寂天们，
离开了阴阳城，去充当火把传播教法。
因为对师尊坚定不移的信心，
后来，他们都得到了大成就，
被民间尊称为四大天王。

第 231 曲　暴亡

威德郎也遭遇了突然的人生变故，
这变故堪称惊天动地抽筋剥皮。
自从他回到都城，就马不停蹄日理万机，
除了解决战后遗留问题，
他还要安置那些难民。
相比承担国王的烦琐事务，
他更愿意留在阴阳城，
与大德们一起救援灾民，
但他国王的身份总如拴马的缰绳，
使他身不由己无可奈何。

那欢喜郎已被彻底打败，
他想，终于可以安心多歇息几日。
要不是震后需要救援，
他定会率军直捣欢喜国老巢，
将那战争的火苗彻底摁灭。
不过，如今的欢喜郎就像秋后的蚂蚱，
想蹦跶，也没多少日子。
那就暂且放他一马，
先将紧急事务理清。
此时的威德郎充满了期待，
觉得自己终于向当初的梦想迈进了一步。
只等实现那统一大业，

处理好朝政，安顿好子民，
就可以找一个清凉地闭关修行。

这一日，他处理完日常事务，
便开始精进修习奶格玛教法。
那威德忿怒尊好个殊胜，
只见他浑身都充满了大力，
更有霹雳火花夹带电光石火。
就在威德郎自我感觉正好时，
突然，他全身的血脉猛然偾张，
周身的气血涌入心轮，
不坏明点处竟然炸裂，
临死八相忽然出现，
他两眼一黑便昏死了过去。
侍卫看见顿时吓得惊慌失措，
发现国王已没了呼吸。

国王暴毙的消息四处炸开，
朝野上下一片混乱——
阴谋分子伺机而动，
藩王割据，军阀混战，
威德郎苦心经营的江山
眼看就要土崩瓦解。
就在这大厦将倾之时，有人想到了密集郎，
说他多谋善断，战功赫赫，
在朝野上下深得人心；
还说，由他来主持这混乱局面，
或许可以挽救威德国的行将崩溃。

话说那密集郎闻言也大惊失色，
匆匆忙忙把消息告诉幻化郎，
希望他能施展神通紧急救治。
又到寂天仙翁处求得几粒仙丹，
据说服下之后能起死回生。
随后密集郎星夜兼程快马加鞭，
不到两日就回到了威德国首都。

只见密集郎在御医的带领下，
很快来到了停放尸体的宫殿。
他见到威德郎的尸体顿时一怔，
想不到当初叱咤风云的国王，
转眼，已是躺在床上的一堆死肉。
前几日还率领千军，生龙活虎，
突然之间就成了寒崖枯木断气绝息。
这叫他如何相信？
又叫他情何以堪？

他抓过威德郎手臂单击脉搏，
然后掰开那眼皮看一下瞳孔，
只感觉那手臂冰冷中透出了僵硬，
没有温度，没有脉搏，
一切体征都跟死人无异。
那个瞬间，他仿佛听到了一声炸响，
又像是什么都没有听到，
只觉得一切都变得好静！
静的大殿，静的世界，

还有，静的国王。
那动辄就会发火的国王，如今，
比月亮还静，比一株小草还静。
这让密集郎感到有些恍惚。

眼前这个睡着的汉子，
注定了要与自己有着非同寻常的关系，
他们既是君臣，又是同门兄弟。
当年，正是他的慧眼识珠、知人善任，
改变了自己多舛的命运。
即使后来自己想利用他建立密集帝国，
也依然对他心存感恩，想在事成之后
厚待于他，使他能够安度余生。
而如今，密集帝国成了不想再做的梦，
他却走了。眼前的他，
既陌生，又熟悉。
然而密集郎既不悲切，也不痛心，
只觉得一切都是梦幻泡影。
一旦无常的车轮碾过人的生命，
所有的美梦都会觉醒。

一旁的御医见密集郎直发愣，
轻轻地出言提醒，
说还请密集将军节哀顺变，
不要过于悲伤以免损伤身体。
密集郎这才回过神来，
急忙拿出寂天的药丸，
化成水灌入威德郎的口中。

只是，任他们如何努力，
他们期待的那一幕都没有出现，
散开的瞳孔依然散开，
静止的脉搏依然平静，
还有那铁青的脸色，同样没有任何改变。
幻化郎也飞鸽传书，说他
观测到一个人神皆悲的消息——
造化系统显示威德郎大限已到。
他还说，万物无常本是天道属性，
逝者已逝，就让他安息，
而生者还要扛起未尽的使命，
处理好朝政，让百姓安居乐业。
密集郎发出无言的哀叹，
他只能接受这个事实。
可那虚幻之感却如毡帽一般，
重重地罩在了他的头上，
他时时如同堕入梦中。

随着威德郎的暴毙，
他波澜壮阔的一生，也画上了句号。
在密集郎的主持下，威德郎的遗体
被安置在了圣山之中。
那是他生前选好的地方，
据说有着极好的地脉，
既可以保肉体不腐不蛀，
还可以保国家千秋万代长盛不衰。

然而，不管那圣山风水如何殊胜，
随着威德郎的下葬，威德国的形势
也如那乱麻缠缚千头万绪。
就算密集郎有非凡的聪明才智，
也无法协调那复杂的政治关系。
他既不是合法的继任国王，
也没有得到威德郎的临终授权。
这使他成为一些大臣的
眼中钉肉中刺，时时被群起攻之。
对此，密集郎无力抗衡也无心计较，
现在，江山美人对他只是过眼云烟，
他只想出离到静处潜心修行，
再也不想在这梦幻的泥潭里浮沉。
只是他一时难以脱身，
那政治的旋涡一旦介入，
就很难再有自由选择的权利。
常言道，人无伤虎意虎有害人心，
一个不小心就会在旋涡里死去。
很多时候他都身不由己，
早已被诸多的因缘绑架。
威德郎的暴毙想来极其蹊跷。
按理说威德郎身强如狼力壮如虎，
不可能突然之间就一命归阴。于是，
就有人大做文章放出种种据说，
将密集郎围困于风暴的中心。
他们说这不是政变，就是行刺，
都怀疑密集郎想取而代之。
好在密集郎做事周密，

才没有被抓住把柄置于死地。
他在内心反思着自己，
昔日的欲望埋下了今日的祸根，
真的是万法皆空因果不空。
要知道，那祸根一旦种下，
即使一段时间内风平浪静，
一旦遇到触发的因缘，也会如火山爆发，
让人死无葬身之地。想到此，
密集郎忽然心头发热，有了想哭的冲动：
"感恩菩萨慈悲，奶格玛慈悲，
让我能够浪子回头悬崖勒马。"

于是，饶是他如何如坐针毡，
饶是有多少人在暗中对自己盯梢，
他也守住当前必做的事务。
他要尽快拿出有力的证据，平息谣言，
以稳定威德国的动荡局面。
于是他组织人手展开调查，
但人们众说纷纭莫衷一是。
有人怀疑是敌对势力暗中行刺，
但国王的身上却没有伤痕；
有人怀疑威德郎走火入魔，
练功出偏自绝经脉，
但苦于没有证据令人信服；
有人怀疑是欢喜郎派人下毒，
调查之后也排除了这个可能。
只因威德郎并无中毒的体征，
而且欢喜郎自从阴阳河一战，

肋部被一块奇怪的飞石击中，
回到国中也一直陷入昏迷。
据探子来报他正处在高烧之中，
时时精神错乱胡言乱语。
群龙无首将领们便开始争斗，
欢喜国迅速出现了很多军事派系，
那些从前的联邦也宣布独立，
大有树倒猢狲散的架势。

密集郎听完了这一番汇报，
心中不免发出了一声长叹。
他刚刚经历威德郎的暴毙，
又眼见欢喜国大厦的将倾。
他对帝王功业的无常，
产生了不可撼动的坚定认知。
想当初欢喜国也是一方霸主，
其国力和威德国相若。
后来随着局势的发展，
无论是军队数量还是经济人口，
都一度遥遥领先于威德帝国。
想不到只是一块莫名其妙的石头，
就让那一代强大帝国变成一盘散沙。
密集郎发出了更深一层的感慨，
叹这帝王功业确确是无常游戏。

通过这段时间的主持朝政，密集郎也对
欢喜国的局面有了深刻了解。
表面看来，一切都源于阴阳河的战败，

实则那危机的种子却早已播下。
欢喜郎为了胜利不择手段，
重用巫师却害人害己，
终于导致那恶能的反噬吞灭自己，
那飞来之石只是一个道具。
而满朝文武也受到影响——
他们都知道欢喜国大势已去，
大厦将倾是早晚之事，
没人想做那力挽狂澜的烈士，
个个只想浑水摸鱼壮大势能。
于是他们唯利是图毫无原则，
为了成功都可以不择手段。
这众叛亲离的局面固然可悲可叹，
却是那最初的选择所导致的必然。

密集郎对两个国王产生了悲悯，
他们终其一生征战四方，
提着脑袋在马背上打来了天下，
可还未好好地歇息过几天，
那天下就于刹那间分崩离析。
他更是生出了强烈的出离心，
不想在这摊浑水里过多地流连。
他满心只想着如何逃离，
将政治的干系一一斩断。
于是他开始筹划要还权于内阁，
坚决不再玩这个残酷的游戏。

欢喜国的监国将军却生起贪心——

那天神一般的欢喜郎眼下如同废人，
取他性命对自己而言如探囊取物。
这难道不是老天打开的一扇大门，
犒劳他多年来奋勇杀敌劳苦功高？
他左思右想觉得机不可失，
若不好好把握必将饮恨终生，
于是把牙一咬想出了毒计：
先将欢喜国王从肉体上消灭，
再用优势压制住其他对手，
何愁欢喜国基业不落入他手中？
壮志与热血在他胸中鼓荡，
建功立业的训诫占据他的身心。
他全然忘记了忠君爱国的誓言，
像一头发情的公牛般失去理智。
他左边信奉着无毒不丈夫，
右边信奉着人生能有几回搏。
他跟那当初的密集郎没啥两样，
即使冒那天下之大不韪，
即使会在史书中留下千古骂名，
也要为自己拼来一片锦绣河山。

于是，他借口要探望欢喜郎国王，
一路绿灯下，直奔国王的寝宫。
眼见宫室内无人，他心中窃喜，
那一双眼睛变得贪婪又凶残。
他心中暗叫一声："欢喜郎啊，我的国王，
反正你也是废人坐不了江山。
与其这样躺在床上承受病痛，

还不如让我来为你痛快了断，
让尘归尘土归土，
让历史进入下一个篇章。"

进门后却发现那龙床空空如也——
欢喜郎不翼而飞！
身边的侍者也不知去向。
这一下他汗毛直竖大惊失色，
浑身的电流一波波涌向头顶，
他感到一阵阵发麻和发涨。
莫非有人看出了自己的意图，
还是自己无意中泄露了消息，
抑或是那欢喜郎神机妙算，
故意假装昏死来试探人心？
不管是啥情况他都已失败，
也许下一秒就要被投入大牢。
他忽然想起行刺国王当诛九族，
恐惧感瞬息间席卷了他的大脑，
那帝王美梦也被撞了个粉碎，
心里有千万个声音高喊着后悔。
他已没心思再猜欢喜郎的去向，
满脑子都是那千刀万剐的酷刑，
他的双腿一软打了个趔趄，
裤裆里湿热一片似是小便失禁。

但事情的发展出乎他的意料，
他闭上了眼睛等着被侍卫捉拿，
却迟迟不见寝宫里有何动静，

屋子里空空荡荡并无一人，
宫外也不像有士兵在潜伏。
他想难道自己并没有暴露？
心中顿时一阵狂喜片刻后才清醒。
既然这不是一次引蛇出洞的布局，
侍卫为何不说那国王并不在宫中？
他随即去找侍卫询问情况，
怎料对方一听也大惊失色，
说早上还看见国王躺在床上，
现在怎会不在那寝宫？

然而，宫里被翻了个底朝天，
也没有找到国王的半根汗毛。
国王失踪的消息不胫而走，
不足半日就惊动了整个朝野。
宫内议论纷纷大臣们也各怀心思，
更有许多将领把野心付诸行动，
趁乱拉开了军阀混战的序幕。
终于，这强盛的帝国正式崩溃，
疲惫的百姓陷入了更深的灾难。

威德国的情况也不容乐观，
国中同样有诸多的势力在风起云涌。
面对那众多雄心勃勃的野心家，
密集郎的左支右绌实在疲软无力。
那朝政如同飞快燃烧的棉球，
迅速被烧成了灰烬归于黑暗。
以前的那些盟友也都各自为政，

他们前不久还喊着效忠的口号，
现在却恨不能把威德国大卸八块，
好从那遗留的资产里分一杯羹。
因此不知道是墙倒众人推，
还是众人推墙倒，
总之威德国就这样迎来了灭亡，
和欢喜国一样也分崩离析。

密集郎面对这种局面，
费了九牛二虎之力也无法稳定形势。
看着那一张张充满欲望的面孔，
明知他们都在为国为民的
高尚借口下博取功名，
密集郎忍不住阵阵发呕，
又想到自己也曾经投机钻营，
跟眼前的这些人没什么两样，
他更是对功利彻底感到厌倦。
更有欢喜郎和威德郎的结局
在提醒着他，帝王江山和功业
只是一场没有意义的闹剧，
于是，一部分人想推举他为王，
他却断然地拒绝了，
他实现了还政于内阁的打算。
只是，如今他还政的那个国家，
已经几乎不国了。掌权也好，
还政也罢，是个让人多么唏嘘的游戏。

他心灰意冷看破了尘世，

生起了真正强烈的出离心。
于是他把所有的施政理念一一写出,
交给那些有理想之人,让他们
为这四分五裂的国家再努力一把,
也算是为百姓尽一点心力。

欢喜国和威德国名存实亡,
两个国王也一死一失踪。
当初他们像舞台上的戏子,
你来我往斗了几十年。
如今好不容易打下的江山国土,
却像水中的月亮被无常一吹,
便支离破碎满目零落。
若是他们早知有今日的结局,
还会不会穷兵黩武费尽心机?
他们虽然遇到了奶格玛,
却总想着等统一江山之后再修行。
于是之后啊,之后啊,
一而再再而三地拖延,
总认为之后还有足够的时间。
却不料他们纵然是至尊之王,
也无法操纵无常的车轮。
还没有等到想象中的"之后",
就被那命运的编剧腰斩了剧情。
他们的人生剧本里充满了暴力,
只给这个世界制造了无穷灾难。
倒是他们的剧情惊醒了密集郎,
让他生起了出离心入山去修行。

第 232 曲　另觅他乡

抛开两国的灭亡不谈，
再说阴阳城里的现状。
幻化郎带领大家齐心协力，
终于稳住了混乱的局面。
虽然仍是瓦砾废墟遍布，
但百姓们都已聚拢在一起。
需要救治的，已得到救治；
需要超度的，已被超度；
那些尸体也做了妥善处理，
阴阳城的怨气得到了平息，
接下来的首要任务，
便是重建家园恢复生产。

娑萨朗原址已被欢喜军烧毁，
阴阳城也是一片废墟。
如果旧址新建，将要耗费大量的
人力物力财力来清理废墟。
最终，大家商定另寻地盘重新规划——
敌人毁了我一个娑萨朗，
那就再建一个更好的娑萨朗，
它远离战乱远离灾难，
为官者，全心全意造福万民；
为民者，丰衣足食安居乐业。

于是，寻找新家园的重担，
落在了幻化郎的肩上，他责无旁贷，
可仍有一事放心不下——
阴阳河一战后，
他的好兄弟流浪汉便一直昏迷不醒。
他命如悬丝，只存有微弱的生命体征，
而屋漏偏逢连夜雨，
胜乐郎已疯癫，
无法再对流浪汉进行救治。
寂天也束手无策，只能尽看护之责。
幻化郎别无选择，
他要担起娑萨朗的未来。

他安顿好娑萨朗的事务，
便离开阴阳城去寻找新址。
不料，刚出城门，那满眼的景象
就击中了他。只见到处都是残肢断臂，
到处都是腐烂的尸体；难民如同骷髅，
有气无力瘫倒在地；更有许多有眼无珠者，
于目光呆滞中，剥着树皮挖着草根；
易子而食的人间惨剧也在上演……
这每一帧入眼的景象，
都是一把带了倒刺的利剑，
刺得幻化郎头晕目眩，
那尖锐的痛感让他欲哭无泪。
他知道，这一切的根源看似是天灾，
根本上却是由人祸酿成。

看到这纷繁的众生惨相，幻化郎
心中的觉悟和智慧光明瞬间绽放。
仿佛那惨烈是一个个引子，
使他本有的悲心焕发出洪荒之力。
在这股大力的驱动之下，他生起大悲之心。
于是，他对着虚空合掌，
发出他利众的悲誓宏愿：
"祈请师尊加持弟子，
让弟子生生世世救度苦难的苍生，
更请所有的善神帮助弟子，
让弟子建立永不毁灭的幸福家园，
那里远离战火没有苦难，
人们安居乐业修福行善。"

发完此愿，只见幻化郎
汗毛直竖泪如泉涌。
他强烈地感受到一股大力涌入自身，
与他的悲心互相激荡，
一如海浪在体内来回啸卷。
他情不自禁跪了下去，
面对茫茫虚空和不言厚土，
他五体投地，虔诚礼拜。
他恨不能头破血流，再以鲜血滋养
脚下这片苦难的土地。

不知过了多久，他的内心才逐渐平息，
如同微雨后的青山，潮汐后的海面。

心中仿佛矗立起一座巍峨的大山，
它无形无相，却屹立伟岸。
再次前行，幻化郎的步伐坚定而沉稳，
他一边观想出胜境超度冤魂，
一边随缘救治苦难的众生；
他心头滚动的，始终是他
强大的愿力，沐浴在这份愿力之下，
他的心柔软到了极致。他知道，
这是他的愿心感召来的加持。
只有那无我无私的大心和大愿，
才能承载法界中至高无上的光明。

幻化郎完全沉浸在这种力量中，
不知不觉已数日有余。
他忘了时间忘了空间，
没有了自我和世界的二元分别。
甚至连他的行为也随生随灭，
如同虚空，雁过无痕，
广袤无垠，又柔暖至极。

他觉得自己像个影子在飘，
他飘出阴阳城，飘到这块荒土地，
他从北方飘到南方，
梦里飘，现实中也飘。
他已分不清梦与现实的距离，
他也不会再去分辨与思量，
他只想在这觉悟中一醉千年。
只是他的醉与梦和别人不一样，

他醉着，内心却仍是清明；
他梦着，行为却更加积极。

这一日他继续外出寻找新址，
忽然看见了路边一个等死的灾民。
灾民像一摊破布躺在地上，
眼里已没了生命的光泽。
他的腿上有一个血洞，
宛如婴儿哭喊时张大的嘴巴。
一些绿头苍蝇正在疯狂围剿，
无数的白蛆四下里乱滚，
红绿相间的黏液流到地下，
正散发出令人窒息的阵阵恶臭。

幻化郎见状，情不自禁走上前去，
他俯下身子，想替那伤者处理伤口缓解痛苦。
经过这些天对觉悟的保任，
他的悲心已成为本能，
如太阳放光一般自然而然，
无须再去着意地保任。
他看到秽物也不觉得秽，
只感到自己的心在疼痛，
仿佛那血口不但长在灾民腿上，
也洞穿了自己的血肉之躯。
那灾民见幻化郎俯下身来，
在看了他几眼后，就开始破口大骂。

他说他是娑萨朗的志愿者，

当初因为听信幻化郎们的宣传，
跟随他们远离家乡救死扶伤，
没想到，救得了别人救不了自己，
才成了今天的这般模样。
所以他骂幻化郎是骗子，
骂他假仁假义欺世盗名，
骂他利用别人的同情心
以救助的名义沽名钓誉。

幻化郎听了这番言语，
却是出乎意料地平静。
换作以前，他定然会心怀气愤，
觉得那人将好心当作驴肝肺，
恩将仇报，好个无趣。
而现在，他不需要刻意地警觉，
他的心也始终如满月般朗然。

他的内心生起大悲，
面对诋毁沉默不语。
他依旧处在悲心与愿力之中，
光明和慈悲让他心如虚空。
那灾民的辱骂在他听来，
与空中的风声或阳光下的雨露无异，
甚至与真诚的赞美也无二无别，
在他心中已激不起任何波澜。
虽然它们的外相不同，
但究竟看来都是无常，
他既不会反感也不会贪恋，

任它们来来去去他自如如不动。
灾民见幻化郎毫无反应，
显得更加气急败坏：
"我大费口舌，你置若罔闻；
我自取其辱，你高高在上；
我是大象耳朵里哼唧的蚊子，
而你好像拥有一副菩萨心肠？"
于是，他想抬腿踹幻化郎一脚，
但试了几次，却徒劳无功。
"你这个道貌岸然的伪君子！"他骂道，
随即朝着幻化郎的脸
就吐了一口，那浓痰像狗皮膏药，
粘在了幻化郎的脸上。

幻化郎仍是不声不响，仿佛那污秽之物
是飘零的花瓣，他既不恶心也不愤怒。
他知道，凡夫就是这样，
常年的底层生活让他们自卑而又敏感，
总觉得别人在俯视他们，
或者对他们视而不见。
你的善良帮助，
在他们眼里是虚伪的施舍；
你的悲深情浓，
在他们心里是假意和造作。
他们总把自己蜷缩在狭隘的阴影里防备他人，
做着伤害别人也伤害自己的事。
正因为真正的慈悲已融入幻化郎的生命，
才能对他人的疼痛感同身受。

于是，他心平气和地擦掉浓痰，
继续为这灾民清理可怕的伤口。

就在此时又出现了意外——
幻化郎的手指刚碰到伤口，
灾民便疼得死去活来。
他用更加具有侮辱性的语言，
问候了幻化郎的祖宗十八代。
他说幻化郎手上的力道太重，
简直就是在要他的命。
还有那指甲尖跟锥子一样，
难道不知道伤口需要轻柔？

幻化郎有些不好意思，
微笑着向他道歉。
生命中某种前所未有的氛围，
让他没有丝毫的嗔恨，
甚至谈不上原不原谅，而是
真心觉得自己错了，
是自己考虑不周，给对方带来了痛苦。
更因没有分别心和二元对立，
只有那柔到极致的大爱啊，
他把众生万物都当成了母亲。
于是略一思量，他便俯下了头颅，
伸出舌头舔走那些乱滚的蛆虫。
他甚至轻柔至极地吸出脓液，
直到把伤口清理得干干净净，
然后采来草药轻轻敷上，

再撕下衣襟小心包扎。
他并没有关注自己的变化，
但他已经不知不觉地变了。
舔吸伤口的时候，他的心中
竟没有一丝一毫的波动。
觉悟依旧绽放着光明，
慈悲也依旧柔和而空寂。
所有的行为都像是本能使然，
没有丝毫的做作和勉强。
一切都是自然而然的样子，
他分不清自己主动还是被动。
那些动作就像春天来了花会绽放，
夏天来了枝繁叶茂，
秋天来了果实成熟，
冬天来了万物归寂。

此刻的幻化郎仿佛被圣光笼罩，
脸上一片轻柔的淡然，
淡然中透出柔柔的大爱，
以及任万物也无法撼动的觉悟。
他的目光中充满的慈悲，
虽不可亵渎却又那样轻柔，
不会使任何众生感到压力，
更不会让任何众生心有芥蒂。
终于，灾民被这气场感染，
纵然心中有天大的痛苦和怨念，
都被那慈悲的证量之波加持一空。
他不由自主地涌出了泪水，

忏悔自己不该辱骂大德。

幻化郎看到灾民的转变，
心中却明明朗朗一片平静，
没有喜悦也没有自得，
就像耳畔拂过一阵清风。
辱骂也好，赞美也罢，
对他都无有区别。
他既不在乎灾民之前的骂，
也不在乎灾民当下的不骂，
他的心活给自己，活在当下。
于是，他轻轻地扶起灾民，
安排一个随从护送他回家，
而自己，则继续前行，
去做他命定的其他事情。

然而，就在他转身的瞬间，
五彩祥光遍布了天空，
整个世界为之一颤，奇迹出现——
只见那灾民变了模样，
破衣烂衫成为七彩璎珞，
肮脏身躯变得清净透明，
更有那丑陋的面孔圆满端庄，
还拥有了第三只眼观照世间——
咦呀，奶格玛师尊从天而降。

幻化郎看到这一幕变化，
心中依旧宁静如初，

他既不狂喜狂悲，也无冲动期待，
他沉浸在大空与大静之中，
向师尊俯身顶礼三次，以表达
对师尊无上的虔诚。
他知道，师尊亲往此处，
就是为了验证他的悲心，
那一声声辱骂是加持授权，
那一口口痰液是法界甘霖。
如果自己的信仰还没融入生命，
就会在分别心驱使下错失良机。

奶格玛盈盈而笑，他们没有说话，
他们已不需要语言。
刚才的考验已从心中抹去。
幻化郎知道，他的起心动念
师尊悉数皆知。他只是默默地看着师尊，
在那平静里等待师尊的开示。
奶格玛也知道，
幻化郎不再是那个轻佻的流浪儿，
她无须再对他有语言的认可，
那最大的认可已从心中产生，
这便是师徒间的心心相印啊，
用毫无隔阂的心意将灵魂相融。
于是，奶格玛对着幻化郎招一招手，
幻化郎便跟上了师尊的脚步。

这师徒两人一路无语，
不一会儿便来到了树林之中。

林中的百花正在吐艳，
空气中散发着无穷芬芳。
到了一个僻静处，奶格玛停了下来，
她望向幻化郎，那眼里
是满满的慈爱和期望，
更有无上的认可和欣慰。
幻化郎感到一股力量从心中腾起，
虽然他的内心平平静静明明朗朗，
但他的身体却不由自主匍匐地上，
对着师尊开始痛哭，
他像一个受尽了委屈的孩子，
见到母亲忍不住尽情倾诉。
他的身心被一波波暖流激荡，
一阵阵酥麻从脚底上蹿，
它占据了大脑又荡向全身。
荡得他既大悲又大乐，
荡得他既想哭又想笑，
荡得他既仰天长啸又寂静默然，
他像被羊水滋养的胎儿，
又像梦蝶的庄周，
他忘记了所有的时空和概念，
直到将身心都化作了电流，
一波波融入那无我之境。

于是，他们就这样对视着，
不言不语却亦是千言万语。
他们仿佛成了两尊彩塑，忘记了时空。
在他们的世界里，那时间只是个概念。

此刻，他们之间，
刹那就是永恒，
一瞬即是千年。

终于，远处传来一声鸟鸣，
那啾啾的声音像清脆的引磬，
敲醒了幻化郎，
也敲开了法界大善的缘起。
幻化郎涕泪交流地望着师尊，
问如何建造不会被毁坏的家园？
那所在充满了大善与大乐，
永远笼罩着智慧的明光，
它远离战争也远离烦恼，
更远离无常之苦，
没有痛苦违缘，
能与觉悟之光永不分开，
让每个众生都得到圆满。

奶格玛听后极为喜悦，她赞叹幻化郎
找到了转世的初心。她说：
"幻化金刚啊，你说的那所在
便是人间净土娑萨朗。
只是创建这净土绝非易事，
仅有你一人，远远不够，
还需要另外四个金刚力士。
你们要发大愿发大心更有大力，
破妄想破执着更破分别，
得智慧得功德亦得事业。

你们要合五大力士之力，
才能共建那娑萨朗净土。"

尽管奶格玛的声音铿锵有力，
尽管她的眼神也坚定而清明，
但幻化郎听来仍是悲伤至极。
有缘人，你说他怎能不消沉——
胜乐郎疯疯癫癫，欢喜郎下落不明，
要说他们也还有成就的希望，哪怕渺茫，
哪怕只有一线，也终究还是希望，
可那威德郎的死已是板上钉钉，
那一身肉即使没腐，也已被埋入深山，
五大力士，只有他和密集郎还能正常修行。
娑萨朗非五人之和合大力不能建成，
那基本上是功败垂成希望渺茫了。
所以他只能怔怔地望着师尊。

奶格玛看到幻化郎的反应，
坚定中发出盈盈一笑：
"为师既然告诉你娑萨朗的因缘，
就必然有办法能够达成。
你要记住，师尊就像母亲，
她永远陪在你们的身边，
关注着你们，守护着你们，
她的心光从未与你们分离。
眼下，胜乐郎欢喜郎
和威德郎都不足为虑，
他们的处境都是各自的因缘。

为师早已妥善安排。
你只需随顺因缘开启大门，
将他们一个个串联起来，
待他们真正成就后，
便能共建人间的净土。
现在，你去找造化仙人，
他在一处小村里隐居，
那里，有另一种因缘的玄机，
等着你前去亲自开启。"

开示完毕，奶格玛指出了小村的所在，
然后对幻化郎微微一笑，显出虹身，
只在刹那，便归于虚空。
但她说过的话却让幻化郎回味无穷。
他参悟着师尊话中的玄机，
觉出了自己的杞人忧天，
师尊的开示已明明了了，
他还有什么需要担忧？
有师尊在，娑萨朗就有希望，一切都有希望！
于是，他打发随从回阴阳城协助寂天，
而自己，则去那僻静的小村寻访造化仙人。

第八十九乐章

他像是集齐珍宝般集齐了同门兄弟，已死者又复生，疯癫者心明眼亮，失踪者已再现。万事俱备时，却突然爆出了一个谁也没想到的久远秘密……

第 233 曲　鞋匠

幻化郎遵师嘱来到那个村子，
他见人就问逢人便说：
"我山水迢迢来到宝地，只为寻个老头。
那老头白须白发仙风道骨，
他的胡须比马尾还长，
他的白发也超过三千丈；
他性格古怪笑容狡黠，
虽然年岁很长，却像个顽童，
最爱挤眉弄眼，
他有通天的法力本领无边。"
可是所有听者都相顾茫然，
这个村子存在已久，却从来没有
如此怪异的白须白眉老顽童。

就在他困惑不已的时候，
忽然有稚嫩的声音传入耳际，
原来是几个孩童正在唱着儿歌：
"吹呀吹泡泡，有大又有小，
飞呀飞上天，飞呀飞上天。
咦？泡泡不见了。
世界大泡泡，人身小泡泡，
大泡并小泡，一样破灭了。
瞧那诸愚人，总是追水泡，

一追几十年，咦呀眼闭了。"

幻化郎听毕猛然一震，
这儿歌听来简单平常，
却充满了智慧和玄机。
它借助孩童幼稚的游戏
道出了万物无常的真理，
更有对沉迷红尘者的嘲讽。
多么鲜明的一个比喻！
那威德郎和欢喜郎正是如此，
他们用尽一生吹起一个泡泡，
飞上了天空，成为九五之尊的王，
而无常的大风一吹，便破灭四散。
想到此，幻化郎心中一阵发紧。

他拉过一个唱歌的孩子，
问他这歌谣来自何处？
小孩眨巴着纯真的大眼睛，
奶声奶气地说是老鞋匠教的。
幻化郎听闻眼前一亮，
说："如果你能带我去找那老爷爷，
我就给你好吃的糖果。"
小孩听了很是兴奋，
立刻领着幻化郎去找鞋铺。

不一会儿，他们便到了目的地，
那鞋铺在陌巷深处简陋无比。
孩子说，鞋匠爷爷常不在家，

要幻化郎等等他。说着，
便要走了糖果，
一蹦一跳地唱歌远去。

就在幻化郎等待鞋匠的当儿，
进来一个村民。他将
幻化郎当成了来这儿修鞋的人，
便和他讲起了鞋匠的故事：
"嘿，这鞋匠好个神秘，
没人知道他姓甚名谁，
没人知道他年龄多少来自何方。
前不久，他突然来此，
手里拿一只破鞋，边走边唱。
说他住在这里，他却常玩失踪；
说他不是鞋匠是个骗子，
可他修鞋修得极好，好到无人能及。"
幻化郎凭直觉断定这鞋匠不同寻常。
于是，他迫不及待进行确认：
"敢问老哥，那鞋匠可是白须白眉？"
村民连连摆手：
"不是不是，他乌黑胡须乌黑眉，
乌黑的头发乌鸦嘴。
虽有老人的神气和沧桑，
外相分明是个中年汉子。"

正说着，外面响起了脚步声，
转眼走进一个男子。
他旁若无人，进来就坐在一截木桩上，

修他手中提来的那只破鞋，
仿佛他的眼里只有鞋没有人。
那老乡指着中年人，对幻化郎说：
"修鞋就找他，他能将你的破鞋
修成好鞋、旧鞋修成新鞋，
还能将小鞋撑大、大鞋缩小。"
说完，便离开了鞋匠铺。

幻化郎开始细细打量那鞋匠，
只见他黑眉黑发黑胡须，
一身刚刚能蔽体的破衣。
只这外相，就已让幻化郎失望。
正思忖间，那人却发出一声咳嗽，
这声音在别人听来，也许平常至极，
可对于幻化郎，
却无异于一声炸雷。

记得那时，他尚年幼，
是名副其实的流浪儿，
那个造化老头并不嫌他，
与他朝夕相处。幻化郎熟悉他的
每一个动作和每一个声音，
熟悉每一个怪异表情背后的可爱。
因此，他从那咳声就可以断定，
这鞋匠就是造化仙人。

于是，他不紧不慢取出人皮宝书——
此书他曾供养奶格玛师尊，

但师尊看他已然放下，
便将此书重新交托于他。
此刻正好相认并物归原主。
于是他恭恭敬敬地问道：
"先生可识得此物？"
那鞋匠却头也不抬，
继续忙活着手中的破鞋。
幻化郎谦卑地说：
"鞋匠高师，您可曾知道
此地有一位造化仙人？
我现在有急事找他，
我需要得到老仙人的帮助。"

鞋匠闻言终于抬起了头，
他望着幻化郎咧嘴一笑。
只见他接过那人皮书随手一扔，
又用幻化郎熟悉的阴阳怪气说：
"你小子到底是来还书，
还是修理你的臭鞋？"

幻化郎立刻俯身一拜，声音激动：
"承蒙老仙人厚爱，把我引入命运的正轨。
我今日前来，一是还书，
二是遵照奶格玛师尊的指示来寻求帮助。
希望老仙人指点一二，告诉我其他力士
如何才能脱离困境，进入真正的修行？"

鞋匠闻言哈哈大笑，

瞬间去伪存真显了真容——
"好小子，果然出息。
上次欢喜军营一别数月，
你的境界又有不少提升，
甚至算得上突飞猛进了。
我也为你感到骄傲，
毕竟你也算是我造化仙人的弟子。"
说着，便带了幻化郎前往圣山。
那里埋葬着威德郎的尸体，
要成就五大力士必须从那里入手。

一路上，他们说说笑笑，
时而打诨，时而嬉闹，
宛若回到了从前的时光。
那时，他们一个天真，一个有趣，
一个纯朴，一个真诚，
没有年龄的代沟，没有身份的束缚，
只有两颗孤独的心靠在一起。
后来却因为各事其主，
他们身体远了，心也似乎远了。
如今，老仙人不问世事，
他们之间，也就放下了俗世包袱，
找回了亦师亦友的感觉。

老仙人告诉幻化郎他的故事——
他自性中的慈悲被战争的残酷激发，
于是心灰意冷，退隐山林。他决定
不再做冷酷无情的造化使者，

他开始向佛家学习智悲双运,
后来得到奶格玛关键的开示,
才突破了最后的障碍。
他已成为真正的大成就者,
达成了无执实现了自由,
所以他既是幻化郎过去的老师,
也是幻化郎现在的同门。
如果按入门时间的早晚推算,
他还要尊幻化郎一声师兄。

第 234 曲　新生

很快，幻化郎二人便到达了圣山，
只见它巍峨挺拔高耸入云，
渺渺烟雾缭绕在山腰，
更有声声鹤音在山顶鸣唱，
山底下，是溪水与山脚的抵死缠绵。
幻化郎看到此，禁不住一再赞叹：
好一块稀世罕见的风水宝地！

经过大半天的攀爬，
两人到达了高山之巅。
威德郎的墓穴就在这里。
它曾是一个隐秘的山洞，
被威德郎发现后改造成寝陵。
造化仙人不由得感叹：
谁说帝王江山是梦幻泡影？
这样的宝地非王侯将相不能享用，
普通百姓哪有这福分？
边说边用手按住了洞口的石狮子头，
接着，他用力一扭，
只听得哗啦一声巨响，
那洞口紧闭的石门，赫然敞开。

这场面让幻化郎感到震撼，

然而当他看到墓内景象，那震撼
又多了一重，还增加了几分诧异。
只因那威德郎并没有安睡在棺中，
而是躺在一块天然的石板上。
那石板光滑如玉、洁白如雪，
仿佛是这座圣山的中心。
一股清凉纯净的能量萦绕其间。
这就是圣山的精华之气，
聚在威德郎身上，可使他骨肉无损。
因此他的肤色与气色莹润如生，
甚至头发和指甲也在生长，
直看得幻化郎啧啧称奇：
大自然真是神奇无比，
造化莫测又令人叹为观止。
只是他看归看，想归想，心中的疑惑
仍盘根错节：威德郎明明已成为死尸，
即使不腐，也是死肉一堆，
又如何能进入真正的修行？

造化仙人见幻化郎面露疑惑之色，
便给他解释其中的奥秘：
当日阴阳河决战，
在那空行石碎片即将消散时，
奶格玛及时出手相助，
对空行粉末进行了特殊加持，
还将它们聚拢在一起，组成了一个
超强的精华体。那时，
奶格玛已知道威德郎有命难，

更知道这是他入道的机缘。
那威德郎野心勃勃欲望庞杂，
没有死亡的经历，便很难破除执着。

那天他修炼气入生命基点，
突然间出现了临死八相，
那本是成就的标志之一，
每一个成就者都会经历。
奶格玛便用迁识法勾摄其神识，
封存于自己的心中净境，
再用那五大精华护其命脉，
改变了威德郎的肉身体性，
先打通了他的主要经脉，
再封住他持命的根本命气。
在种种妙法的操作之下，
人间的救治只能是枉费心思。
一切都是奶格玛大士在布局，
谁人能与师尊的力量抗衡？

当然，威德郎外相上的死亡，
也在为他清净业障。
他身为帝王造下无数杀业，
不承受果报就很难修行有成。
只有经过了死去活来，
才能净化那些杀业。
紧接着，造化仙人
观出了种子字，并殷切祈请奶格玛师尊。
这是他与奶格玛的约定，

他答应保护威德郎的肉身，
等到幻化郎亲自前来开启，
再祈请师尊显身合力加持。

奶格玛感应到仙人的祈请，
显出虹身出现在山洞上空。
她用迁识法移入威德郎神识，
再与仙人合力调动那造化之力和五大之精，
二人之力达成共振，
强大能量应运而生，
威德郎的心脏及诸轮都被启动，
那已死的身躯发出了阵阵颤震。
随即，他胸口起伏如微风拂过湖面，
再后来，他的眼皮便开始抽搐，
挣扎了几下之后，于突然之间
他将那双眼睁大瞪圆，
直盯着洞顶一个劲发愣。

仿佛睡了一个很长的觉，
做了一场天荒地老的梦，
在奶格玛与造化仙人
的声声呼唤中，威德郎终于清醒过来。
只是他的瞳孔仍然难以聚焦，
更不知道自己身在何处、发生了什么。
他只是静静地聆听那来自心底的呼声，
可它刚刚还是清晰如耳旁的风，
转眼又成了空气中的游丝。
紧接着，他的瞳孔开始慢慢凝聚，

终于看到了岩石的顶、黑暗的洞
和那几张充满关切的面容。

看到威德郎醒了，幻化郎首先迫不及待：
"威德师兄，可还认得我？
你可知道现在在哪儿，你怎么了？"
"当然，你是幻化郎呀？
我怎么了？我怎么了……"
只见威德郎嚅动着嘴唇，费力地思索——
"明明在关房修炼，怎么会跑到这个山洞？
莫非，我已证得空行之法，
能在天上自由飞翔？"

看到威德师兄已经复活，
幻化郎开心极了。
他很想开个玩笑逗个乐子，
又想奶格玛师尊就在面前，不可造次。
于是，便收起了轻浮习气默不作声，
只在心中暗自喟叹：此生，
这一副油腔滑调何时才能洗尽？
为了打破这难受的沉默，
他告诉了威德郎事情的原委——
这段时间发生了什么，这是哪里，
威德欢喜两国如何分崩离析，
他如何从死神手里逃出生天，
还有那人间净境娑萨朗的因缘。
说到此幻化郎顿了一下，
然后神色凝重地说道，

帝王江山本是幻梦一场，
希望师兄能看破虚幻，努力修行。

威德郎听后，简直难以置信。
他根本就没死，他只是在定中，
他的威德帝国
更是牢不可破固若金汤。
所以，当听到国家分裂时，
他下意识就想赶紧离开这里回到国中，
他要重振旗鼓力挽狂澜，以他旷世的
英勇与智慧，重振威德帝国。

这时，一声呵斥当空而来，
霹雳般震得山摇地动——
"威德郎，你还执迷不悟死不悔改？
你打着江山社稷与黎民百姓的旗号，
满足私欲东征西伐，造下无边罪业。
如今，那些帝王功业早已土崩瓦解，
你的肉身也差点灰飞烟灭，
要不是我用空行精华护你，
此刻，你早已身陷地狱备受酷刑。
放下那些欲望和野心吧，
回到正路上好好闭关修行。
当你找回宿世的智慧和使命，
才能构建永不灭亡的净境！"

这一通醍醐灌顶好个大力，
直把威德郎震得愣在原地。

他知道，师尊之语是金刚语，
有着无与伦比的加持力，
师尊在用嗔怒的锤子，
借金刚之力砸去自己的贪执。
只因自己的习气极其顽固，
普通方法已不起作用，
师尊只有用那金刚忿怒之相，
对自己进行句义力授权。
那每一句训斥都是智慧的加持，
那每一个词语都有法界的大能，
那每一个表情都是世尊的开示，
那每一种语气都直达弟子内心。
那看似声色俱厉的话语，其实在
浇灌那颗早已种下的智慧种子，
让它从信仰核心汲取力量茁壮成长，
以飞一般的速度发芽开花。

浓浓的感恩之情油然生起，
将威德郎的贪执整个驱除。
他终于静下心来放眼四顾，
才发现自己正在坟墓之中。
往事便一幕幕地浮现在脑海，
他感觉一切都像一场大梦，
分不清是现实抑或是梦境。
然而是真是幻已不重要。
只因句义力授权已落地生根，
智能程序于刹那间枝繁叶茂，
给了他全新的思考与审视，

让他瞬间看破自己追逐的一切——
如果他暴毙后没有复生，
打下的江山就毫无意义。
哪怕真能重振旗鼓挽回残局，
也不过是重复一次这个经历。
那帝王功业不过是幻梦气泡，
世上一切也都是虚幻无常。
缘聚而成又会缘散而灭，
自己却费尽心思拼命追逐，
多像那疯狗追咬充气的尿脬，
却不知得到的同时就会破灭。

想到这一股热流涌上心口，
他痛哭流涕跪倒在师尊面前，
声声忏悔过去的罪行和残忍，
祈请师尊加持他证得智慧。
他不愿再被欲念蒙蔽了心智，
哪怕一无所有也不想枉造恶业。
为此他愿留在这深山大墓，
不证得智慧他宁死不出关。

奶格玛听后甚是欣慰，
她安排造化仙人为其护关，
并为他提供闭关所需的衣食物品。
然后，她继续对威德郎开示道：
此时醒悟，为时不晚，
勇猛精进，切记切记。
当需闭关三年三个月零三天，

等成就所传之法后，
再在阴阳城外的尸林会合。

至此，威德郎的故事告一段落，
而幻化郎也对娑萨朗充满了信心。
他更坚信，人间净土必然会在
五大力士的合力之下顺利完成。
他更明白，任重道远，一切只是开始。
他还要会面其他三位师兄，
告诉他们三年后尸林会师一事，
并竭诚为他们创造修法的机缘。

此外，为了给五大力士植入造化基因，
奶格玛也与仙人达成约定，
由造化仙人继续引导，让他们
在将来成就之后，都有遣转造化的大能。
于是，仙人在安顿好威德郎之后，
便带领幻化郎去找其他人。
威德郎从身上取下一件信物，
叫他转交给密集郎。

第 235 曲　大痴

幻化郎和造化仙人下山后，
很快便找到了疯癫的胜乐郎。
胜乐郎声名广大如日中天，
而他的经历又颇具传奇色彩，
使得他异常精彩的人生故事
成为人们茶余饭后的谈资。
无论他身处哪里，
都是天下人皆知。

然而，找到胜乐郎仅仅是第一步，
治疗他的疯癫病症才是关键。
否则别说合力建造娑萨朗无望，
他的修行也会停滞，到不了那最高境界。
幻化郎想到此心急如焚，
可造化仙人却依旧气定神闲。
只见他径直走到胜乐郎身边，
将三年后五大力士于尸林
会师的事情告诉了他，
就像对幻化郎说话一般。

幻化郎见状十分讶异，
觉得老仙人有些搞不清状况。
谁知疯癫的胜乐郎竟点了点头，

还和仙人摇手告别。
看胜乐郎表情，
分明听懂了造化仙人的话。
再看那神态也是正常无比，
那摆手的动作更是随意自然，
宛如老朋友之间的心照不宣，
透露出对仙人和幻化郎的亲昵。
可随即，他又显出疯癫之相，
哼着那不知名的曲调混混沌沌。
这让幻化郎好个疑惑，
恍如堕入了云里雾里，
分不清那胜乐郎到底听懂了没有，
也不知道他是真疯还是装疯。

造化仙人看到幻化郎的表情，
对他的心思当然一清二楚。
他曾对幻化郎悉心教导，
如今又是幻化郎的师弟。
他虽然年长幻化郎太多，
却始终视幻化郎为兄弟。
这份心有灵犀自然无须言语，
早已超出世俗的经验和思虑。
世人看来，他们老少颠倒尊卑不分，
可造化仙人却不管这些。
他不想循规蹈矩戴着面具活着，
他也不要世俗的规则和一切束缚。
他宁愿叛逆不拘礼法保顽童本性，
他更在乎两颗真心能够完全交融。

于是，他便对幻化郎直言不讳，
将兄弟心中的谜团一一解开——

"小兄弟不必忧虑，胜乐师兄那是
难得疯癫，修行境界到了一定程度，
便自然会有如此的呈现。
在肉眼凡胎看来，他行为失常精神错乱，
其实他心明眼亮，只是不再有世俗概念。
奶格玛师尊早对此了如指掌，
只要遵师嘱行事就能水到渠成。
因此小兄弟你不必焦急，
且安坐片刻听我讲个故事。

"阴阳城一战，胜乐郎
因出色的智慧和善巧方便，
赢得了广大民众的一致好评。
无数人对他顶礼膜拜激情颂扬，
那赞美的话语如滔滔海浪——
说他无所不能是世尊再来；
说他神通广大是百姓救星；
说他有求必应且无有不灵；
说他护佑苍生胜造物之主；
说他救阴阳城是众神之神……
这种种说法此起彼伏热闹非凡，
人们不知道它们来自何处，只知道添油加醋。
他们前来求解脱之法，可双眼盯的是神通异能；
他们供养他一些俗物，可想的是换取如山福报；
更有一些人大张旗鼓高呼齐拥，

想让他称王称帝，自己好做开国元勋。
所有这些，都如山呼海啸一般，扑向胜乐郎。

"胜乐郎开始苦恼于人事的芜杂，
更有泥婆罗血的教训历历在目，
当时他被众人的狂热架上了断头台，
现在的情形与那时如出一辙。
这使胜乐郎诚惶诚恐，躲之不及，
看透了这些游戏的他，
只好装疯卖傻，以疯相远离这些俗务。
另外，疯癫之相也是证量的体现，
在那一味瑜伽的无分别大智慧中，
尽管每一个行为都暗合天道，
但在外相上看，确实超越了世俗礼法。
只是那些博地凡夫不能窥破，
才会视他为精神错乱而避之不及。
很少有人知道那是修行的高级阶段，
他已证得八大成就，并用他
特有的方式在度化众生。
他的疯言疯行是对信众的宝贵开示，
他那些随心而唱的无名小调
是法界空行的智慧之音；
他胡乱一挥的手舞足蹈，
正是自由的金刚禅舞；
更有那浑身的臭味和褴褛的衣衫，
都是度众的利器有八万四千法门。"

讲完这番话，造化仙人突然屏住了呼吸，

只见他竖起耳朵仰望虚空，
过了一会儿，他说造化系统发来信息，
威德郎闭关进展神速，
需要他立刻回去护关。
幻化郎闻言点了点头，说："仙人不用为难，
我可以自己去寻找另两位力士，
请仙人快快回去照顾威德师兄。"

其实，聪明如幻化郎，
当然知道造化仙人的离去
是别有隐情。那密集郎和欢喜郎，
一个是血浓于水的儿子，
一个是曾侍奉过的国王。
他曾与儿子打过仗，也曾和国王红过脸，
再次面对，难免有些尴尬。
再说密集郎正在闭关苦修，
自古行者欲成就，在闭关时都要断舍离，
隔绝一切尘缘，心无旁骛一心专修，
才可得到最终的成就。
造化仙人怕影响儿子修行，
才掩藏了心中关爱避而远之。

于是，幻化郎微笑着送仙人离开，
并没有挑破实情让仙人难堪。
他们彼此已心心相印，
如今同拜奶格玛为师，
成为同门兄弟，自然更是情深如海。

在造化系统的指示下，
幻化郎很快找到了密集郎。
见他的修为已显著提高，
浑身散发的气场安详而宁静，
也没了之前的功利和轻浮。
这同样感染了幻化郎，使他
收起了自己想要调笑的习气。
从前，他只要一见密集郎，
便忍不住抬杠斗嘴互相贬损，
这虽是亲密伙伴才有的举动，
可它的背后是轻浮的习气。
修行人不能有轻佻之心，
因此十戒中便说不能绮语。
闲暇时当在安住中观照自心，
不乱开玩笑，也不哗众取宠。

于是二人没有任何的寒暄，
一个对视交换了万语千言。
随后立刻便进入了主题，
幻化郎将重要变故一一告知。
尤其是威德郎的死而复生，
还有他在墓园中闭关一事。
然后幻化郎又把信物送上，
向密集郎说了那会师之事。
包括那五大力士的转世宿命，
还有目前的因缘已逐一俱全。
接下来只等五大力士全部成就，
便能再造一个娑萨朗净土。

密集郎听完师兄的话，
也是神色凝重连连点头。
威德郎和欢喜郎斗了几十年，
最终也是一场空。他知道
前人之事乃后事之师，
业已厌倦了种种争斗和浮华功名，
因此发愿要好好修行，不达究竟誓不出洞。
但眼下他必须先去圣山一趟，
那里有他非见不可的两个人。
一个是自己的父亲，一个是自己的君王，
而他都曾在心中与他们恩断义绝。
他们是他深深愧疚的人，
也是他最感恩的人，
也许此时已不需要形式上的和解，
那超越与向往之心已消弭了所有恩怨。
就当作是对自己的一次救赎吧，
密集郎紧握那信物，眼中已满是泪光。

密集郎的蜕变让幻化郎吃惊不小，
他素来机心重、野心大、欲望强，
但他一旦看破虚幻和无常，
便去除了轻浮和机心，
代之以成熟稳重的大师气象。
幻化郎没有多言便起身告别，
留密集郎一人在山洞里闭关。
他知道成就需要静修不宜多扰，
而且自己也要继续寻找那欢喜郎。

只是仙人和师尊都没有提示，
幻化郎如今有些找不到头绪。
他唯一的线索就是造化系统，
可多次查询却不见蛛丝马迹。
要说那欢喜郎身为一代帝王，
智谋和胆识都非比寻常，
他也曾多次说过想避世清修，
只是条件不允许一直没行动。
难道他这次终于下定了决心，
想要人间消失去僻静处修行？
然而他的失踪未免太过彻底，
连那造化系统都没一点讯息。
要知道造化系统依托脑波定位，
任你上天入地也逃不过天网。
除非你屏蔽脑波躲在零磁空间，
或是一命呜呼成了死人。

幻化郎左思右想仍不明就里，
觉得哪一种猜测都不合情理。
就算在零磁空间也终究要出来，
毕竟他还是凡人要吃喝拉撒；
若是修成无想也总会有闪念，
除非他刚一醒来便已成就；
他更不可能是遭遇了命难，
否则进入造化系统便可得知。
难道他在昏迷中进了异度空间，
又在异度空间里发生了不测？

若真是如此就会非常麻烦，
不但要劳烦奶格玛师尊亲自出马，
还要想办法找到他的肉身，
否则就算用那迁识之法，
灵识也没有可以回归的肉身。
想到这幻化郎不由得心急如焚，
只因那寻尸犹如大海捞针，
更别提时间太久尸体会腐烂，
那时就算找到也已失去效用。
于是幻化郎成了捕猎的鹰隼，
死死地盯着造化系统几乎不敢眨眼，
他生怕那线索会在转瞬间出现，
又在转瞬间消失得无影无踪。

就在幻化郎一筹莫展时，
造化仙人借助造化系统传来讯息，
说欢喜郎已到达圣山。
这让幻化郎喜出望外，只是他十分好奇，
欢喜郎究竟用了什么神通妙计，能够躲过
造化系统全方位无死角的彻底扫描？
于是，他跨上快马日夜兼程，
赶往威德郎闭关的山洞。

第 236 曲　醒悟

幻化郎以最快的速度回到了山洞，

可眼前的一幕却出乎他的意料，

欢喜郎和威德郎这对生死冤家，

明争暗斗了几十年，

此刻却相安无事风平浪静。

然而幻化郎并没有询问原因，

他已经养成能不问便不问的习惯，

也担心自己哪壶不开提哪壶，引起纷争。

原先他因为话多吃亏不少，

所以如今学会了小心谨慎如履薄冰。

但心中的另一个问题，他却不能不问：

"敢问欢喜师兄，

你到底用了什么方法躲避造化系统的追踪？"

当他抛出这个问题，欢喜郎只是呵呵一笑，

那是典型的"欢喜范"——

于一脸和气中带些诡秘。

但相较于从前，那诡秘少了，阴郁少了，

炯炯的目光中，多了一份磊落。

他说："我也经历了一段奇遇，

与威德郎有些相似。阴阳河之战，

我被天外飞石击中后陷入昏迷。

但那并不仅仅是一次重创，

也是我入道的契机。
外相上，我昏迷不醒胡言乱语，
事实上，我的神识在另一个世界。
在经历了一番刻骨铭心的痛苦折磨之后，
我才看破帝王的虚幻生起出离。

"当时，奶格玛师尊带我游历了地狱，
在那里，我看到种种惨状酷刑，
那些冤魂或被炮烙或被割裂，
整个现场血腥四溢惨叫不断。
那些酷刑都是因为生前恶业，
受刑者杀戮偷盗，邪淫挑唆，
亲手种下堕地狱的种子。
其中业力最重的当数杀生害命，
因为受刑最深，且恶果不会完全偿报，
命主所受的折磨也连绵不断，
只能在无边的痛苦中反复生死。

"突然地狱的火焰膨胀起来，
一波波一晕晕烧到我的脚边。
我恐惧极了，感觉自己就要葬身火海。
师尊说，地狱的火焰源于杀业，
我一出现在那里，就感召恶报，
才会引来火魔的进袭。
我情不自禁失声痛哭，紧紧拉着
师尊的胳膊，希望她能带我逃离，
但师尊对我的恐惧呼救却视而不见。
她明明看到火焰已烧到我的脚趾，

明明看到我已吓得要死，
可她就是铁石心肠，冷若冰霜，
还把我带入更惨痛的现场。

"那个瞬间，我不知该怎么诉说，
仿佛浑身的血液都凝固了，
我的世界被冰封了，可马上，
又如海啸一般，被另一幕惨象席卷——
父王，我的父王，他的神识
居然在那里备受极刑，
一会儿被狱卒用钢叉刺肚，
一会儿被油锅反复煎炸，
只见他在刀山火海中支离破碎，
又见他在冰山峭壁上裂如红莲。
那种悲惨，平生未曾见；
那种感觉，比死还要痛上万倍。
我被那种惨烈的酷刑震彻灵魂，
只觉得气血突然涌上头顶，
身体被炸雷炸成了碎片纷飞，
无数的钢针扎入心脏，
剧烈的劫火炙烤我的灵魂。
我忍不住拽住师尊的胳膊嘶号，
紧接着双眼一黑，便没了知觉。

"不知过了多久，我从梦中醒来。
看到奶格玛师尊正在我的面前
望着我。我想不起发生了什么，
只感到浑身冰冷，像是在寒冰地狱。

就在这时，一个激灵从脑中升起，
我不由自主扑到师尊脚下，
那强烈的悔意和悲心如决堤之水，
滚滚滔滔汹涌而至，
我就在她面前深深地忏悔。
我知道，对于父亲，一切虽是因果，
可也有我造下的恶业。我想救度他，
甚至，还想以命还命替他受刑。

"那天的我哭得很伤心，
我像孩子一样地哭，
无所顾忌毫无保留。
我忘了自己贵为国王的身份，
也忘了大丈夫流血不流泪的训诫。
在师尊面前，我像一只驯服的猎鹰般，
低下了我倔强而高傲的头颅。
那一刻，我的哭声已不是恐惧，
而是无穷的忏悔和无尽的悲凄——
我要用泪水把所有恶业洗净，
我要用哭声把所有恶报消融，
我要用痛哭忏悔我撕心裂肺的罪恶，
我要实现对自己灵魂的救赎，我要
救度地狱里正在受苦的父亲。
在这份愿力之下，我渐渐停止了嘶号，
我恳求师尊教我救父亲的妙法。

"师尊并没有马上回答我，
她只是看着声泪俱下的我，

她满月般的脸庞显得既严肃又温暖。

她望着我的眼，一字一字地说，

出世修行，取得成就，

依靠证量，超度父母！

她还说，一人得道鸡犬升天，

在这个尘世，所有有关系者，

都是一荣俱荣一损俱损，有着连带因缘。

若是我能得到出世间成就，

不仅我这一世的父王脱离地狱之苦，

我生生世世的父母和眷属，

也会因这一胜缘从苦海中超升。

如果再执迷不悟沉迷于帝王功业，

不仅我自己会堕入地狱受苦，

还会连累我的父母和眷属。

她让我自己学会选择，

是要努力修行还是要继续作恶。

无论哪种选择都要我自己决定，

一旦下了决断就再也不能回头。

无论何种成功都要付出代价，

只要有选择就必须献上成本。

当皇帝可以荣华富贵无上尊崇，

代价就是死后堕入地狱承受大苦。

当行者可以脱离苦海自度度人，

代价就是躲入深山清修苦行，

从此与人间的功名利禄绝缘，

也需要隔离那些亲情与爱情。

"我听完了这一番开示，

毫不犹豫地选择了修行。
只因我刚刚目睹了地狱的惨状，
那些残忍的刑罚依旧历历在目。
父王正在承受着烈火酷刑，
让我的灵魂一刻也不能安生。
我只想尽快地修行成就，
便请求师尊传我妙法助我修行。

"师尊笑了，她的笑很好看。
她说我只要念三声'奶格玛千诺'，
就能成为她的弟子。
她还说，任何对她有信心的众生，
都可以念诵'奶格玛千诺'得到加持。
我感到她的手摩挲了我的头顶，
我的身体好似浮在空中。随后，
一声巨响，就像气球突然爆裂，
我从十万万米的高空堕了下来。
睁开眼后，我发现自己趴在地上。

"想起梦中的历历景象，
我一刻也不想在红尘中停留，
只想启动咒语祈请师尊，
然后马上开始闭关专修。然而，
在咒声将要出口时，我看到了侍卫。
几乎是电光石火般，
我的脑海里又闪过国王的一念：
无论是修行还是做人，
都必须承担责任才能成就，

我想先处理好国家事务，
找一个合适的继位之人，
才不会因闭关而让天下大乱。
于是我给自己定下了时限，
再一次改变了出离的打算。
这其实是根深蒂固的习气，
然而我当时却恍然不知，
更不知正是这些借口，
一次一次引诱我堕落。

"其实很多人都是如此，
道理上虽明白要努力修行，
行为上却往往会陷入别处。
习气就像马桶中的臭味，
要长年累月地冲刷才能洗净。
必须对治习气不找任何借口，
才能真正地升华灵魂。

"于是我叫过侍卫，想安顿一些事务，
那侍卫见我醒来，激动得热泪盈眶。
他说，大王醒了，天下可有救了，
然后告诉了我当时的情形。
他说因为我的昏迷不醒，外面的世界
早出现天翻地覆的乱象，
各个军阀已打成一团，
都想乘机瓜分帝国的土地。
欢喜国虽然还有其形，
实际上却已分崩离析。

"我听到这个消息，
心中充满迫切和焦急。
直想立刻下床处理国事，
将那些乱臣贼子统统拿下。
却忽然想到了地狱之旅，
脚下也传来地狱之火的炽热，
使我如遭雷殛愣在原地，
两种程序开始激烈地撞击。
一边是惯性的程序和使命，
一边是地狱的大痛大苦。
脑中仿佛有两头牛在对撞，
我感到难忍的晕眩和疼痛。

"终于，地狱的恐怖融入师尊的开示，
句义力授权的力量一时间彰显。
那无常的觉受也蜂拥而至，
如惊涛拍岸般冲击我的心灵。
于是诸多因缘卷起一股大力，
彻底击溃了我的国王习气。
我的心忽然变得清明朗然，
宛如大风吹去了满天的乌云，
功名利禄皆成了梦幻，
我感到一阵从未有过的轻松。

"总以为自己的江山是铁板一块，
能在世上千秋万代地存在，
我才不断地开疆拓土杀伐征讨，

想实现那一代圣君的志向。
我还想着达成完全的统一，
就能让百姓过上太平的日子。
现实却开了个天大的玩笑，
把真相赤裸裸摆在我眼前——
我只是昏迷了几天，
国家就土崩瓦解树倒猢狲散。
原来，世间的一切真是游戏，
所有的功业都画在沙上，
无论此刻多么固若金汤，
被无常大风一吹也会随风而散。
无论我再怎样耗费心血殚精竭虑，
也无法建立千秋万代的帝国。
通过武力达成统一让百姓太平，
也不过是一个暂时有效的假象。
这一想便如同醍醐灌顶，
我不再贪恋世间的权力。
至于那些国家事务悉听尊便，
它只是一团捆绑自由灵魂的绳索，
也是一团永远剪不断理还乱的麻线，
实在犯不着用生命去纠缠。
对待这乱麻和罗网一样的物事，
最好的处理方法就是彻底放下。

"为了避免别人的打扰，
我让侍卫严守我醒来的消息。
在自我的世界里，我终于成了自己的王，
我澄心净虑，拿出十二万分虔诚，

向着我心中的师尊声声呼唤——
'奶格玛师尊啊，我的依怙，
请您把我带往清凉净境。
如今我已经看破了红尘事务，
那些虚幻的游戏无聊至极。
我用最真诚的心声呼唤，
呼唤那亘古以来的觉悟之光，
愿它在我的生命中如丽日高悬，
照亮我生生世世的迷茫之魂。
奶格玛千诺，
奶格玛千诺，
奶格玛千诺……'"

第 237 曲　尘封的秘密

话说当日欢喜郎澄心祈请，
忽然之间感到眼前一闪，
再睁眼时，已远离那凡尘俗世，
置身于一个从未见过的所在。
那里鸟语花香纯净安详，
连空气都是极致的温柔。
奶格玛正对他盈盈而笑，
眷属们也对他展露了笑容。
这大概就是光明净境，
欢喜郎在那氛围中深深地沉醉。
仿佛他经年在污浊里打滚，
身心早已沾满了污垢，
如今被那轻柔的泉水一波波涤荡，
细细地洗净了所有的肮脏。
欢喜郎感觉好个清明呀，
他感到前所未有地舒畅。
那清明让他身体如同清风，
那清明让他只想高歌放声，
那清明让他大哭又大笑，
那清明让他大默又大声。

那消除业障是修行的第一步，
业障不尽，修行就很难成功。于是，

欢喜郎诵百字明净障，
他虔诚了心一味祈请。
只要他有真诚的信心，法界里的
智慧甘露就必然会沿着信心之路，
如清泉一般冲刷他的身心，
直到欢喜郎净化了灵魂，
奶格玛才送他到威德郎闭关的山洞。

密集郎早些时日已经到达山洞，
见了威德郎他心中如波涛汹涌，
那是诚挚的兄弟情感，还有那
因曾经的阴谋而生的忏悔。
他走上前去，想说些什么，
可一向伶牙俐齿的他却突然失语。
却见威德郎哈哈一笑，一拳
打在他的胸脯，随即拉过他的肩膀，
两个同门兄弟来了一个拥抱，
一切尽在不言中！

造化仙人在一旁静静地看着，
心中充满了欣慰，他太了解
自己的儿子了，密集郎
这次才是真正地脱胎换骨，
也算没有辜负他为爱子苦心经营多年。
那个秘密，就让它永远成为秘密吧，
造化仙人正在想着，只听一声"父亲！"
密集郎已跪倒在他的面前。
他们四目相对，此刻真正连通了心意。

以前，他觉得他不像父亲，只知道
对他呵斥管教，自己却疯疯癫癫没大没小
全然没有做父亲的样子；
以前，他觉得他是不肖之子，全然没有遗传
自己的洒脱磊落，却有那么多琐碎心思，
不像个男人的样子。

现在，他们才终于发现，
他们是彼此最好的镜子、最好的补充。
造化仙人暗忖，自己若是没有那些机心
又怎会有那诸多的精心安排？
密集郎也意识到，他看不惯父亲的地方，
恰恰是他最想要而不得的东西！
他们理解了彼此，也接纳了自己。
造化仙人扶起密集郎，
父子俩多年的隔阂，终于烟消云散。

幻化郎因造化仙人的传讯也返回山洞，
这个寻常的山洞，因了
奶格玛师尊、欢喜郎、威德郎、
幻化郎、密集郎和造化仙人而不再寻常。
他们六人聚合了法界的因缘，
将迎来一场最为殊胜的传心。

只见五弟子都虔诚了心，跪在地上，
他们祈请奶格玛师尊授权。
他们发愿要证得无上成就，
还要用大慈悲和大愿力的证量

成就无死的娑萨朗。

奶格玛观因缘已成熟，
于是对着他们颔首微笑。
她赞叹他们的大愿，
也随喜他们的发心。
空中出现了忿怒尊圣殿，
奶格玛摇响清脆的金刚铃，
一拨拨铃声如清泉荡漾，
荡得众弟子身心好个清明。

忽然之间，她变了面孔，
那美丽的面容瞬间无比威严，
她发出一拨拨急促的咒声，
和着手鼓的声音如密集的雨点，
打在弟子们的心上，那五大力士的
法界真魂，也排成了一条笔直的纵队，
依次进入他们的中脉五轮。
顿时，大家被一股大力裹挟了，
它搅动得他们身不由己情不能抑，
有的仰天长啸，有的痛哭涕流，
有的五体投地伏身礼拜，
向那冠绝古今的出世间女神
表达着发自心底的无上崇敬。

这时，密集郎却突然出现了异样，
五大力士的法界真魂无法融入他的脉轮。
仿佛不同型号的齿轮无法密切咬合。

按常理不应该出现这种情况，
五位力士转世投胎于人身，
携带着本有的精魂，
那精魂包含着明分与空分，
明空不二，明空合一，
当那转世的人身认知到本有的明空，
他便认知了自性，回到了本源。
而眼前的这个密集郎，却只有明分
不见了空分。

这情形十分怪异，
奶格玛见状也觉得难以理解，
看密集郎精魂分明是风力士，
却为何失去了那空分？
她于澄明之境中细细观察，
只见眼前浮现出造化仙人的面容。
这意味着所有的答案就在他的身上。
奶格玛看向造化仙人，目光平静而威严。
造化仙人接收到那目光中的能量，
他不由自主拜倒，向师尊连连顶礼。
其余各人都大感惊异，
睁大了眼睛看着造化仙人。

造化仙人心中五味杂陈，
本以为这个秘密将永远成为秘密，
眼见众人皆大欢喜，走上成就的正轨，
而他所护持的造化系统，也井然有序，
却不料，一切还是会浮出水面。

他扪心自问，自己的动机是否不纯？
他始终以符合最高利益的理性，
去做每一件事情，
但他却无法自我欺骗，
那其中确实包含了一份父亲的私心。
他平复了心绪，像是讲述别人的故事，
慢慢揭开了一切的谜底。

那时密集郎刚刚出生不久，
造化仙人便对儿子进行了观察，
他看出密集郎的先天秉性——
他聪明伶俐心窍灵通，很适合修行，
美中不足便是那过于丰富的心思，
若是欠缺引导便会养成深厚的机心。
造化仙人宁愿自己的儿子大巧若拙，
哪怕显得呆笨，也不失为一个好苗子。
于是，他十分重视对密集郎的管教，
对他倾注了大量心血，从牙牙学语到认字读书
无一不悉心教导。
那满屋子的经典，供他阅读，
那随时的谆谆教言，对他熏染，
可要彻底改变人的秉性何其难也！
密集郎还是个孩童之时，
便已经显露了他的诸多心思，
他甚至不信任自己的父亲，
和父亲玩起了捉迷藏的心理游戏。
造化仙人纵然能窥破造化系统，
却窥不破自家的黄发小儿的心思，

这让他好个苦恼，好个头痛。

一日，他突发奇想，造化系统可改造，
人也是造化的一个因数，当然也可以改变。
所谓的人，无非只是各种因素的和合，
那五大融合为肉体，再注入以精魂神识，
如此便形成了一个鲜活的生命。
若是能寻到合适的完美的精魂，
便可以给密集郎来个脱胎换骨。
这一想法令他激动不已，
作为造化系统的守护警察，
他当然明白自己的举动是在违规，
可那爱子之心，夜夜咬得他难以入眠。
那个时刻，他也只是个平凡的父亲，
一个对儿子抱有无限期望的父亲。

功夫不负有心人，
造化仙人终于找到了完美的匹配。
那是一个同密集郎来家里玩的小男孩，
他家位于邻近村落，小孩子们经常一块玩耍。
造化仙人一见这孩子，便大吃一惊，
他看上去憨厚朴拙，一点也不机灵，
可造化仙人却晓得这是个不可多得的珍宝。
那混沌的外表下，藏着一个高级的精魂。

造化仙人陷入了激烈的思想斗争——
踏破铁鞋无觅处得来全不费工夫，
日思夜想的完美匹配送上门来，

可自己为何却心生犹豫？
以自己的能为，即使调走了那孩子的精魂，
于他也不会有太大的影响，
说到底，无非是给那高级的精魂，
换个不同的身体，对于精魂来说
住什么样的房子穿什么样的衣服，
根本就是无足轻重的小事。
这样一想，造化仙人心中立即轻松许多。

他开始着手实施自己的计划，
趁着两个小儿正在书房翻着画本，
造化仙人掐起手诀念起咒语，
两小儿顿时感觉昏昏欲睡，
一会儿他俩便一起歪靠在椅子旁，
进入了睡梦之中。
造化仙人一边打开造化系统，
一边用心念调动那孩子的精魂，
这是他第一次利用造化系统为自己谋私，
他惯有的超强理性，此时也有点底气不足，
但他终于完成了工序，以他自己的能为，
判断操作的结果是成功的。
他心中一阵欣喜，悄悄离开了书房。
片刻后，两小儿醒来，浑然无觉
继续他们愉快的玩耍。
这一番偷天换日的行动，
带给了造化仙人莫大的期待。
他坚信自己的儿子将会脱胎换骨，
他更坚信密集郎将来会成就为大德。

可他却忘了一件事：
再完美的种子，也需要一个成长过程，
从破土而出，到努力地成长，
最终才能成为参天大树。
密集郎即便得到了更好的精魂，
也无法自动脱胎换骨。
更何况，造化仙人根本不知道
他调来的精魂并不完整，
以他那时候的法力和能量，
根本无法将精魂完整调动，
他调来的只是其中一部分——
明分已然在密集郎体内，
而那空分却仍留在那小儿心间。

那小儿回了家去，和往常一样，
也许因为他原本就显得憨憨傻傻，
所以家人也没有觉出他有何异常。
再后来，听说他们搬了家，去了另一个城镇。
造化仙人心想这样也好，
以免经常见到心中终究有些愧疚，
于是他便放下了此事，忘记了那男孩。
可他若是后来持续关注那男孩，
他一定会自责不已，
他会在造化系统上清楚地看到，
那男孩随着家人搬去了另一处城镇，
却不承想那城镇很快卷入了战火，
男孩和家人流离失散，
他的父母先后死于饥饿，

而他也沦为了流浪儿，就这样一直流浪着，
直到某天在街头为了一口吃食，
被众人殴打时，幻化郎向他伸出了援手。
那流浪汉，
正是原本的风力士。

而获得风力士精魂明分的密集郎，
并没有产生立竿见影的奇效，
他还是让造化仙人头痛不已——
因了那得到的明分，
反而心思更加玲珑多巧，
原本的机心未除，此时反如猛虎添翼。
造化仙人弄巧成拙，但他并不后悔，
他知道，这机心并不可怕，
只要密集郎能放下万缘，
不把机心用在追求世俗的幻象上，
他一定能够达成了不起的大造化。

造化仙人平静地说完，
众人已惊愕在原地，口不能言。
虽然他们有十分的定力，也禁不住
心中的翻江倒海。
密集郎的心中更是如山岳相撞，
在父亲的造化之术下，
他已经不知道自己究竟是谁。
而更加震惊的是幻化郎，
他的情真意切的好兄弟流浪汉，
竟然有如此离奇的遭遇！

他也恍惚了，不知道
究竟哪个才是真正的风力士。
难怪乎，他见到流浪汉便觉得亲切，
而见到密集郎也忍不住熟络地互相开玩笑，
他们俩都是他亲密的同门兄弟！
他们一起看向奶格玛师尊，
却见她依旧平静不语，看不出有丝毫的波澜。
奶格玛心中明明朗朗，所有的设计与安排，
依然逃不脱那造化，
造化仙人为了自己的儿子，
调走风力士的精魂；
可也是他，为了帮助幻化郎，
着意培养他，有意将人皮书暴露于他。
到最后，你看那
天地的造化之力，何曾有过爱憎亲疏，
又何曾有过那得失偏颇？
即便如那命运多舛的流浪汉，
依然没有失去造化之机缘。

幻化郎心中牵挂流浪汉，
眼下他已成为一个植物人，
他为了众生而牺牲了自己。
他祈请师尊大发慈悲救治他。
奶格玛微微一笑：
"流浪汉是谁？谁又是流浪汉？
他不是他的躯体，甚至不是他的精魂。
他只是他的行为和精神。
你还不明白吗？"

幻化郎心中顿时一片明朗，
他放下了对流浪汉的不舍与牵挂，
他知道他的金刚好兄弟，始终和他在一起。
但现在的问题仍然没有解决，
风力士的精魂，明分和空分
一分为二，存在于两个身体里。
如何才能使他们两人合二为一？
奶格玛知晓了幻化郎的心思，
她闭目凝神，已将风力士精魂的空分，
从阴阳城中流浪汉的身体里，勾摄出来。
紧接着，她将其注入密集郎的心间，
完成了那明分与空分的合一。
如此，五大力士的真魂也顺利融于密集郎的脉轮。

奶格玛介绍了刚才的授权，
她说，这就是震古烁今的五大力士法，
它来源于秘密主，是她从色究竟天
直接求取而来的。她还说，
这是她第一次教化，五大力士已进入轨道，
脱离世间的束缚开始正式修行，
此法必将广照天下苍生，
永不坏灭的娑萨朗也会出现，
接引与它有缘的一切众生。

五弟子听完这番言语，
个个都激动万分欣喜无比。
仿佛有一种强大的信心和愿力，
像原子弹一样在心中炸开，

炸得他们的世界里只剩下一片光明。
那片光明里有大悲和大力，
更有包容宇宙的大心。
他们纷纷发了大愿，
誓要生生世世地竭力尽心，
把这殊胜的五金法如眼眸般呵护，
让它的智慧光明永照有缘众生。

随后，奶格玛因材施教进行指导。
欢喜郎入道时间晚，基础薄弱，
她便让他先熟悉观修窍诀，
一步一步，从零基础修起。
她还特意安排威德郎带领欢喜郎观修，
而欢喜郎，则要教给威德郎理论知识。
她要借法缘消除他们以前的恩怨：
那同门兄弟不同于尘世俗情，
如果心存不睦，不仅会影响本人的修行，
更会影响整个法脉和传承。

两国王领受了师命，都说
愿意彼此帮助共同成长。
而威德郎更是率先放下了自己，
哈哈一笑张开了手臂，
走向欢喜郎拥抱了他。
虽然那仇恨曾深深地种进灵魂，
虽然浓浓的杀意曾在心里盘踞，
但所有的一切，都在国家分崩离析

他们有了新的信念时，荡然无存。
原来，仇恨也是记忆，屈辱也是记忆，
就连那生杀予夺都是记忆。
过去以为不可能改变的，随着关系的变化，
竟如此轻易地面目全非。
烽火连年的过往，变成了似真似幻的旧画面。
两人一笑泯恩仇，似乎一切都不曾发生。
历经生死洗礼，灵魂也得到净化的他们，
已有了坚不可摧的离戏智慧。

面对这突然而至的拥抱，欢喜郎
初有些懵懂，但他离戏的智慧
一旦生起，立刻就被威德郎的豪爽大气感染。
于是，他也一笑泯恩仇，对威德郎说：
"让我们的恩怨一笔勾销，
让我们的友谊与天齐寿。"
从此这两人成为同门兄弟，
有了血浓于水的情意。

随后，奶格玛让他们朝夕相伴，一起修行，
直到两人都取得出世间成就，
才能和其他的师兄弟会合。
于是幻化郎和威德郎欢喜郎三人，
各自领好了任务开始精进地修行。
密集郎的进展也十分迅速，
在奶格玛的指导下日趋成熟。
胜乐郎早已取得了成就，

他只是安住在智能境界里随缘任运。
等到三年之后力士们修行有成，
那光明就能照亮亘古的夜空。

第九十乐章

奶格玛再一次返乡，这是母亲不老女神和娑萨朗族人最后的机会了，惯于享乐的天人们，能否登上这最后一班通往救赎的列车？

第 238 曲　最后的返乡

安排好五力士的闭关后，
奶格玛舒了一口长气。
度化五力士是她的天命，
如今，一切步入了正轨，
她也该好好休息一下了。

想到这，母亲的面容浮现在眼前，
同时还有一股浓浓的暖意。
是啊，已经很久没见过母亲了，
还有坏灭中的家园娑萨朗，
还有那么多的娑萨朗人。
距离上次回去，又过了不知几年，
不知，母亲是否好好地修了她所传之法？
想起母亲和家乡，
奶格玛觉悟的心突然一阵抽搐，
那无所不能的大神通，
更是刹那间透过心光，
感应到了娑萨朗的现状。
所幸，她早已将那颗
善感的心安住在了不痛中。

只见她双眼盯着虚空的某处，一眨不眨，
那里正显出家乡的景象——

娑萨朗，我心中的娑萨朗！
我满目疮痍的故乡娑萨朗！
此刻，你连挣扎一下都不能，
你已用尽了所有的力量。
你就像一只濒临死亡的猛兽，
于精疲力竭中突然焕发出莫名的能量，
只是，那是你生命仅存的光辉，
你已进入了回光返照。
看啊，火山停止了喷涌，海水也不再沸腾，
一切都在渐趋平静。我的家人们，
这是大毁灭之前的大平静呀。
你们不见，那空气中到处
都充满着若有若无的诡异？
然而，那些诡异连同整个娑萨朗，
还有，你们，
都会很快消融于亘古的黑暗。

一声叹息，随之响起。
那是如如不动的山岳间，
拂过的一阵风，轻盈而又沉重——
她左肩放下五大转世力士，
右肩再挑起娑萨朗。没办法，
只要不轮回，就要连轴转；
只要不涅槃，就永远不得闲。
她想，难道就没个卸磨的时候？
难道，这就是成就者的宿命？

她扬起嘴角，苦笑了一下。

尽管感叹，也真的疲倦，
但她内心的觉悟却依然坚固，
在悲心和愿力的护持下，八风不动。
直看得我千年后仍心痛不已——
她的感叹，其实是自励和示现；
她的疲惫，只是成就者毕生的剧情。
家乡的末日她无法袖手旁观，
这里不仅是生她养她的故乡，
更有她血浓于水的母亲。
她一想到母亲就充满了爱的感觉，
可一想到母亲的白发和皱纹正一日日增加，
她又会感到揪心的痛楚和急迫。

既然地球上的事务已差不多完成，
她就再也不想多作一秒的耽搁，
只想尽快回到娑萨朗家园，
尽量多做些她能做的事情。
她也知道自己挽回不了什么，
娑萨朗星球的毁灭已是铁板钉钉，
但她仍要全力以赴，绝不轻言放弃。
更何况，她要赶在母亲遭遇命难之前，
通过自己的加持和传承之力，
让母亲得到超越。
尽管身为成就者的母亲，
娑萨朗女神有着莫大的因缘，
依据量子纠缠的原理，
其解脱也会易如反掌，
但奶格玛仍是思乡心切归心似箭。

于是她安住在明空之中发出闪念，
瞬间便到了娑萨朗星球。
从究竟上看，她其实无处不在处处在，
从未离开过故乡。这次的回乡，
不过是将那美丽的虹身，转移到了娑萨朗。
只见熟悉的天梯，亲切的窗棂，
记忆中的天心公园，还有
当年与小伙伴玩耍的小池塘，
一切都踩着记忆的心光鲜活了，
而她的心里，却如鲠在喉——
娑萨朗！我心中的娑萨朗！
无数次梦回故里，扑入你的怀抱，
此刻，你斑驳的宫门和残缺的殿壁
却使我踌躇，使我词不达意……

距离上次回来，仿佛已过去了许久，
却又仿佛只是昨天。
那熟悉与陌生，那欣喜与怆然，
浓浓地扑面而来。
继续向前，我挪移着脚步，
娑萨朗女神——我的母亲，
您伫立在神宫门外，
每一次，您都是这样在等我，
看到您，连天地也开始恍惚。
我的心底，竟生出滔天的不安，
母亲，我多么想见您，
可我却不敢靠近您。

我清楚地记得，女儿尚小时，
您的鬓角，那几枚银色的针芒。
它们无情地扎伤了我、刺痛了我，
当然，也是它们，最后成就了我。
而此刻，随着与您的距离越来越近，
我却越来越怕见到您，还有，
我的那种小女儿态，居然也复活了。
母亲，成就者是属于世界的，
而我，只想做您怀中撒娇而任性的丫丫。
只是，安住在如来的境界中，
我已习惯——我知道，
此刻的娑萨朗需要成就者，
母亲，不老女神也需要成就者。
于是，究竟证悟的女神
奶格玛，终于回来了！

母亲，您还记得女儿上次回来教您的法吗？
女儿多想您永远年轻，和娑萨朗永远同在，
可娑萨朗眼看即将不存，而您，
女儿也无法挽留您的青春和生命。
女儿对您和娑萨朗的爱，
便是尽心尽力将那份光明传递。
只是，您头上插满的银色针芒，
犹如墨色中的留白，它仍在刺我的眼。
还有您曾经光洁的额，上面尽是沟壑，
您曾经挺拔的脊背，也成了罗锅。
它们都在告诉我，这些年来
您的操劳与辛酸。

母亲，我怕。您的小丫丫害怕。
在眼前这佝偻的老婆婆身上，
我怎么也找不到昔日女神的惊艳。
母亲，我的眼里，全是沧桑，
我的心中，也尽是悲伤……

只见女神倚在门边，沉思不语，
她的白发不知有多长，遮住了半边脸。
她一动不动，宛如一具死尸，
只有一只眼睛泄露着她的一息尚存，
于一团混浊中，时不时闪起光亮——
她是在怀念昔日的绝代容颜吗？
还是在反刍年轻时的那场邂逅？
不，她是在思念着自己的女儿，
她在祈请着奶格玛女神的垂顾。
她相信，她能等来她。等她来
拯救她们的故乡娑萨朗，
那是她们最初的约定。对此，
她毫不怀疑，尽管她已命若琴弦。

就在这时，她单薄的身子动了动，
随之提起了十万分的警觉，
开始抽动鼻子，嗅着一丝若有若无的味道——
是女儿要回来了吗？多么熟悉的气息。
她吃力地睁大双眼，仍是一片模糊。
她又轻微地眯了眯眼，只看到
门口的一个影子放射出七彩圣光。
那通透的虹光身显得无比安详，

还有那轻盈的气息，如暗香浮动。
还有一种极其特别的脉冲，
它们游过来包围了她，让她感到
从未有过地清凉、踏实与安详。

女神在那种氛围里荡啊荡啊，
忘了所有的思念和忧伤，
忘了一切的忧心如焚，
忘了娑萨朗末日，忘了不老女神，
忘了自己的白发，也忘了对女儿
深入骨髓的殷殷期待。她只觉得自己
和那种清凉智慧的波动融为了一体，
空空了了的同时又心有灵光。
于是，她彻底沉醉在这种氛围里，
不去分辨眼前的人儿是真还是幻。

她就这样望着那团模糊的影子，
也任由那团影子注视着她。
她们就这样对视着，情深到无语。
她在那轻柔安详的磁场中，
享受着命运给予她的莫大恩赐。
这美妙的脉冲像甘露在涤荡，
两个灵魂在大爱的磁场下相融。
时间在这一刻静止了，
只剩下那一波一波的能量，
它涌动啊，涌动啊，
洗净了她灵魂的污浊也洗去了衰老。
她的心如包容宇宙般博大辽远，

心中萦绕着莫名的柔软。
它柔到极致仿佛一根轻轻的羽毛，
它浩瀚深远仿佛无边无际的宇宙，
它波澜壮阔仿佛奔腾呼啸的大海，
它安静默然仿佛宁静的月光……
女神一边沉醉在那奇妙的波动里，
一边体会着心灵被爱的力量触动。
只见她忽然之间泪如泉涌，
仿佛要把一切都倾倒一空。
无论是为星球的操劳还是对末日的担忧，
无论是对衰老的惶恐还是对女儿的思念，
无论是对天人的修证还是对生命的感悟，
无论是因经历的沧桑还是对未来的期许，
此刻，都如决堤之水，
任由那股空明的力量鼓荡着，倾洒着。
泪水里既有久别后重逢的惊喜，
又有一种莫名其妙的感动。
就这样，奶格玛的心光瞬间磁化了
迟暮美人不老女神，使她的心，
在激动的外相之下，如如不动宁静如月。
她一边澎湃着，一边于明空中
静静地观照着自己的惊涛拍岸。

奶格玛看到母亲也激动不已感慨万千。
在她的记忆当中，母亲始终都是山，
是海，是太阳，是清晨的花朵，
是傍晚的彩霞，她是一切美的化身，
而现在，她老态龙钟狼狈至极。

在外相上，那昔日的一切美都消失了，
赤裸裸剩下的，只有岁月的沧桑
和命运的残酷，只有成住坏空的刻刀之痕。

奶格玛感受到了母亲熟悉的气息，
心被那母爱的气息完全融化。
那是一种极致的温情和柔软，
仿佛那天边绚烂至极的云霞，
又像一缕清凉柔和的微风。
她心中的温情也一缕缕扩散，
荡向了天际让天空铺开了靛蓝，
荡向了大地让百花展露了笑容，
荡向了大海让浪花都欢呼雀跃，
荡向了人心让烦恼都消解一空。
奶格玛心中有一种情感在鼓荡，
那情感来自母女间的相融。
虽然那情感让她泪如泉涌，
却无法动摇她质朴的觉悟之心。
她虽然流出了滚烫的泪水，
那一个东西却如如不动。

母女俩就在这种对视里交融着，
任由觉悟的光明和亲情的温暖在波动。
她们虽然默默不语，
不语的背后，却有千言万语。
她们虽然不曾欢笑，
但擦不尽的泪水却宣说了
她们所有的幸福、爱与哀愁。

不知过了多久，再回神，
奶格玛已坐到了母亲的身边。

女神看着女儿殊胜的虹身，
还有那略显疲惫的眼神，
以及一波波清凉智慧的波动，
就知道她的成就和她的慈悲，
还有为众生的救度之劳累。
她颤颤地伸出苍老的手，
爱怜地抚着女儿的脸颊，
那些成就啊光环啊都不重要，
母亲的心中只有对女儿的心疼：
"当他人只关心你飞得高不高时，
孩子，母亲只关心你飞得累不累。"

奶格玛当然懂得母亲的心，
只见她捧着母亲瘦弱的双肩，
满眼泪花，一脸认真地说：
"母亲，您为娑萨朗操碎了心，
如今，就让女儿来承担这一切吧。
如今女儿已证得了成就，
就让我来替您接下这副重担吧。
您也该好好地休养一下身心了，
您的那些白发和皱纹，
已在我心上长成了伤痕。
所以，请您安心地把这里交给我吧，
我有足够的把握和圆满的证量，
去度化那些子民和星球上的众生。

"上次的救度，因为天人的懒散和傲慢，
更有诸多固执己见的习气，
他们错过了究竟解脱的机会。
这虽是他们的福德不足，
可也是女儿心中一直以来的痛楚。
虽然天人逍遥自在福报极大，
但这也正是他们最大的愚痴。
他们躺在露珠般的福报里不思进取，
还不如人间的苦难者有向道之心。

"这次女儿重返娑萨朗，也许还是会有
意想不到的困难，但我仍想尽自己心力。
就算是娑萨朗气数已尽无力回天，
我也不能对这样的天灾人祸置之不理。
无论那结果如何都不重要，
母亲，重要的是我必须全力救度。"

女神闻言，紧皱的眉头开始舒展。
虽然上次在女儿处接了妙法，
但是在她内心的最深处，
女儿仍是女儿，并不是至尊的恩师。
如今再见，女儿已判若两人，
她眼中那自信、智慧与坚定，
连自己也自叹弗如。
曾经的小丫丫啊，果真已长大成人。
她混浊的双眼再次闪亮，
那沟壑纵横的脸庞也泛出光泽，
竟使她有了一种错觉，那远去的

美好时光，仿佛乘坐时空列车，
因了女儿的到来而原路返回。

女神好久没这么开心了，
她看着奶格玛又流下了泪水。
奶格玛轻轻擦去女神的眼泪，
自己的眼眶却也不由得湿润。
她们牵着彼此的手互诉衷肠，
这母女相见的场面无比温馨。

随着重逢的激动渐渐平息，
母女的话题，也由小到大，
谈到了修行和成就，
谈到了娑萨朗的拯救。

奶格玛说：
"要救度须先生起净信，
要有虔诚无伪的信心。
上次传您胜法，
充其量只是一次结缘。
因为打破习惯了的无相瑜伽，
您感到劳累而心生懈怠。
只有打破无相瑜伽的顽空，
才能实现真正的救赎。"

女神终于被征服了，
终于完成了心灵的蜕变——
此刻她看到的，

是法界之王，至高无上。
有一种发自灵魂的强大自信，
像屹立万年的雪峰，巍峨却毫不张扬；
它代表了绝对真理的强大自信，
仿佛她就是大道本身。
更有一股王者之气，
让人不敢生冒犯之心。
就算三界十方在此刻毁灭，
也丝毫不会影响她的淡定。
就算泰山在她眼前瞬间崩塌，
也不过如同一片雪花的飘零。
她已超越生死，不再畏惧一切。
她看到真理并融入了真理。
她是道的本体。
她是法界的光明。

在这庄重神圣的气场熏染下，
女神打破了对亲情的贪恋。
她不再纠结于牵绊如索的血肉亲情，
不再有貌似于爱的强烈占有欲，
只有对真理的向往和对觉悟者的虔诚信心。
她浑身上下，正被一种大力鼓荡着，
一波波从内心到四肢，再到每个毛孔。

第 239 曲　救母

奶格玛看到母亲的举动，
由衷地感到欣慰与欢喜。
娑萨朗的不老女神，
终究是修行的利器。
她伸出双手把母亲从地上扶起，
又说："母亲，你且放松了身心起身入座。
我赐你那无上的秘密授权，
依此法缘你定然能成就圆满的智慧，
并将以无上的功德广度无量众生。"
奶格玛拿出手鼓摇了几下，
虚空中顿时出现了无量的女神。

奶格玛对女神们说：
"今日我要为母亲授权，
有劳各位女神布置好圣殿。
务必要庄严璀璨能让人生起净信，
以此因缘来利益无量众生。"

女神们听到奶格玛的指令，
顿时喜上眉梢连连赞叹。
她们争先恐后忙碌不已，
使出各自的本领装点圣殿——
她们从天边扯来彩霞，作为布幔；

她们把阳光裁成丝线，制作法衣；
她们降下甘露，盛满杯盏；
她们还从大海找来七宝，层层叠叠做成曼扎。
很快，她们便布好了圣殿，
只见那净光闪闪七宝璀璨，
映照得宫殿无比庄严殊胜。
空行母衣袂飘飘，时而旋转，
时而飞升，一条条丝带随身姿飘逸；
而勇士们，则引吭高歌，于刚柔并济间，
让那雄壮的声音穿透虚空。

奶格玛见状，点头一笑，
只见她腾身一跃，便飞入圣殿。
只见她将手鼓一挥，
把母亲也摄入了圣殿中央。

这等华丽庄严，让母亲直感到震撼。
身为娑萨朗女神，她见过海大的福报，
也经过天大的辉煌，然而，
女儿的富贵和威势还是让她咋舌，
使她犹如河伯见到了大海，
更生起无上的信心和恭敬。
只见她匍匐在地泪如雨下，
准备迎接来自奶格玛的秘密授权。

奶格玛摇动铃鼓发出脆响，
那声音传遍了九重天庭，
音符纷纷砸在不老女神沧桑的心田。

亘古以来在睡梦中浑浑噩噩，

突然被清脆的铃音惊醒了灵魂，

她感到汹涌的巨浪扑面而来，

冲刷着她的累世恶业；又感到有一轮暖阳

正在头顶高悬，绽放出万丈光明。

在这场灵魂的洗礼中，

她由了自己号啕大哭，

她匍匐着苍老的天身，

向着奶格玛礼拜不止。

那一刻，她的心中白花花一片，

没有红尘情缘，没有丝毫妄念，

仿佛所有的执着和欲望都灰飞烟灭，

而这一切的来源，就是那

铃鼓咒音的一波波脆响。于是，

老态龙钟的不老女神仿佛借了神力，

咒音不断，她的礼拜也持续不断。

忽然之间，只见天地开始震动，

东西两方的天边同时绽放出万道霞光。

漫天的红霞如漫山遍野的红杜鹃，

女神们手捧珍宝前来道贺，

二十四位智慧女神也满怀喜悦，

一起加持祝福这不老女神。

这秘密授权好个殊胜，它不仅仅

是奶格玛和不老女神的喜事，

更是整个法界的盛事，他们在

奶格玛的证量和威望下普天同庆。
无数的天女舞动着曼妙的身姿，
护法神唱出雄壮的歌声，
这喜庆的气息消融了娑萨朗的末日气象，
使得那里风和日丽百花齐放，
一切吉祥的殊胜缘起，无不预示着
女神将来的成就及度众的功德事业。

于是，十方三界都沉浸在这喜悦中，
直到奶格玛的铃鼓声渐渐平息之后，
那些善神和善能也不愿离去，
更有一波波的善能量一起涌来，
娑萨朗的天空便一碧万顷。
晴空万里的天上架起彩虹，
那末日景象也暂时停止。
天人们尽情地享受这难得的清凉。
他们歌唱，他们跳舞，他们只想
放纵地活一场，不管明天还会不会再来。

终于，殊胜的秘密授权结束了，
不老女神回到了地面。
奶格玛也下了圣殿，
她注视着母亲的眼睛，
那宁静慈悲的目光传递着能量。
用自己的心灯点亮另一盏心灯，
一切都是这样简单，朴实无华。

母亲也在光明的传递之下，
瞬间体会到了开悟的滋味。
那绝非天人无相瑜伽的顽空，
在空寂明朗中还有敏锐的觉知。
她感到自己仿佛被无形的罩子罩住，
内心的每个念头都了了分明，
而她的内心却如如不动。
仿佛那些念头只是云雨，
她的心灵则是天空，
任云雨来去，觉悟的天空始终不动。

这和无相瑜伽完全不同，
一个把皮球按在水底实现表面平静，
一个任由皮球飘荡我自空明。
那种空明宛如黑暗的屋子里开了灯，
所有的问题都在刹那间荡然无存。
因此在这一刻她和师尊产生了相应，
随着那相应也建立了三昧耶誓约。
只要她时时净信师尊不背弃传承，
那种觉悟的光明就能凭借誓约加持自己。

奶格玛看到女神已契入明空尝到法味，
便及时为她印证：
"母亲，那就是无为光明。
从此你便明白了诸佛菩萨所说的空性，
我也为你开示了心性。
你要好好保任它并时时祈请，

定能沿着这光道直证究竟。
以此因缘，我当进行广传，
为报母恩在娑萨朗讲法七天。
你当广召子民前来闻听，
定然见即解脱得到救赎。"

第 240 曲　女神的提升

母亲闻言面露喜色，
安排侍女立刻赶往祭坛。
那是祭祀天地的神圣所在，
是娑萨朗最尊贵庄严的地方，
也是向万民传达消息的中心。
只是近些年末日气象日趋严重，
娑萨朗死气沉沉很久不曾祭祀，
如今的祭坛显得空旷而寥落，
一阵阵寒风吹起了片片落叶。

那侍女快步来到祭坛之上，
顾不得调整气息和仪容，
便用惊喜得有些颤抖的声音，
向恐慌中的天人们千里传声——

"娑萨朗的女神与勇士们，
告诉大家一个好消息！
我们迎来了出世间的女神，
她已为不老女神传授解脱之秘，
明日一早还会开坛讲法，用那
施予无比殊胜的智慧甘霖，
请大家明日前来这祭坛学习，
好力挽狂澜达成救赎。

不老女神已亲见殊胜，
也请大家珍惜恭敬，
万万不要重蹈上次的覆辙，
不要轻慢尊者而错过了救度！"

侍女的话语传遍了整个星球，
人们听到这消息，僵死的心灵
再度开始激昂地跳动，麻木的脸上，
也有了勃勃生机。
他们本已接受了末日将临的命运，
在火山灰和雾霾下死气沉沉，
如今忽然听到了福音，
求生的渴望又蠢蠢欲动，
无光的眼眸，也顿时明亮了起来。
那情景就像巨石掉入死水之中，
撕开了死气，激起一波波生之涟漪。
于是，娑萨朗就像炸开了锅，
各种说法与猜测蜂拥而至。
各种声音甚嚣尘上，
传遍了娑萨朗的旮旮旯旯。

奶格玛虽明了这纷纷攘攘，
仍然身似凝岳一脸平静，
她观察着修习中的母亲。
她发现仅有智慧的加持远远不够，
那无记无想已根深蒂固，
母亲也常常陷于顽空。
她沉溺于她的无想之中，

保持着死机状态却不能警觉，
还把顽空当成了证悟。

女神已经习惯了无记顽空，
要清晰观修就如婴儿举重。
无论她如何吃力地观想，
脑中也很难出现相应的图像。
久而久之她的大脑疲倦无比，
好像在推动生锈的铁门，
那咯吱咯吱的声音，
在无声处响彻寰宇。
因此，她时时想放下沉重的杠铃重回老路，
在无思无想里安住身心。

就在女神彻底泄气，想要回到无想时，
奶格玛提醒母亲要继续观修。
她知道母亲的退缩也是习气，
修行本不能一蹴而就，
要义无反顾不顾一切，
最终才会得到灵动殊胜的体验。

于是，她对母亲做出以下开示：
"当你感到费力的时候，
说明你在进步如逆水行舟。
没有人能轻而易举攀上高峰，
你不能放弃或寻找借口，
你要正视它们直面它们，放出你
正念的鹰犬捕猎它们。

只有绝不妥协勇猛精进，
才能达成救赎自利利人。"

师尊的开示有一种强大的加持力，
霸道地砸进女神不服输的心里。
女神的心中顿时充满了力量，就如
车子的油箱已加满了汽油。
这最高层次的句义力授权啊，能把
智能的程序装入生命。
生命的程序一旦更新，大脑和心灵
都会充满前所未有的大力。
于是，她继续去推动生锈的顽空大门，
她想，即使不能很快成功，
她也要全力以赴绝不放弃。

奶格玛见状甚是欣慰，
却发现母亲的心弦过于紧张，
于是她示意母亲稍作休息，
同时为母亲进一步开示。
她说："母亲呀，修行如弹琴，
既不能把琴弦绷得太紧，太紧易断，
也不能过于松弛，太松弹不出音。
修行要劳逸结合，拿捏好火候与尺度。
只是那放松并不是回归无想，
而是保持祈请与放松。
让心灵的琴弦不松不紧，
才能弹出最美的乐音。

"所以母亲你不必太着急，
要知道小树长大需要时间，
着急也没用只能顺其自然，
揠苗助长反而会适得其反。
只要你踏踏实实走好每一步路，
成功就会像水到渠成自然发生。
你不要急于求成也不要懒散懈怠，
要让智慧变成你的生活方式。
当你天长日久地浸泡于光明，
必然会实现超越证得究竟。"

女神听完奶格玛教言，
调整了心态放松又祈请。
因她信心坚固且踏实认真，
观修便慢慢地有了感觉。
就这样，在女儿的调教下，
虔诚的女神开始飞快成长。

第九十一乐章

度众才是这世间最难的事情，那法会从第一天开到第七天，每天都有人离去，能经受住考验坚持到最后的，才是信心坚固的好种子。

第 241 曲　众心

第二天一早，太阳又玩起了捉迷藏，
忽而隐匿不见忽而突然出现。
远处的火山浓烟滚滚继续喷发，
海里的波浪也激动不已再度沸腾，
娑萨朗又恢复了末日气象。
女神宫内外人声鼎沸熙熙攘攘，
全球子民都会聚到了此处。
如此热闹的集会已多年未见，
此刻，目之所及是绰约的身影。
天人布满了神宫的大殿、走廊和窗台，
还有许多天人悬浮于半空中。
只是他们能量衰竭神色黯淡，
早已没了往日的奕奕神采。
他们的虹身业已失去色光，
仿佛年代久远的一幅幅壁画；
有的就连肢体也开始消散，
缺胳膊少腿五官不全。

随着那远处的火山更加猖狂，
近处的海水也沸腾得肆无忌惮。
它们吞噬了大片的田地和家园，
使无数天人流离失所四处漂泊。
娑萨朗，这个昔日的天堂，

终于像幻化郎的娑萨朗一样，
成了名副其实的难民营。
而那些天人难民，
有的挣扎着修持无相瑜伽，
想用萤火虫一样的光明抵挡亘古暗夜；
有的已放弃了抗衡听天由命，
任凭压抑的热恼爆发或者自生自灭；
有的勉强苟活却毫无精气与活力，
软绵绵松塌塌如稀泥一般。
身为天人，他们虽然享受着锦衣玉食，
也有神通异能，当死亡来临，
却因为看到了来世的堕落而更加恐惧，
显得比凡夫俗子还要庸俗不堪。

对绝望的天人们来说，祭坛上传出的消息
无疑是救赎的福音，他们压抑的心灵
突然涌动起希望的海浪。
他们的眼里有了光，残肢断臂
好像也不那么疼了。他们就像落水之人
抓住了救命稻草，对今日的教导满怀期待。
虽然明知时辰未到，他们的心里
却焦急万分，像是有一百只蚂蚁在啃噬。
于是，空荡荡的祭坛下，
就像有无尽的海潮在激烈地涌动。
翘首以待的天人们议论纷纷，
用闲聊来驱散心中的焦躁。
那嗡嗡的交头接耳声也像海潮在滚动，
更有各种各样的表情和成千上万种心态，

有的焦急有的怀疑有的期待有的听天由命，
还有的死马当成活马医或者纯属满足好奇心，
想看看传说中的大成就者，
会有怎样的能力可以力挽狂澜
或者是不是有三头六臂。
他们已忘记了奶格玛上次的教导，
更把奶格玛的开示抛在了脑后。
神宫里一时间熙熙攘攘，
像聚集了无数的农民前来赶集。

天人们议论纷纷还有一个原因，
那就是空荡荡的祭坛一片冷清，
并没有像过去那样精心装扮，
就连满地的落叶都没有清扫。
天人们见此状很不理解，
人群中不时传来几声抱怨。
侍卫们来回奔走维护秩序，
以免那好事者制造混乱。
其实他们心里也没有底气，
更有无数的疑惑需要解答。
只因今日的法会全由奶格玛安排，
女神并没有下达任何指令。
他们只能一问三不知，
压抑着不解和烦躁克尽厥职。

天人的修为虽好过凡人，
但躁动的情绪却并无两样。
他们都睁大眼睛盯着那日晷，

等着晷针的阴影到达相应刻度。
然而那阴影却不顾人们的心焦，
只管自个儿不紧不慢地移动。
仿佛过了千年又万年，
它终于落入那狭窄的沟槽。
这一刻所有人都安静下来，
齐刷刷把目光投向祭坛。
就像失控的机器人刹那间恢复正常，
一起等待主人发出指令。

缓缓出现在祭坛上的，
是女神和她成就的女儿。
空旷的风儿从更远的远处吹来，
带着火山灰那焦焦的气味。
灾难仿佛变成了另一个世界的事情，
毁灭也远到了心门之外。
鸦雀无声的会场连风声都很明显，
一道道目光聚焦在女神母女身上。
然而这凝固的时刻只维持了几秒，
晷针的阴影也刚离开沟槽，
躁动的氛围又笼罩了众人，
怀疑的信号在空气中传递。
没有锣鼓仪仗，没有放光现瑞，
也没有传说中的琉璃虹身，
祭坛上的奶格玛，寻常得就像是一个凡人。
唯一的独特之处，是她的虹身并没有褪色，
但这仍和传说中的佛陀有天地之别。
风儿刮过静默的人群，

却刮不走他们心中的冰冷。
那沸腾的期待此时已冷却了，
会场像是覆盖了一层寒冰。
很多人心里都在暗暗地打鼓，
觉得眼前景象实在不像救世主降临。
莫非这是女神放出的假消息，
她和女儿只是在演戏？
那么这套路背后会有什么阴谋，
她们又有什么目的？

就在他们胡乱猜疑时，耳边
传来女神那极富磁性的沧桑声音：
"娑萨朗的天人们
这是一场关系生死存亡的法会。
希望大家能放下猜疑，
静静地听我说几句话。
奶格玛自小去地球寻找真理，如今，
她已找到永恒的光明，
这是娑萨朗全体民众的福音。
目前，我已依止奶格玛，她也是
娑萨朗的下一任女神。希望大家在她的
引领之下，能够共同超越这末日大劫。"
说完女神便径直走下台去，只留下奶格玛
在空荡荡的祭坛上微笑。

天人们闻言却炸开了锅，
所有人都在交头接耳议论纷纷。
他们闪烁不定的目光充满了困惑和质疑，

不明白女神到底在玩什么把戏。
末日就要来临，一切即将毁灭，
女神咋还有心思搞什么传位？
再说这丫头也不是第一次来宣讲，
上次也说她证得了无上光明，
但她走后，娑萨朗还不是照样在毁灭？
大家还不是照样在走向灭亡？
如今，又说她可救度众生，
谁知道跟上次有何区别？
莫非仍给大家讲那些观修？
莫非仍是那些陈词滥调？
于是他们仔仔细细地打量奶格玛，
想要寻找一些证据证明她
已证得无上光明。
可从头到脚、从左到右看了个遍，
他们眼中的，仍是那个平常的丫头。

奶格玛对这些怀疑视而不见，
淡然中有一份智慧和清明。
她站在祭坛的中央缓缓地开口，
声音清透犹如铜铃的摇动又像细雨润株，
在这宽广无边的神宫广场上缓缓地流淌：
"娑萨朗的天人们，随喜你们的到来。
世上的救度需要因缘，
一如我们的相见也需要因缘。
因缘是彼此建立联结的另类称谓，
因缘是当事人做出的每一个选择。
彼时，母亲派我去寻求救赎娑萨朗之方，

我历劫去了地球，更经过
苦苦地寻觅才觅得真经。
如今我不辱使命，终于证悟光明。
身为娑萨朗的女儿，我有责任拯救家园。
在这七天法会中，我会把殊胜秘密和盘托出，
希望你们能耐心聆听信受奉行，
只要依教奉行，必然得到救赎。"

说罢奶格玛停顿了一下，
好让祭坛下的天人们消化这内容。

虽然奶格玛的开示十分精彩，
包含了教法的因缘和要点。
但天人们听完了这番话语，
却对无上珍宝不能领会。
他们没对新一代女神的发言报以掌声，
而是炸起了更响的嗡嗡之声。

有人说那姑娘是他看着长大的，
从没见有什么神奇的能为，
中间消失了一段时间不知所终，
如今却摇身一变成了出世间的圣者，
看她现在的样子跟以前也没啥分别，
莫非这只是一场政治表演？

又有人貌似客观地发表意见，
要说政治表演也有些牵强，
那不老女神的品格有目共睹。

多年来她为娑萨朗殚精竭虑，
那无我无私的精神大家都承认。
更何况如今已面临娑萨朗的末日，
就算是把神位传给女儿也没啥意义。
她总不至于糊涂到在末日之前狂欢，
让女儿过一把权力之瘾？
只是看这姑娘普普通通，
一没华盖二没七宝，
三无证量的光明，
四无庄严的形象，
完全不像经典里描述的佛陀，
我们怎知她是否真的圆满，
万一是欺世盗名便会葬送我等。

更有人说，要说是欺世盗名也不合逻辑，
那末日来临马上要玉石俱焚，
在这覆巢之下安有完卵，
她又能欺什么世盗什么名？
只怕她明明没有证悟却自认为已证悟，
这种认假为真的走火入魔最是可怕。
我们可得擦亮了双眼仔细辨认，
别被她的歪理邪说断送了救赎可能。
只见这一番条理分明的讨论分析下来，
人群中顿时出现了一片认同之声。
紧接着大家便打开了话匣子各抒己见，
广场上响起了此起彼伏的议论。

奶格玛听到众人的议论纷纷，

知道他们顾虑深深疑心重重。

她更明白此时她不能随顺因缘，

必须站出来，给众人一个合乎情理的解释。

否则，明知道原因却保持沉默，

便是对众生的不负责任。于是，

她再次用纤弱的嗓音发出真理之声，

只是这次她采用一种神奇的功能，

将声波直接传到娑萨朗天人的心中，

和那天人之心达成共振。

这既是一种声音的传递也是一种智慧的加持，

搅天的嗡嗡声也遮不住这清透的法语。

她不会刻意提醒众人这是自己的神通功能，

更不会像一些伪大师那样张牙舞爪地表演。

她只是像春雨滋养万物那样无声无息地做事，

默默地把事情做好表面上却依旧平静和安然。

这就是圣者之心与圣者之行的标准体现啊，

像空气滋养万物却又不张扬卖弄。

也正是因为这毫不张扬，

让一些人对圣者产生了轻视觉得十分寻常。

这也是没办法的事情，自古就是如此，

只因那功利浮躁之心很难接近质朴真理，

也难以感受那无言流淌的无我大爱。

人们只喜欢看到那些速效的华丽展现，

圣人默默无声的大能他们总会视而不见。

虽然这些剧情奶格玛早就知晓，

但是她既不在乎更不会去计较。

她只想说该说的话做该做的事，

不会执着结果更不会纠缠过程。
此时祭坛上的传声她也是如此，
尽力而为却不考虑天人们会如何回应。
于是，天人们同时听到了奶格玛的声音，
那声音穿透了喧嚣和鼓噪清晰地在心中响起：
"诸位同胞不相信我也在情理之中，
毕竟熟悉的地方没有风景。
自小你们看着我长大，
知道我其貌不扬智慧平平，
更知道我哭过笑过也淘气过，只是
再普通不过的一个女孩。
但自古大道质朴，它不夸张华丽
也不绚烂夺目。神通虽奇，
若刻意卖弄却是违背了天道。
真正的救赎同样如此，《金刚经》
智慧无双，可它的开头也是'如是我闻'，
一如我此时与大家推心置腹。
它也没有放光现瑞，而是完全自然朴素。
托钵乞食洗足上座都是日常行为，
并没有御剑飞行、通体放光或是穿墙过壁。
我的父老们，树立起正知正见吧，
要知道，没有正见就没有一切。
真正的证悟者不是杂技演员，
他还是那个他，只是他明白了真理，
再用这真理点亮一盏盏心灯。
他简单到就像婴儿面对母亲时的微笑，
没有任何机心也没有任何欲望和执着，
心中只有那单纯到极致的快乐，

但对每一个念头都了了分明，
他静静地看着那些念头的浮现与消失，
保持那明镜一般的如如不动不被念头所困；
他豁达到就算整个宇宙在面前瞬间崩塌，
他也面不改色，生也死也都随顺它们；
他慈悲到哪怕有人用石头砸一条野狗，
他也会惨叫一声如同砸在自己身上。

"要知道真正的觉悟不是花里胡哨的形容词，
它是心中的一点无执和明白。
它是真正的自由和淡然的心态，
更是那无我无私的慈悲大爱。
它虽然被披上神秘的外衣，
但它的本质依旧是赤子之心。
它的大门就在你们的心里，
只要轻轻一推就能看到真理的光明。"

奶格玛说完这一番法语，
神宫中顿时安静了下来。
仿佛天上落下了清凉的细雨，
浇熄了人们心中的热恼和怀疑。
那大德的摄受力和智慧磁场的熏染，
在天人心里种下了智慧的种子。
他们沉浸在这种心与心的共振之中，
静静地体会着奶格玛的字字句句。
整个神宫鸦雀无声法喜充满，
娑萨朗的天人们终于走到了救赎的门前。

突然那末日风暴又开始席卷天空，
无数的黑气在虚空里盘旋着喷出阵阵灼热。
这就是众生业力的因果所致，
一旦接近真理就会出现障碍。
所以修行的第一课就是消除业障，
不让那过往的恶业障碍解脱之门。
这时候娑萨朗的天人产生了共业，
无数的负能量制造了违缘，
随着那天上的黑气所释放出的灼热和焦躁，
他们从清凉里被拉回到现实世界。
怀疑的声音再次占据了身心。
是啊，眼前这末日已经迫在眉睫，
她却谈什么淡定与安然。
这样的空谈有啥作用，
还不如造一艘大船转移灾民。

天人们仿佛从清凉的水中
堕入了地火的烈焰，无边的灼热
烧出了满心的焦躁。他们的世界
变成了劫火的乐园，冲天的火苗
像一个个鬼魅在嘶号。
它们是魔鬼最得力的心腹，
让所有的天人都偏离了正途。
于是，人们开始怒斥，一连串的子弹
和着唾液射向奶格玛——
"你讲的这些经典上也有，
可这时候空谈道理又有啥用？
眼前的现实问题已十万火急，

火山正在爆发，海水正在烤干，
娑萨朗即将毁灭，天人们曼妙的身姿
即将葬身火海。谈空说密解不了灾祸，
我们需要知道具体的救赎方法。
你与其煞费苦心地卖弄口舌，
不如直截了当地告诉我们，
怎样才能让我们脱离末日的劫难？
怎样才能让娑萨朗的家园永恒？
怎样才能补回我们已经流失的能量？
怎样才能让我们永远保持美丽的虹身？"

这一连串的"怎样才能"好个犀利，
顿时引来了其他天人的附和之声。
这平庸的恶习是人类基因中的顽疾，
哪怕过去千年万年仍是不会根除。
庸人总是想要快速生效的方法，
庸人总想解决眼前看到的问题，
庸人总是不懂治标不治本的道理，
庸人总是被现象蒙蔽不去看那本质。
因此平庸的追问总能切中要害，
让所有人都感同身受一起跑题。
于是，更多的天人提出了异议和质疑，
他们说，那虚无缥缈的觉悟并非自己所需，
他们只要自己的日子能安安稳稳。
至于那心性和觉悟就让圣者们去抱守吧，
"继任女神你只要告诉我们，你到底知不知道
如何才能躲过这末日灾难，不要命丧于此"？

奶格玛闻言，只能轻轻一叹，
这一叹的余音至今未息。我想，
也许是末日的说法令天人们绝望，
才使他们连起码的理解能力都已丧失。
其实，奶格玛已指明了道理告知了妙法，
奈何他们如木石牛马。既然如此，
那就只有先明白了天道才能得到救赎。
只是不知，这轮与时间的赛跑
到底能不能迎来最后的胜利？

第 242 曲　忏悔

虽然这现象亘古如是，
但奶格玛还是决定换一种方式开示，
这些对她最没信心的人，也是
与她前半生最有缘分的人。于是，
她苦口婆心不厌其烦，从最初的下凡开始，
讲了母亲的白发给她带来的刺疼，
讲了她那救赎家园和母亲的发心，
讲了她的寻觅与修行，讲了她与秘密主的
甚深缘分和神奇相遇，也讲了她为证光明
所经历的种种苦厄。只见那真心中
流出的法语句句打动人：
"苍天不负有心人。因为我经历了
很多痛苦仍没有放弃追求真理，
最终才找到了智慧和方便。
它来源于觉行圆满的秘密主，
如同那所有的光明都来源于太阳。

"真正的证悟者并不依托于外相，
他已经成为大道本身。
真正的信心也并不依托神通，
它是一种心与心的连接，
灵魂与灵魂之间的相通。"

朗朗法语如母亲的爱抚，平静了
天人们恐慌焦躁的心灵。
黑气和灼热远到了心外，
人们也停下了议论的嘴。
所有人都屏息凝神注视着圣者奶格玛，
下意识地等着她做进一步开示。
于是，在人们的翘首以待中，
奶格玛的法音再度响起：
"亲人们，要想得到救度
须先明白信仰的基石，然后才能
沿着那条路径得到最终的救赎。
也因此，我才强调信心与觉悟，
就像首先瞅中了目的地，才能踏上正确之路。
眼下的娑萨朗已在劫难逃，
我们唯有通过信仰之行，
才能打破这命运的牢笼静对成住坏空。
既然要走上信仰之路，就要先深刻忏悔。
想要解除困境，忏悔是我们唯一的出路：
对着无边的灾难，忏悔曾经如海的福报；
对着漆黑的暗夜，忏悔每一个虚度的白天；
对着深切的痛苦，忏悔每一次挥霍的幸福；
让我们忏悔做错的每一件事，
忏悔伤害过的每一个人。
忏悔我们身为天人的贪婪和愚昧，
忏悔我们只消耗福报不种植福田，
忏悔我们亲手为家园挖掘了坟墓。
是的，成住坏空虽然是真理，
却也需要因缘的推动和牵引。

若是没有我们亲手推波助澜，
家园也不会落到如此的田地。
你们想一想这灾难究竟是如何发生，
是不是我们为满足欲望挖了矿坑，
动摇了娑萨朗的根本之基？
所以这末日的灾难都是自作自受，
种恶因得恶果怨不得别人。

"我的亲人们呀，真诚地忏悔吧，
命运的本质是心的程序和行为的累积。
心决定了行为，行为又决定了命运。
如果不能改变心灵的程序，
命运就会循环上演同一种剧情。
那剧情叫成住坏空也叫六道轮回，
它源于贪婪，源于愚痴，源于仇恨，
只有从内心深处清除基因之毒，
才能有合格的救赎种子。
假以时日那树干和枝叶就会茁壮繁茂，
进而才会长出成熟的果实，
那果实的名字叫作成就，
它的养分就是自省和自律。

"我的亲人，从当下开始忏悔吧。
忏悔我们的贪婪和愚昧，
忏悔我们追逐欲望引发了灾难，
忏悔生生世世的恶业埋下的祸根，
忏悔无始以来的无明，
它就是我们在轮回中沉溺的原因。"

奶格玛说完了这番话语，
用期待的眼神看着娑萨朗的天人。
要知道这第一步也是最关键的一步啊，
就像那踏上救赎之路的第一个台阶。
她希望天人们都能生起忏悔之心，
真正认识到自己的错误进而走向觉悟。
她更知道这一步困难重重，
因天人惯于自负与傲慢。
在盲目自大的习气之下，
他们认识不到自己的不足。
因此他们很难接受别人的批评，
哪怕那批评明明是出于善意。
更何况奶格玛指出了灾难的真相，
说那毁灭家园的并非别人，
而是受苦受难的天人们自己；
她还口口声声地让他们忏悔，
说他们不仅仅是罪人还是蠢汉。
当然，这只是他们自己的理解，
什么样的心，就有什么样的风景。
但不论怎样它都是重磅炸弹，
落入心中就会炸出万千思绪。
于是，奶格玛话音落下的刹那，
祭坛下的人群终于被激怒，
他们像被拂动了逆鳞的恶龙一般怒火四起，
开始围剿这信口开河的丫头……

"你这丫头竟然大放厥词，

那矿坑咱们已经挖了世世代代，
同时也造福了娑萨朗的子孙。
开发与发展，何错之有？
不挖矿坑，金碧辉煌的女神宫殿从何而来？
不挖矿坑，锦衣玉食的天人生活从何而来？
如果真要忏悔，最该忏悔的就是你自己，
女神家族是挖矿坑最大的受益者，
你们的生活哪一处不跟矿坑有关？
如今，你竟指责起我们，难道
女神家族跟那挖矿没有一点干系？"

然而也有些天人智慧被开启，
他们明白事理又敢于自我否定。
他们说，这话也并非完全没有道理，
那矿坑是神宫的根基关乎娑萨朗命脉，
日复一日地开掘难免会动摇那根基，
根基一旦动摇娑萨朗的命脉就会损伤，
就如凡人伤了元气就会缩短寿命。
此刻遭到末日果报，他们也确实应该悔悟。

这良知的声音刚一发出喉咙，
便立刻被众人视为叛徒加以抨击。
只因大部分天人十分固执己见，
那切身受用的利益使他们绝不认错。
这类人往往也是意见领袖，
总能为众人的欲望找出合理的理由。
更会因那夸夸其谈的外表
和激情澎湃的煽动性，

被人们视为智者而大加追捧。
他们擅长用头头是道的歪理，
为自己的欲望涂脂抹粉。
他们自以为智慧超群才高八斗，
从不认为自己有丝毫过错；
他们有着世智邪辩才的名号，
抓住一个点就能扩大为一个圆。
他们头脑机智口齿伶俐，
此刻更表现得淋漓尽致。
他们说忏悔只是神棍和野心家
给信徒洗脑的工具，目的是打掉
信徒的自我认知树立自身的权威。
于是，在他们的义正词严中，
有人开始退场。
那法会也成了分流器，不断有天人
随着自己的根性做出选择。
奶格玛虽然觉得遗憾，也知道那些退出的天人
会面临何种结局，但她除了随缘就只能叹息，
此外已没有别的办法。
她有超绝的智慧和证境，
却无法叫醒装睡的心灵，醒来或沉睡永远是
自己的选择，所有选择都高不过他自己的心。

心灵决定了选择，选择才能决定命运，
每个人的命运都是他自身选择的结果，
埋怨和怀疑并没有任何意义。
要知道圣者有无量的悲心想要度化众生，
却需要众生生起向往并能够悔悟。

所以奶格玛并不焦急，
对离开神宫的天人也不挽留。
望着眼前纷扰的人心，她就像坐看天空中
云彩的来去。对任何人的选择她都不加干预，
只管接受那最终的结局。

于是，离开的继续离开，
踌躇的继续踌躇，
直到现场安静了，
奶格玛才望着祭坛下的天人
微笑着说道：
"随喜各位的选择，
只有愿意改变自我才能得到救度，
只有诚心忏悔才有救赎的可能。
让我们集体忏悔吧，
忏悔我们不如法的一切。"
说完她教以净障的百字明咒，
同时端坐祭坛如同一尊神像。
那寥落的话语是蘸了水的鞭子，
狠狠抽在傲慢与自负者的心上。
他们因受到否定而痛苦不堪，
就像被剥光了衣服。
有些人忍受不住还是选择了离场，
也有一些人开始忏悔，他们在静思中发现了
内心的污垢，不由得痛哭流涕悔不当初。
他们是这个群体中的善根显发者，
想用忏悔之刀剜去那欲望脓疮。
但并非所有人都在忏悔，

也有人转动着眼球四处观望。
他们是世间法的聪明人，
能随机应变见风使舵。他们一边揣摩着
奶格玛让他们忏悔的真正原因，一边
模仿忏悔的同伴装腔作势。
他们就像一群工于心计患得患失的赌徒，
时时都在计算着输赢的概率进行下注。
所以，世间法的聪明机智是修行之大敌，
因那七窍玲珑之心很难生起虔诚，
接受不了质朴无华的大道光明。

只见神宫的祭坛鸦雀无声，无数的天人在
低头忏悔，奶格玛也持咒为他们消业，
用百字明咒的清凉涤荡他们身心，
将他们的业障化为滔滔黑水
注入地狱，供养那里的一切众生。
就这样，不知过了多久，太阳已到当空，
天人也开始出现燥热之波。他们的
虹身开始暗淡，能量变得忽高忽低极不稳定。
又有一些人离开了祭坛，因为他们忏悔了一阵
觉得毫无效果。他们等待观望的心
并没有随着自己的坚守而满足，
于是他们开始怀疑这枯燥的忏悔，
终于在太阳的灼热下，退出了游戏。
太阳渐渐远了，祭坛上的天人越来越少。
奶格玛仍是不言不语，
她像无数圣者一样，有大地的安忍与沉稳。
他们千斤重担一肩挑却从不张扬。

他们不怕误解诽谤只安住当下。

天终于黑了，
墨色笼罩了整个天地。
奶格玛缓缓睁开双眼，
开始随喜忏悔的天人。
她说，第一天法会到此结束，希望
明天还能继续。
说完，她便退下祭坛径直离去。
再看那祭坛下的天人，
其中有目光坚定者也有人仍在怀疑，
更有沉浸其中继续忏悔者，
他们满脸的愧疚如云缝中的月儿，
散发着感化人心的圣光。

第 243 曲　心愿

结束了第一天法会回到神宫，
奶格玛看到母亲正刻苦观修。
她已打破自己的惯性，这使奶格玛心底
那朵属于母亲的莲花欣然绽放。
她为母亲摄来了五大之精，
以此来增加母亲的心力。
那千里马日行千里必须草料充足，
行者如果营养不足，也容易昏沉散乱。
因此，世尊才在觉悟之后反对苦行，
提倡修行要遵循中道，让身心和谐。

只见女神停止观修，并把功德
回向给了娑萨朗众生。这是她
当女神的第一天起就做的事情，
这个秘境正是依托她的愿力而存在。
如今修炼瑜伽，那悲心仍是她的生命惯性，
虽年老力衰，但她心性超迈却是上根之人。

饮了女儿送来的甘露，
女神望着女儿微微一笑。
那笑容中带着疲惫，
奶格玛还捕捉到母亲的担忧，
定是白天的法会让母亲心生不安。

于是，她对女神说：
"母亲放心，女儿自有周全的打算，
请母亲放下万缘专注于观修，
你只有成就了才能更好地度众。"

奶格玛的话语如汩汩清泉，
瞬间熄灭了女神的忧患之火。
此刻，她只想全身心投入修行，早日成就
以助女儿完成对娑萨朗的救度。

为了示现成就者的安忍默然，
也为了给天人种下质朴的向道之心，
奶格玛隐藏了虹身和殊胜证境。
如果她放光现瑞招来智慧女神，
虽能招揽一堆热火朝天的观众，
但闹哄哄的野鸭子终究成不了事。
天人们会因神通大能生出歪曲信心，
也会因仰慕神通而忽略大道的质朴。
要知道真正的信心必是净信，
它不需要理由也不需要思辨，
更不需要对神通异能的崇敬。
只要对师尊完完全全地敞开，
那加持之水自然会浸透行者的身心。
因此，奶格玛才掩饰了
自己的证量显得像普通天人般寻常。

第二日，她早早登上祭坛，
看到天人们比昨天又少了一半，

但他们的脸上都有善根之光。
这让奶格玛倍感欣慰，于是，
她笑着对大家说道：
"这个世界上最珍贵的便是信任，
因为这份信任，
你们又向救赎的光明靠近了一步，
你们大家都是有福之人。"

经过昨日灵魂的洗礼，
到场的天人们纯净了许多，
法会现场变得清凉而又祥和，
再也没有不和谐的心声和言行。
更因为得到了圣者的鼓励，
天人们心中满怀喜悦。
他们期待奶格玛的救赎之方，
就像期待一场三生的盟约。
而奶格玛的回应却让他们失望——
她并没有告知该如何救赎，
只是淡淡地说道：
"忏悔了业障，就要发愿。
发愿是对伟大精神的向往，
是自我提升和向往光明的动力；
是一种有益于灵魂的力量，也是将
修行的目的不断明确和强化的过程。
它像宇宙飞船的燃料一样，
源源不断地提供着飞行动力，
使飞船持续运行。"
天人们听完这一番法言，

有的一脸懵懂，有的却是满脸失望。
这空洞乏味的理论是陈词滥调，
他们多想得到点石成金的手指，
马上能达成灵魂的救赎。

只是任他们如何急切，耳边回响的
仍是奶格玛不紧不慢的声音。
她结合了天人们关注的焦点，
重复着发愿的重要性。她要让他们明白：
发愿不是空谈的理论，也不是自我催眠；
发愿不是无聊的行为，更不是异想天开。
它关系着行者的升华和救度，
也决定着他们最终的归宿。
娑萨朗就像一艘大船，
每一个构件都是愿力所造。
生大心发大愿时运才恒久，
无愿无心只能是消耗福报，
最后坐吃山空福报耗尽，
末日劫火就会不可阻挡地降临。
女神虽也时时教大家发愿，
却并没有几个能信受奉行。
天人们习惯了无想就不想再动脑筋，
只能在顽空无记里空耗光阴。
这诸多原因导致了愿力枯竭，
娑萨朗才陷入了今日的绝境。
因此一定要发愿和奉行，
不能在惯性驱动下重回无想。
死气沉沉的心智如同木石，

只有愿力能启动内心深处的灵性，
就像你必须调动足够的力量，
才能启动那很久不用的机器。

"发愿是一切救赎的根本，
菩萨也发愿要度尽众生。
愿力是一粒种子，
埋下草籽，只能长出小草，
种下松子，才会有参天之栋。
有大心发大愿才有大力，
萤火虫只能照亮自身。
当你的心愿能包容宇宙，
你才能像太阳朗照乾坤。
所以，我的亲人们，发下大愿吧，
千里之行始于愿心。
它是黑夜的灯塔，可以指明前进的方向；
它是攀登的动力，能支撑我们永不放弃。
我们要有大心与大愿，
不要蝇营狗苟只有利己之心。

"现在，让我们一起发愿吧，
让我们的心变得比天空高远，
比大地厚重，比草原辽阔，
比大海深邃。愿我们生生世世
都能以它，作为我们的行动指南——
愿诸众生永具乐及乐因，
愿诸众生永离苦及苦因，
愿诸众生与无苦之乐永不分离，

愿诸众生远离爱憎亲疏住平等舍。"

随着奶格玛一字一句地念诵，
这大愿也力透一切，传到了每个人的心中。
有人开始不自觉地附和那声音，
也有人只一开口，就悲心四起。
更有奶格玛气势磅礴的开示，
让无数人都得到了清凉，
感觉身心像雨后的森林，
宿世以来的灰尘被一洗而净；
又像散去了雾霾的晴空，
一碧万顷中红日临空。
昨天忏悔时的沉重已消失踪影，
心像在清透的空气中自在遨游。

但也有天人环顾四周开始嘀咕，
他们被心中的污垢遮蔽了善根，
总怀疑发愿是形式主义，
总想在无想的懒散中偷生。
他们听到发愿声便烦躁不已，
像沉积已久的灰尘被狂风卷起。
他们头昏脑涨浑身不得安适，
时时想要阻断那恼人的声音。
尤其当看到身边的同伴已经入道，
沉浸在大愿的熏陶之中安详恬静，
心里的懒惰与嫉妒便化成了邪风，
一阵阵吹拂让他们迷了心神。
于是有人发出不和谐的声音，

貌似直抒己见实则想要搅局。
只听他们说：
"这样的发愿有什么意义？
不过是女神玩的游戏。
我发愿要星星，可星星在天上；
我发愿去太空，可人却在祭坛。
它费神费力费时间，
怎比无相瑜伽逍遥轻松？
再说你发的那四句愿言，
跟咱的救赎和永生毫无关系。
瞧那善心善愿的能量都给了众生，
有哪一句的功德留给了自己？
就像我费心费力种出了粮食，
瞬间却被他人瓜分一空。"
他们沉浸于自己的牢骚，
也赢得了一些附和之声。
毕竟天人的懒惰已深入骨髓，
很多人都想从发愿与观想中抽身。
这惑众妖言响得真是时候，
宛如瞌睡时的枕头，口渴时的香茗，
雪天里的火炉，和那寒冷时的暖风。
它让寻求借口的人理直气壮地放弃，
也让那优秀者放松了警觉，
甚至想臣服于天性中的平庸。
于是，又有一批天人愤愤而去。
一时间，祭坛之下一阵躁动。

对此景奶格玛心中了了分明，

但是她并没有任何对治之举。
她遵循着自己的初时原则，
金贵的话语也只说一遍，
说完她便索性闭目发愿，
随缘安住于自己的明空。
她的度众大愿牵动了正能量，
一波波愿力荡向虚空。
法界也接收到祭坛之大力，
于明空中激发出无量光明。

于是，留下的天人因虔诚信心
而得到无上加持，一个个泪流满面不住地发愿。
看着眼前这些道心坚定的好种子，
奶格玛也为离去的人们感到惋惜。
再看法会现场的人数已少了一半，
虽然早有预料，奶格玛还是叹了口气。
世上不乏渴望神通异能之人，
也有无数人做着不修成就的美梦，
反倒是那珍贵如黄金的大道，
却因其质朴无华而乏人问津。
因此，才有那后世的歌谣响彻天地——
一担黄铜一担金，挑到街上试人心。
黄铜卖完金还在，世人认假不识真。
想到此奶格玛淡淡一笑，
再次以安详的教言鼓励众人：
"随喜诸位的信任和坚持，
依托大愿的能量，你们定然会得到无穷加持。
今天的法会到此结束，

希望明天，我还能看到可爱的你们！”
说完，她不再多言下了祭坛，
仰天发出长叹之声……

第 244 曲　呼唤

奶格玛回到神宫，看到母亲的观修天身
已经稳定清晰，她已突破了
无相瑜伽的惰性进入无上瑜伽。
这让奶格玛倍感欣慰，
这既是师尊对具缘弟子的满意，
也有女儿报答母亲的心情。
卸去成就者的外衣，其实，奶格玛仍有
一颗柔软的女儿心。

法会第三天，到达祭坛的天人数量
又少了一半。
那些殷切发愿者基本都在，
他们经过了忏悔和发愿的洗礼，
都在心中扎下了救度的善根。
奶格玛决定为这些好种子浇水，
用自己的证量加持他们，
好让他们产生切实的觉受，
坚固他们已经生起的信心。
于是，她告诉他们
身为修行者，要中之要是祈请师尊，
而对于寻求救度的娑萨朗人来说，
自己就是他们的师尊，
祈请她可得到无量的加持。

这让一些天人眼露惊讶，
这高调言论打破了天人伦理——
谦虚低调是一种美德，处处恭让才显出涵养。
他们虽然贵为天人，可他们向来都
提倡踏实谦卑。此刻，
奶格玛却让他们祈请她的加持，
不知下一刻是否还会让他们顶礼膜拜，
这份狂妄实在出人意料，一时间令人难以接受。
但他们转念一想，前两天的法会，
这女神没说废话也没说空话，
每一种行为的背后都有原理在支撑。
或许，眼下的狂妄也是一种必需，
其背后同样有着合理的缘由。
因此，他们保留了自己的怀疑，
想继续听她后面的说辞。

奶格玛见天人学会了聆听，
不再像初闻法要时那样易爆，
心中遂感到了一阵欣慰，
但表面上仍是平静如水。
于是，她进一步开示，
为天人们解释祈请的原理：
"祈请就是呼唤，
它可以连通法界的大能，
并在殊胜的目光之下，
回应给你们殊胜的加持。

"师尊是大道的载体，

祈请师尊就是祈请法界，
因此它是无上瑜伽的核心，
就像支撑整个宫殿的柱梁，
支撑着整个瑜伽的修行。
祈请也是重中之重，
能让你和师尊迅速相应，
刹那间感知到师尊的证悟境界，
你会因此而打破狭隘的自我，融入
智慧大海的光明。

"自古有无量无数的成就者，
无不得益于对师尊的祈请。
即使在他们证悟之后，
那虔诚之心也丝毫未减。
在一次次的发愿里，
他们尽形寿祈请自己的师尊，
法界的加持才绵绵不断，
让他们成为人类的太阳。

"所以娑萨朗面临末日的可怜人们啊，
请放下那些狭隘的自负和蝇营狗苟的怀疑，
用尽生平最大的虔诚去祈请吧，
那震烁法界金光闪闪的声音符号，
必将使你们得到无上的加持。
现在，请你们跟我一起念诵——
奶格玛千诺……
奶格玛千诺……
奶格玛千诺……"

说完这些，奶格玛又进入了不语状态。
她始终在用自己的证量之波
加持着众人，凡有生起祈请之心者，
立刻就会与那智慧相应，
进入殊胜的觉悟境界。

遗憾的是奶格玛刚开示完毕，
又有人在台下叽叽咕咕。
他们说这种老婆婆都可以学的普通教导，
怎能达成殊胜的救赎？
那密中之密的无上瑜伽，
应该是五彩光芒加霹雳闪电，必须有
万分强大的能量和万里挑一的门槛。
再联想到她刚才的狂妄，
怀疑的声浪越来越高。

他们不再相信这弱不禁风的小姑娘
能挑起救度娑萨朗的千钧重担，
也不再相信一个普普通通的小女神
有着浑厚深远的智慧大能……
他们纷纷面露怀疑交头接耳，
那陈腐的质疑之声也再一次浮出水面——
"看这小姑娘年纪轻轻与常人无异，
既没有七彩流萤的虹身，
也没有佛陀讲经时的放光瑞相。
我们怎知她的证量到底如何？
会不会是骗子来欺世盗名，
会不会是魔王来招揽魔孙？"

还有一些读过经书的人，
将经典上的文字变成了他们质疑的武器。
他们摆出博学的面孔，更将专家的语调
提高到八度。他们说依法不依人，
他们可以虔诚地祈请佛陀，
但不能虔诚地祈请奶格玛。

见此状奶格玛并没有言语，
她只是闭目禅坐加持祈请中的天人，
既没有反驳申辩，也没有唏嘘离席，
甚至没有睁开眼睛，送出
一个制止的眼神。只是，
她的静坐不语并没有平息那嘈杂，
怀疑者的气焰依旧嚣张，
那音量也在不知不觉地扩大。
本该庄严肃穆的会场，成了
喧闹的集市，各种讨价还价般的
话语，在萧索的空气中回荡——
"祈请那丫头？当然也可以。
只要她当面示现她的神通，
证明自己不是在欺世盗名。
我不怕她欺世盗名，
我只关心她是否已走火入魔。
我不管她是否走火入魔，
我只在乎自己的法身慧命。"

但也有一些天人并没被质疑迷倒，

他们保持着虔诚的净信。
因此他们确实感受到了清凉，
其虹身也恢复了从前的光亮。
这看得见的改善让他们信心增长，
纷纷说那奶格玛确实是具德的师尊，
她在用无上的证量加持他们，
质疑者与其在这里大放厥词，不如
忏悔祈请，免得错过救赎良机，
更枉造无边恶业加重灾难。
没想到他们的言论一经发出，
立刻招来了更猛的质疑和批评。
他们甚至被其他人当成叛徒，
恨不能让他们立刻消失。

只见那怀疑者亮出刻薄的嗓音，
说："清凉的觉受祈请谁都会产生，
觉受不能证明她堪当师尊，
也可能是魔王设置的圈套，
先给你点甜头消除你的戒备，
好在以后的传法中勾摄你的命能。"
这一番尖锐犀利的话语传入耳中，
那些辩护的天人也开始了沉默。
那"魔王勾摄命能"的字眼如一把利剑，
尖利地插进了他们的心脏，搅动出
恐慌的习气和巨大的疑云。
所以，亲近恶友者总是万劫不复，
会在不知不觉中断了法身慧命。

奶格玛听清了所有的质疑，
她微笑着叹了一口气。
过于熟悉者总是很难生起敬畏，
因此世人才有"得道不还乡"之叹。
熟人们总拿当年的凡庸衡量现在的圣者，
更总拿凡人的心胸揣测世尊。
也有人虽然具备初步的信心，
却因为没有正见习气深重，
遇到质疑便开始动摇，
分不清是非对错坏了信根。

质疑者看到奶格玛依旧沉默，
既没有放光现瑞证明自己，
也没有对那怀疑的论调做出回应，
于是心生不满离开了广场，
完全忘掉了之前留下的理由。
可即便那人数又骤减不少，
福慧俱足者却依旧信受奉行。
像经历了冶炼后的金块，
去除了杂质提炼出纯金。
而随着意志不坚者的离去，
广场上的信仰氛围变得更加纯净。
好种子们渐渐进入了祈请的佳境，
和奶格玛的善能量产生相应。
殊胜体验让他们脱离了顽空无记，
在湛然空寂中抓住了一点清明。

而除了天人们的个人觉受，

法界里也已经连成了光网。
一个个祈请者是一个个闪烁的光点，
逐个与奶格玛心轮放出的法界光明相连。
法界里一片光明如璀璨的星海，
那末日的阴霾也消失了踪迹。

这是一种相应的境界，
使天人们在无念中，
还能朗照万物了了分明。
像万年坚冰融化在大海之中，
僵硬了许久的身心变得柔软，
堵塞了千年的脉结被暖流冲开，
灵魂逍遥自在如遨游太空纵横四海。
于是，他们在这种美妙的状态里醉了，
只想沉浸在其中，一醉万年……

不知过了多久，奶格玛睁开双眼。
她看到此时天色已晚，而祭坛下的人们，
经过一天的祈请与安住，一盏盏心灯
已绽放出光芒，与师尊的心光紧密相连。
这景象让奶格玛倍感欣慰，
但她并不急于求成。
小树苗长成大栋梁需要时间，
萤火之光燃遍宇宙也不在一时。
奶格玛只想让天人弟子们从容成长，
一步一个脚印踏实前进。
她嘱咐众人务必多多祈请，
只要安住于祈请之中，

就能得到究竟的受用。
天人们闻言欢喜雀跃，
感受到了前所未有的安宁。

第 245 曲　润心

整整一夜，奶格玛都在喜悦中度过，
转眼太阳又升上了东方的山头。
一道道彩霞是绯红的幕布，
缓缓地开启了娑萨朗新的一天。
神宫也显出了崭新的气象——
天人们早早赶到法会现场，
或站立或静坐，都安住在虔诚的祈请之中。
他们一改往日的无精打采，
个个都绽放出生命的朝气。
神宫因此被清明的氛围所笼罩，
那祥和之气与朝霞交相辉映。

他们一边祈请，一边等待师尊的莅临。
经过几天的修行，他们多已信根深种，
其心中的奶格玛已不再是女神，
而是圆满的出世间圣者。
因此他们时不时就望向空荡荡的祭坛，
以及缓缓移动的晷针阴影。
一个个迫不及待地想要见到师尊，
好请师尊开示下一步的救赎。

终于，太阳公公上了树梢又到了大殿上方，
晷针的阴影与预定刻度完全重合，

而奶格玛，也准时出现在祭坛上。
依然是轻轻淡淡的微笑，
依然是俨若泰山的安稳。
她环视了台下一眼，发现人数又少了，
不见了几位有殊胜觉受的天人。
是他们懒病犯了吗？还是他们遭遇了恶友？
这一天天的法会仿佛过筛子一般，
随着教授逐步深入，网眼也变得越来越小。

虽然她悲悯那些已淘汰出局的人，
但也为留下的精英而感到欣慰。
修行是一条漫长的路，充满了不确定性。
有许多产生了觉受建立起信心的弟子，
也会因习气和业障而退转。
除非他达到八地菩萨的境界，
智慧才成为不动的雪山。
依觉受建立的信心虽有助于进步，
但它不是真正的智慧，
或习气或惰性或恶友蛊惑，
都会将已经建立的信心摧毁。
所以，真正的信心是对师尊无条件地净信，
既不依托任何觉受又超越功利，
只有具备了正见和净信，加上恒常的
自省自强，才能证得究竟的光明。

此刻，奶格玛望着眼前的人们，
露出和蔼如春的微笑。
那份坚定和淡然感染着众人，

富有磁性的女声也再次响起：
"我的亲人们，随喜诸位能辛苦前来。
今天，我将为大家举行授权。
有了忏悔发愿和祈请的基础，
授权的因缘已经成熟。
只要你们保持信根不坏，
就至少能在临终时得到解脱。
如果还能持之以恒，
那么在传承之力的殊胜加持下，
即身成就也是寻常之事。"

天人们听完师尊的开示，
又看到那充满赞许的目光，
巨大的喜悦由心而生。
他们脸上都充满了希冀的光芒，
仿佛一朵朵向着太阳怒放的向日葵，
在虔诚情感的涌动之下，
他们开始对奶格玛顶礼膜拜。

奶格玛拿出召唤智慧手鼓，
正式启动了授权程序，
清脆的铃鼓响起来了，伴随着悦耳的声音，
虚空中也盈满了庄严的女神。
她们比天人们还要美上万倍，
她们有强大的能力神通，
更有护持教导的虔诚，
只见她们穿梭了几下便布好圣殿，
再翩翩降下身躯，簇拥着奶格玛进入净境。

那悠扬的法音穿透了三界，

那曼妙的舞姿步步莲花，

那悬挂的彩虹美如琉璃，

整个会场刹那之间香气四溢。

这殊胜的景象震撼了天人，

巨大的加持使他们呆若木鸡。

他们一直期待奶格玛示现神通，却没料到

证悟者竟有如此势能。

那智慧女神的美貌绝伦，也使他们自惭形秽。

法界大乐此时已将他们拥入怀中，

一股大力在他们体内横冲直撞。

那个瞬间，他们忘了末日，

忘了救赎，忘了烦恼，

妄念被横空而来的能量涤荡一空。

他们直想奉献自己的一切，

奔向师尊，融入师尊，

与师尊生生世世永不分离。

虚空中的圣殿也仿佛听到呼声，

瞬息间七宝璀璨大放光明。

奶格玛显出庄严的虹光身，

像有无数的流萤在她体内游走，

她清透的虹光身散发出无量善能，

它们无限地膨胀，直到盈满三千大千世界。

它们扩散到哪里，哪里便是祥和清明。

只见奶格玛又用柔若无骨的双手，

在头颅钵中装满法界的甘露，然后
像浇灌花朵一样，将甘露洒向神宫内外。
神宫里仿佛降下了一场春雨，
每一滴雨水都是甘露，滋润了所有的天人，
也清凉了他们延续数年的噩梦。
天人们被一种清凉而有力的能量笼罩，
在亘古的智慧清泉里沐浴着身心。
心随着那轻柔的旋律荡啊荡啊，
不由自主地融入那极美的波动。
他们忘记了所有的时空和记忆，
变得像琉璃一样晶莹。
也像一滴露珠融入了大海，
一切本来如此也终于如此。
他们在那博大无边的自己里醉了，
彻底地融入这最大又最轻、
最美又最有力的磁场。
随着那磁场的能量一波波涌动，
他们的虹身也绽放出了柔和的彩光，
有无数的光团环绕着他们，
就像无数的萤火虫围着他们跳舞。
天人们忽感到一股大力猛然涌现，
自己缺失的身体也完好如初。
他们唱啊跳啊放出最美的歌声，
那歌声里没有任何的做作和刻意，
就像清泉涌出一样自然流淌，
滋养着天人自己也滋养着世界。
他们忘了自己身在何处，
像是水滴回到大海的怀抱。

他们在美妙的旋律中陶醉，
仿佛饮了窖藏百年的皇家贡酒。
天地宇宙也随着他们醉了，
连同日月星辰一起在陶醉中颤抖。

那甘露的春雨在神宫里继续落下，
连枯萎的草木都重新绽放出嫩芽。
神宫的砖石瓦砾更是如同水洗，
在阳光和瑞相的映照下闪烁又晶莹。
天人陶醉在无比殊胜的法雨里，
闭着眼睛任由灵魂飞上了天空。

瞧那些天人正沉醉在美妙里，
忽从灵魂深处又炸出了一种法音。
那法音爆炸般击碎了亘古的无明，
巨大的善能量鼓荡着天人身心，
因此他们号啕大哭，
情不自禁地顶礼膜拜，
他们已忘记了膜拜的对象，
只是完全顺从着灵魂的本能。
原来是奶格玛摇起了铃鼓，
加持力炸裂了天人的无明。

诸天人在法雨的加持下完全放松，
于是加持力轰断了他们宿世以来的劣根。
天人们奉献了自己的身心，
奶格玛将那些心光纳入自己心轮。

法界也感应到这无我的供养，
虚空中落下了片片天花的瓣雨。
流动的彩云映射出奶格玛的圣光，
七彩的万丈清光横贯了天空。
那清凉的法雨滋养着万物，
无穷的瑞相布满了苍穹。
奶格玛显出无尽的清净与庄严，
天地和宇宙都仿佛定格。

过了不知多久，神圣的授权仪式终于结束。
满天的虹霞和诸多瑞相渐渐散去，
奶格玛也从虚空中收起虹身飘然一跃，
像一片轻盈的雪花回到祭坛。
诸天人成了她名副其实的弟子，
其命魂深处已有了智慧的种子。
只要信心不退，就会一直沐浴着她的光明。

天人们领受了师尊的教授，
在欢呼声中信受奉行。
他们争先恐后发下大愿，
感恩师尊的慈悲摄受。
他们目睹了奶格玛的证量和神通，
也亲历那慈悲能量的加持与熏染，
因此一个个都生起了无上信心。

第 246 曲　净境

随着清晨的第一声鸟鸣，
这不同寻常的一夜结束了。
奶格玛揉揉眼睛走出神宫，
发现末日气象已消失不见，
湛然的天空如同被雨水洗过，
万里无云的底色无一丝尘染。
黎明的太阳也发出柔和之光，
像巨大的亮球挂在夜幕的边缘。
亮球周围晕染出片片朝霞，
把天幕染成了赤橙黄绿青蓝紫七色绚烂。
随着太阳缓缓爬上了天空，
朝霞里的白色渐渐扩散开来。
随着一道瓷白的光线从霞晕里射出，
夜幕上的星星终于全部退隐。

如此美丽的清晨定然是吉祥的缘起，
它预示着今天法会的圆满和殊胜。
天人弟子们也早早来到祭坛，
那些参加过皈依的天人无一缺席。
甚至有人还拖家带口呼朋引伴，
他们确信奶格玛智慧超凡成就广大，
都希望亲人和眷属也能依止她修行。
更有人一宿未睡，彻夜在神宫修炼，

由于他们信心和定力俱佳，
已于一夜间圆满了有相瑜伽。

只见祭坛下人头密集水泄不通，
却已不再像第一日那样熙熙攘攘。
大家都静坐在那里安心祈请，并以一颗
虔诚无比的心观修着自己的所缘境。
因为有无相瑜伽的基础，
他们有着极强的专注力，
体验了师尊的巨大加持后更是争分夺秒，
再也不愿把时间浪费在无聊的闲谈之中。
他们知道，无常正如影随形，
死亡的利剑也在头顶危悬，
于是，他们一个个勇猛精进，
勤修念死无常以战胜惰性。

奶格玛终于登上了祭坛，
她今天没有隐藏清净的虹身，
也没有遮盖七彩琉璃般的证量光明，
只见她绚烂如彩霞，清透如水晶，
那不同于天人的彩虹之身上
有种玄之又玄的强大气场，令众人的心
成了被雨水洗过的天空，湛然空寂清明朗然。
她的身边，还有二十四个女神环绕，
她们个个霞裙月帔法舞法音，
更有一种奇异妙香充盈天地。
那香气散发出轻柔祥和的脉冲波动，伴随着
一波波智慧与空明的法音，

让神宫的每一个角落

都充满了空寂明朗的氛围和气息。

它可以熄灭宇宙的劫火，

抚平众生的一切创伤；

它可以让热恼的心清凉，

让浮躁的灵魂安详。

它是亘古的雪山上流下的智慧甘霖，

它有一种无与伦比的慈悲摄受之力。

它更是一首无始以来一直传唱的歌谣，

那美妙的旋律，

能抹去红尘中一切的苦厄。

天人们被这种景象所震撼，

在那种不可言说的波动之下，

他们不由自主地载歌载舞，

更有人汗毛直竖涕泪交流，

不住地顶礼那庄严无比的人天导师。

奶格玛看到天人们的反应，

依旧露出了淡然的微笑。

只见她法相庄严，那一种

低调的奢华令一切见者心生敬畏——

她的头上是黄金骷髅佛冠，

象征着圆满的五种智慧；

她的头发半是披散半是扎起，

象征着顺世与不动的根本；

那人骨和宝饰也流光溢彩，

象征着一切的无常与出离；

更有绿色的丝带璎珞无风自舞，

背后的屏风和华盖日月同辉，与她
身下的莲花座共同构成莲花日月轮；
她印堂处的第三只眼睛炯炯有神，
折射着世出世间的慧光和慈悲，
那种可以看透现在过去未来三世的智慧
和洞穿一切假象、直达实相的超级能为，
更令所有人惊叹。此刻，
她已示现了三十二相与八十庄严，
那种殊胜和华丽让日月都失色。
天地宇宙都被她的慧光照亮，
无穷瑞相聚集在娑萨朗上空。
有人说不读《华严经》不知佛家的富贵，
此刻不见奶格玛也不知道证悟者的庄严势能。

弟子们看到如此庄严殊胜的师尊，
或是张大了嘴巴或是瞪大了眼睛
或是僵硬了身体。
直到奶格玛放出了一晕晕加持的光波，
他们才恢复了神智顶礼膜拜。
顿时，祭坛下仿佛有一波波海潮，
随着那智慧的波动一次次翻腾。
他们只想融入这清凉的大海，
用顶礼表达那最迫切的真诚。

奶格玛继续吹着加持的智慧之风，
让它们抚平了天人们激荡的情绪，
仿佛亘古的清泉渗入灵魂，
众人都陶醉于那一片明空。

看到弟子们都生起了相应证量，
奶格玛心中十分欣慰，
那一粒粒好种子都在成长，
都为真理增添着一份荣光。

听，奶格玛温柔的法语响起来了，
苦口婆心地沧桑了千年，
它从更远的远处响起，
至今仍余音绕梁：
"娑萨朗的家人们，
你们以自己的行为证实着
自己的智慧和选择。但娑萨朗气数已尽，
这是所有人长久以来造下的共业，
天神也无法改变已熟的业果。"

天人们刚刚还欢喜雀跃的脸庞，
顿时变得如死灰一般。
惶恐，绝望，慌张，又一下捕获了他们。
奶格玛见状只能轻叹一声——
他们虽然一个个都生起了觉受，
可还没打破对家园和生死的执着，
只要没有破执，就没有真正的修行和成就……

于是，她接着说道：
"虽然末日就要到来，
娑萨朗就要毁灭，
但我们可以跨越生死之桥，

到达另一片净土。
那净土不在他处，就位于我的心轮，
我已化现出新的圣殿，
接引一切有缘的众生。
它也叫娑萨朗，
那是我们新的家园。
在那里，你可以在天上养鱼，在海水中呼吸，
也可以听鸟唱歌，或是在梵音中散步。
那里有着无比的殊胜，
可以让大家俱足顺缘证得究竟。

"我的亲人，放下对末日的恐惧吧，
放下这个即将毁灭的娑萨朗，
像赤子那样，向往新的家园！"

那些天人刚刚还在骤雨中颤抖，
转眼之间，当空中又升起一轮暖阳。
这让他们极不适应，遂发出一声感叹——
这悲欢离合的人生啊，这喜忧参半的命运！
眼看那人群就要再次沸腾，
奶格玛伸出手臂轻轻一压，
顿时，祭坛之下一片寂静。
此刻，众弟子的心与师尊已连成一体，
师尊的一切深意弟子都心领神会。
天人的变化让奶格玛很是欣慰，
便把净土的特性也一并说明：
"虽然你们能往生到净土，
但这并非是真正的修行成就。

那净土只是修行的中转站，本质上看
仍是我的愿力所化。到了那里，
你们依然要聆听我的教言。
要知道，天人无思无想空耗福报，
才导致了命运的最终出局，
望你等往生之后要勇猛精进，
切莫懒惰懈怠辜负这大好因缘。"

说罢，她抛出奶格之星化为一个光团，
那是往生娑萨朗净土的入口，
非传承弟子和有缘的净信者不能进入。
因为往生也是某种意义上的死去，
天人们离开娑萨朗前往秘境
就像地球人抛弃肉身，将灵魂迁往净土，
哪怕有一丁点的不舍与留恋，
或者对光团背后的世界生出恐惧，
都会因内心的波动而无法融入。
往生的要诀在于快速和净信，
必须在刹那之间生起强烈的渴望。
以此因缘才能被净土虹光摄受，
稍有迟疑就可能错过大好机缘。
这时，奶格玛已注意到那些弟子
带来的家人朋友，
虽然她没有为他们授权，
但她并不会因为他们没有依止而拒绝他们。
这些天人能在此时此刻来到这里，
也是大有因缘和福报。
更何况她发愿要度尽六道众生，

只会随顺因缘而不会拒人于千里之外。
所以她并不多言而是当机立断，
让那净土的入口降下一道道彩虹。
那是一条条救赎之路啊解脱之路，
由成就者的悲心和智慧铺就，
踏上它们向那光的源头而去，
就会到达那梦想中的永恒家园。
天人们见状正准备感恩和顶礼，
却猛地被一种旋涡般的大力吸了进去。
电光石火的一瞬过后，他们的眼前
便呈现出了一个崭新的世界：
到处闪烁着璀璨的光芒，
还有琉璃的天空，翡翠的绿树，
水晶的湖水，锦缎的远山，
一切都是新崭崭的模样。
更有无数的女神在空中自由旋转、飞腾，
空气中还弥漫着能安定心神的清香。

天人们知道，这就是新的家园娑萨朗，
终于来到梦寐以求的净土，他们好个开心。
他们用信仰之力脱离了末日阴影，
更在师尊的加持之下达成了救赎。
回想这一切，他们忍不住涕泪横流，
或随着智慧女神的法音载歌载舞，
或在往生的人群里寻找自己的眷属。

很快，他们便适应了新的生活。
摆脱了死神的追杀，

在这永不毁灭的家园里生活，
相当于进了解脱的保险箱。
于是，他们高枕无忧开始懈怠懒散，
那难移的秉性再次复燃。
他们搜集材料烹制美食，
又找来彩霞祥云裁制衣服，
过去的欲望享受逐一复苏，
把那天堂的日子过得好个逍遥。
不多久，他们就将累人的观修教法抛之脑后，
即使偶尔打坐，也只是自欺欺人地作秀。

终于有一天，晴空响起一声霹雳，
它裹挟了乌云和闪电带着粉碎一切的能量。
刹那之间，天人们布置的一切都被震成碎片，
虚空之中，美幻绝伦的女神霎时变成了
横眉怒目的护法神。
她们发出震耳欲聋的声音，
怒斥天人们好吃懒做死不悔改，
她们说，这样下去不用多久，净土就会不净，
它将成为另一个娑萨朗再次毁灭。

这突如其来的插曲令天人们措手不及，
他们正在自我陶醉逍遥自得呢，
却不想被这巨响三两下便吓破了胆。
这娑萨朗虽也被称为成就的保险箱，
然而这里的生活却绝非常人想象的安乐。
真金必须要经过熔炉烈火的冶炼，
无论是在净土还是在人间。

很快，有一个天人找回了状态，
开始端坐在莲台上闭目冥想。
紧接着，又一个，再一个……
从此，天人们再也不敢退转享乐，
开始了在娑萨朗净土的精进修行。

第 247 曲　信心

乘着神宫中的光团放出的那道彩虹，
大部分天人都去了愿力秘境。
奶格玛也长出了一口气，
她以为总算度完了有缘的天人。
没想到虹光完全收敛之后，
还有些天人留在了神宫。
她看了一眼他们，
默不作声地收起了奶格之星。
她知道这些天人另有因缘，
但仍然半是询问半是质疑地问道：
"娑萨朗星球就要毁灭，尔等为何还在这里？
是舍不得家园？
还是不想得到救赎？"

只见一弟子躬身回答：
"至高无上的师尊啊，
感恩您大发悲心赐弟子妙法
还化现净土救度众生。
您的功德大如巍峨的雪山，
让弟子生生世世都礼敬向往。
只是这法会尚有两日，
弟子想继续聆听师尊的教法。"

奶格玛闻言微微一笑，她以赞许的目光
注视着眼前的弟子，说道：
"善哉，善哉，
难得你们有如此大的发心。要知道，
真正的成就不是往生也不是救赎和解脱，
而是那颗生生世世净信师尊
并且追随师尊的愿心。
接下来的法会将有更加究竟的智慧秘密，
诸位先且休息，明日为师再讲个明白。"
众弟子听闻后极为喜悦，他们面向师尊
一步一躬身慢慢退出。
奶格玛也端坐在那里，一直目送弟子们远去。
她知道，这些弟子已与自己紧密连接，才使得
净土也无法动摇他们追随自己的决心。
于是，她暗自发心，要全心全意培养他们。

回到寝宫时，母亲还在座上观修，
看到奶格玛回来，她才下座等候欲言又止。
奶格玛知道，母亲自从依止了自己，
就在心里彻底打碎了过去，把女儿当成了师尊。
因此，每每与她交流时，也总是称呼她为师尊。
母亲在以这样的方式提醒自己，
表达着弟子对师尊的净信。

但面对母亲时，奶格玛却总是有些愧疚，
因为她已冷落了母亲很长一段时间。
这不仅仅是因为法会事务繁忙，
也有自己的故意为之——

若是过多地相处，母亲就会
心生牵挂而障碍修行，
因此她一直在远离母亲，即使两人相对倾谈，
她也总会示现出师尊的庄严，
以此来成熟母亲的心性。
然而，她毕竟是自己的母亲，
虽然她把自己当成师尊毕恭毕敬，
但在自己的心里，除了师尊对弟子的关爱，
也还有一份女儿对母亲的柔情，
只是那母女之情已影响不了她的觉悟。
她不想以师尊的身份与母亲交谈，
她只想以女儿的身份与母亲待一会儿，
于是她拉着母亲的手，
说了今日法会上的事情，
然后微笑地望着母亲，轻声问道：
"母亲，可愿往生娑萨朗净土，
摆脱这末日的劫难好好修行？"

女神闻言顿时摇头，连连说不，
普通的天人都可以放弃往生护持师尊，
她身为女神，怎么可能离师尊而去？
说到这她顿了一下，
目光中似乎有柔情在闪耀。
只见她握住女儿的手缓缓说道：
"娑萨朗天人一向懒惰懈怠，而今天，
他们却能做出如此难得的选择，
这让我着实感动。
想当初，我也苦口婆心呼吁他们发愿，

却没有几人愿意践行。如今，
师尊短短几天的教化，
就让他们有了这样的觉悟，
可见您的智慧真的是超拔绝伦，
而您的慈悲和愿力更让我震撼。
其实，不管那些天人愿不愿留在师尊身边，
又或者有没有净土，对我都一样。
因为自从皈依师尊的那一刻起，我就在心里
许下了诺言，要生生世世跟随您永不分离。"

说这些话时，女神的眼神和意志虽然坚定，
但心潮却有些起伏。也许是这发自肺腑的话语
触到了她心中柔软的那根琴弦，
才勾起了她的那一份俗世俗情。
只见她的眼里充满了盈盈的泪，
目光中也有了看着童年时的女儿的那份慈爱。

奶格玛心中顿时涌起一股暖流，
像温暖的春雨般熨烫着清净的身心——
是啊，母亲永远无私地爱着自己，
无论身份如何变化，无论修到何种境界，
她的那份爱意都永远不会变质。
此刻她表露生生世世的愿力，
也只是找个话题来说出这暖心的话语。
看着温柔凝视着自己的母亲，
奶格玛很想给她一个甜蜜的拥抱，可她不能。
现在一切的一切，都要以修行为重，
她不能影响母亲的向道之心。

于是，她拉着母亲干瘪的手，
一边向母亲传递着自己的超能量波，
一边询问母亲修行的进展。
母亲先是感到一种融化身心的温暖，
又赶紧收摄心神恢复弟子对师尊的虔诚。

第 248 曲　破执

尽管第六天早上又有了末日势头，
留下的天人们还是早早来到神宫。
他们的同伴都不能抵御净土的诱惑，
争先恐后地往生摆脱了死神。
只见偌大的祭坛上，剩余者的聚会格外寥落，
但留守的天人们却是一脸坚定，
目光中透露着主人的正见和信心。
他们不管奶格玛有没有神通大能，
也不管能否往生净土躲过劫难，
更不管在修行中，会遇到怎样的艰难困苦，
他们只想克服一切阻碍，
坚定不移地跟随师尊。
这就是真正意义上的好种子，他们的修行
也将因为这种心性而取得圆满成功。

此刻，离法会的开始时间尚早，
他们都沉浸在自己的所缘境中。
通过几日近距离接触师尊，他们感受到
生命的易逝与时间的弥足珍贵。
因为奶格师尊的临在磁场
和无比殊胜的加持，他们
修行的效果远远超出想象。
尽管身边是呜咽的北风和飘零的黄叶，

整个娑萨朗被笼罩在一片颓败之中，
他们的决心却没有丝毫的动摇。
他们既不狂躁也不焦虑，
只是安住于觉受一味祈请。

随着时间的推移，奶格玛准时出现在祭坛，
她又恢复了普通女神的外相。
虽然没有华贵的虹身，也没有再放出彩光，
但她清凉的气场犹存。
奶格玛师尊的证量他们已亲眼目睹，
不论她有着怎样的外现，
他们都不会怀疑她圆满的内证。

依然是慈爱的面容，依然是微笑着不语，
不同的是，今日，
奶格玛接受众弟子的顶礼与祝福后，
便带领他们去了自己的内宫。
只因法会已到关键阶段，
而第六天的法要极为秘密，
需要在一个封闭的环境中进行。
只见众弟子进入内宫后无比喜悦，
他们知道，这代表了师尊对他们身份的认可。
天人们入宫之后席地而坐，
奶格玛则坐在正中的法椅之上，
她用充满慈爱的眼神看着弟子，
像母亲看着归来的游子。

看着那一双双充满期待的眼，

奶格玛的心中顿时爱意涌动。

但她的语气仍是那么淡然，法语如

涓涓细流从她口中流出：

"七天法会已进入倒计时，

今天的主题是破执。

这既是教理也是核心，

更是贯穿始终的方法和证量。

只有完全打破执着，

才能证得究竟。

破执是整个智慧体系的核心，

尔等当视如眼眸小心守护，

让它在你的心中深深扎根，

不可因外相的平常而轻慢懈怠。

天下大道本就如泥土般平淡质朴，

莫把宝珠错看成了泥球。"

弟子们个个屏息静气，凝聚了

全部的精气神来仔细聆听。

师尊的声音来自虚空又归于虚空，

那清凉却萦绕在众弟子心头。

只见奶格玛顿了一下便继续说道：

"我的孩子们啊，

当知这世上万物皆属无常。

都依因缘和合而生又依因缘离散而灭。

所以没有永恒不变的本体，

无常才是世界的本质。

你看眼前的娑萨朗世界，

无论它曾经多么富饶美丽，

也难逃最终的分崩离析；
再看那宇宙万物和每一个刹那的心念，
它们都如同流动的河水哗哗地变化不停。
从来也无法在某一种状态里定格，
更不可能达成一种永恒。

"万事无常才是世界的真相，
虽然它总是让人们感到恐惧，
人们总想将它打碎让一切永驻，
但真理不会为个人意志所转移，
无论怎样费尽心血也挡不住无常的降临。
所以能接受无常的真理就是勇士，
他们不会恐惧也不会自欺欺人。

"缘起性空就是这个道理，
万事万物都是现象上存在本质上空寂。
它很像一朵朵夜空中绽放的烟花，
啪的一声绽放出美丽，
随后又归于夜幕的空寂。
这朵朵烟花便是世界的诸多现象，
你想执着它却了不可得。

"因此当放下执着安住于真心，
再观察万事万物如同水中之月。
真心是本有的智慧也是一种净光，
解脱依靠的就是这如如不动的智慧之心。
它空无一物又对当下的事物了了分明，
它不执着万物的同时又有五种智慧。

它洞悉世界真相又能如如不动，
就像那广大无边的夜空看着烟花在绽放，
夜空本身却不会对烟花患得患失。

"因此不要执着烟花般的无常，
无论事物好坏都会很快过去，
所以要把心从外物中抽离出来，安住在
夜空般的如如不动里观察万物如梦幻泡影。
这梦幻泡影的认知既是证量也是智慧，
能让你不再对万物产生执着。当你能
时刻保持这种认知，
你也就证得了究竟觉悟。

"所谓有为法就是对无常变幻的万物有所执着，
无为法则是放下所有执着从幻象中解脱。
它简单至极也朴素至极，
就像你知道镜子里的影像虚幻不实，
自然不会留恋执着。
它不需要你增加什么或减去什么，
仅仅需要你转变看问题的视角。
当你把一切事物都当成幻象，
你就脱离了事物对你的束缚。

"所以你当放松自己的身心，
放松再放松，坦然再坦然。
放松到每个细胞都在跳舞，
放松到每个毛孔都在呼吸，
然后再仔细聆听我的声音。"

奶格玛静静地启动了真心之波，
那无为之光瞬间盈满了神宫。
它们沿着众弟子的信心之路，
瞬间磁化了他们的心性。
在那无限的放松中，
他们产生了空寂明朗的智慧。
他们真的变成了夜空般的存在，
空无一物，却又了了分明。
天人们静静地保任这种觉知，
感受着万物如梦幻泡影。

奶格玛唱起了一首歌谣，
歌谣的名字叫《奶格玛千诺》。
那轻灵飘逸的旋律是空谷中的天籁，
是遗落在原野中的仙乐，
是寒冷冬夜里的热汤，
又像夜色下清凌凌的溪水缓缓地流进身心。
天人们在放松里心无杂念地聆听，
感觉那歌声响在外面也响在心里。
内外之声已合为一体，
无内亦无外无此亦无彼。
直感到自己的身心如同那夜空，
听着声音的烟花不断地绽起又落下，
他们却保持着空寂明朗的觉知，
来则来去则去不患得患失。
那声音也渐渐和他们融为一体，
他们在空寂明朗中感受到烟花的美好。

那空明充满灵魂的柔软，
那觉受空到极致又悲到极致，
许多的天人已流出了泪水，
彻底地融入那真心的光明。

虚空中传来师尊的声音，
她要他们记住那觉受，
空寂明朗中要有一丝警觉，
仿佛寂静的天空朗照万物。
即使生出妄念也要安住真心观照，
不拒不迎，随它们自来自去。
为你开示心性者即为根本师尊，
你在开悟的刹那已与他达成誓约。
那誓约是无上的智慧光道，
师尊的光明会沿着那光道
源源不断地加持弟子，
就像阳光绵绵密密地照耀众生。

奶格玛轻声讲完了这番开示，
看到众弟子都产生了性光，
那是真心的一种证量标准，
她暗自欣慰地舒了口气。
只见天人们静静地定在原地，
都在体会着当下的空明，
他们发现了本有的智慧，
再也不是被外物所迷的凡夫。
因此他们已忘记了一切，
一任太阳落下月亮升起。

法会第七天，电闪雷鸣狂风暴雨，
娑萨朗的末日气象越发严峻。
火山喷涌着赤红的岩浆，
海水咆哮着腾起山高的巨浪，
整个世界变成了发狂的魔王。

弟子们昨夜都在神宫里安住，
保任那真心的灵明妙觉。
他们丝毫感觉不到时间的流逝，
仿佛一转眼又到了法会的时刻。

今天的奶格玛非比寻常，
她浑身青黑仿佛地狱的魔王。
头上五个骷髅阴森恐怖，
嘴里还伸出尖利的獠牙。
那手指也变成了尖锐的利钩，
脖子上挂着头颅串成的项链。
一个个头颅都鲜血淋漓，
还转动着凄厉痛苦的眼睛。

众弟子见状连连惊叫，
全然忘记这是自己的师尊。
奶格玛哈哈大笑说："我的弟子们啊，
今天怎么还没有顶礼问候？"

弟子中有人顿生退转，
大叫这是魔王现前，
随后狂奔出奶格玛神宫，

因极度惊恐连摔几个跟斗。
千人中又散去八成，
神宫里只剩弟子二百人。
奶格玛张开狰狞的血口，
问留下的弟子怎么还不逃命？

弟子中有人朗声回答：
"我等早已把身心供养师尊。
无论师尊是圣者还是恶魔，
我等都誓死追随无怨无悔！"

奶格玛闻言发出雷霆般的大笑，
那笑声震动了屋顶，空中传来莫名的尖叫。
随后奶格玛眯了眼望那弟子，
说："如果我要吃你血肉，你可愿意供养？"
那弟子说："愿以己身供养师尊！"
奶格玛点点头说："很好，
你走上前来我现在就要享用。"

那弟子略一犹豫又大步上前，
昂首挺胸跪在奶格玛膝下。
奶格玛忽然变出巨大的狮头，
将那弟子一口吞入腹中。
然后她抹去嘴角的鲜血，
瞪圆发红的双眼，狞笑说：
"天人的味道真是美妙，
还有谁愿意继续向前？"

余下的弟子都发出尖叫，
那惨厉的哭号声响彻天空。
他们被巨大的变故击蒙，
心中只有逃命的本能。
有人拖动着已经绵软的双腿，
又迈出飞快的步伐。
有弟子慌乱中竟然撞在墙上，
又连滚带爬起身飞奔出宫。

一时间神宫里鸡飞狗跳，
一阵阵叫喊声震耳欲聋。
一个个天人惊骇至极，
一团团黑影飞奔而出。

混乱过后是死般的寂静，
神宫中竟然还立着一百零八人。
他们全身抖动汗如雨下，
却依旧站立未曾挪步。

奶格玛问："你等为何还不逃命？"
一人说："我们愿意以身供养。"
奶格玛呵呵冷笑："你们可真的愿意？"
那些人抖得更厉害却仍是立在原地。

其实，他们时时也有逃跑的冲动，
那巨大的恐惧就像惊涛拍岸，
但他们终究还是没有退缩，
心中有一念只想追随师尊，

那念力超越了任何附加条件，
只因对师尊有着不共的净信。

这种信力战胜了恐惧和怀疑，
奶格玛冷笑中步步逼近。
那些人抖成筛子却未退缩，
都把头伸到师尊面前。

奶格玛仰天哈哈大笑，
又变成狮子张开血盆大口。
百余人紧闭眼睛泪如雨下，
却并不曾缩回自己的脖子。

等了许久不见动静，睁开眼
却见师尊已恢复庄严的圣容，
身边还有刚被吞下的师兄，
他不知何时已成就了金身。
金灿灿光亮亮分明佛陀，
有三十二相八十随形好。

奶格玛连声称赞道："好孩子，
你们都是我的心子。
你们的信心值得随喜赞叹，
因这信心才能证得智慧光明。

"这智慧光明超越了一切名相，
它只能依托信心的光道传递。
哪怕信心的道路有一丝障碍，

都无法实现完全的相融。

"来吧，来吧，
我的儿子。
跟了我，
去见那永恒的光明。"

第 249 曲　光明

那一百零八人听完奶格玛开示,
更有智慧光明无比殊胜。
他们都知道它的分量,
那不仅仅是能够实现永恒的利器,
更是法界无上的宝藏, 被诸佛视如眼眸。
这天大的好消息几乎将他们击蒙,
他们一时间目瞪口呆动弹不能。
这些日子, 他们的世界忽而是末日狂潮,
忽而是解脱法宝, 忽而是狂风骤雨,
忽而又天朗气清, 仿佛坐过山车一般,
刚上到山顶就落到谷底,
现在又从谷底直线上升。
那种强烈的拉升感让神识产生了断裂,
他们忘了恐惧也忘了喜悦,
忘了一切的思绪和感情。

奶格玛看到他们的大脑出现短暂的空白,
就像电脑被格式化了一样回到初始状态,
这将是装入智能程序的最佳时机,
生命的彻底改变就在这个瞬间。
于是, 她果断开启光明净光明的智慧之波,
发出穿墙越壁的语言能量, 为他们开示
理论之基和修持方法,

用秘密授权之力将他们带入光明。

这一次传法非同小可，
整个法界都为之震动。
只见一片光明笼罩了娑萨朗，
奶格玛的柔声细语也成了狮子吼。
一声声一句句，震得天帝和魔王耳鸣发晕，
有心阻挡，却没有与之抗衡的力量，
只能眼睁睁地看着那光明照亮整个法界，
仿佛初升的太阳驱散了无边的暗夜。
直到现在，那智慧的光明仍在穿越时空，
响彻无数具信弟子的世界——

"我的孩子们啊，智慧光明最殊胜之处，
便是成就师尊直接用果位光明加持弟子。
它不需要授权和观修的形式，一切都
依托于具缘弟子对成就师尊的净信。
具信弟子一见师尊便会相应如一，
从而飞快成就与觉悟再不分离，
犹如坚冰抛入沸水就会迅速融化，
也如那太子一出生就在皇宫。
这一切都来自宝贵的净信呵，
它是巨大的柱石，支撑着整个信仰的天空。

"智慧修炼的关键在于信心，
同时也必须有成就的师尊和具缘的弟子。
这三种要素缺一不可，否则，
就无法构成无上光明的传递与传承。

净光明是指认知了真心后，
在放松与坦然中安住并且祈请。
它既是保任也是一种无所用功，
要没有保任的名相才符合标准。

"如果说真心的光明是众生本有，
也就是基位光明伴随着众生无始无终，
那看到基位光明并且保任的过程
就是道位光明。
要放下执着安住于无为本原，
无所依不整治安然而住。
正如那所有事务都尘埃落定圆满达成，
然后关掉手机切断网络安躺于海边，
在充盈世界的涛声中聆听，
在熨烫身心的阳光中沉醉，
那份逍遥和惬意不需要刻意地找寻，
只要心中无事一切便自然达成。

"然而如果你没见到自心光明，
也就谈不上安住真心和保任。
此时你应该请师尊开示心性，
或者依托生圆次第引生自性光明。
其目的仍然是去除杂念将心安住，
让一切事务都随因缘自然运行。
行则行睡则睡写作便写作，
看则看听则听审阅便审阅。
然而这说法虽容易实践却难，
只因那焦躁的心念总会节外生枝，

想象出诸种可怖或可喜，
心便像脱缰野马随之驰骋。
因此才需要借助外在之力，
或刹那或渐次睁开智慧的眼睛。

"那引生的方法有多种多样，
首先你可以紧闭诸窍。
此时眼耳鼻舌身意虽正常运作，
但其输入的信号你却不予回应。
于是那心灵就成了一间静室，
感知的一切都只是屋外风景。
画面或言语都是纷飞的雪花，
是否落在身上最终都会融化。
因此不用去管那些对立概念，
喜恶好坏都只是过眼云烟。
同时观想体内有一条中央通道，
将分散左右的气息凝聚其中。
让所有的气流汇聚为一股，
如江河之水汇入同一片汪洋。
它在你身体中央静静涌动，
那静默的大力像警觉的狮子。
身体消融于空气之中，
与自然万物合为一体。
然而仍有一双无形的眼睛，
观测着虚空中一切的波动。
这种境界虽不是自然出现，
需要有意创造条件才能达成，
但你可以借此体会那份空明，

久而久之它将成为你的本能，
此时你就见到了自性光明。
再也不需要创造和寻找，
生命自然融于那境界之中。
这境界听起来很是普通，
仿佛任何人生命中都可能产生，
但这份平凡其实才最殊胜，
它就是真正意义上的彼岸。

"若是因为诸多原因无法安住，
那就依妙法的教授强制忆持。
观想日月轮并守持气息于心轮，
关闭身心那感知外界的路径，
将心识牢牢锁于自心之中，
鼻观心眼观心耳亦观心，
还有那身体触觉和舌尝之味，
也都一一聚集于自心当中。
身心的投入会让光明显现，
那光明会彻照内外诸景。
其景如黎明晴空自然清净，
不以分别心执着于外境内心。

"安住光明便能消解贪欲，
将生命中所有的渣滓都一一洗净。
引生光明可以有五个阶段——
第一阶段理性上明白真理，
犹如远行前必须明白线路；
第二阶段贪念开始消失，

如无云晴空中升起月轮；
第三阶段仇恨开始隐没，
智慧就如旭日东升；
第四阶段智慧淹没了愚痴，
无明之心已经消融；
第五阶段分别心消失，
出现远离黑暗的刹那光明。
此时由于远离了各种偏执，
无分别智便生起光明法性。

"那果位光明由师尊指点心性，
实相的证悟便达到究竟，
进而脱离一切粗重烦恼，
成就但不住于空寂的法身。
此光明无执无缘犹如虚空，
它超过了语言和概念的限制。"

说到此奶格玛顿了一下，她说，
"以上内容虽如宝树上的繁花朵朵，
但仍然只是在为具体的教授筑基。
修建上层建筑需要继续深入，
掌握那身体修行的诸种要诀。
只有按处所的要求修成定慧，
方能显发光明擒住无明之牛。
至于那诸多要诀的细则与内容，
下面且听我慢慢道来——

"首先要明白光明的理论之基，

要知道那光明是发现并非发明，
它不假外求源于自性。
它是你无始以来本有的宝藏，
要了知它是你天赋的主人。
神也罢佛也罢都无法赐予，
师尊也仅仅是帮你认证。
诸教导更是那指月的手指，
为的是让你认知本性光明。

"此外还要知道有内外两个师尊，
内师尊是你自己的觉性，
它无垢无染是本元之心。
心外求法的定然是外道，
恒住真心便是那'即佛'之人。
然而真心妙慧由外师尊开示，
开示心性即大光明授权。
此师尊即是你的根本师尊，
远胜于诸佛菩萨和诸多本尊。
要知道即使你得到了万千授权，
即使你参拜了万千师尊，
那开示心性者也只有一位，
正如太阳一出光明遮蔽群星。

"许多人无智慧太重名相，
错认了根本师动摇根本，
根本一坏枝叶就枯萎，
毁坏了誓约便不起效功。

"光明的含义远离迷乱和无明,
一切诸法尽皆平等,
宛若虚空善逝于无迹,
湛然空寂却了了分明。

"你的心犹如洁净的宝镜,
朗照万物而如如不动。
随时显现但无妄念,
守持忆念便是道位光明。"

光明的教授到这里便已结束,
但众弟子目瞪口呆毫无反应,
他们像极了最初的不老女神,
对奶格玛刚才的教授一窍不通。
再看他们那迷茫的表情,
像极了小学生看到天书,
但奶格玛既不好笑也不无奈,
对此时的情况她马上了然于心——
天人只有虹身没有肉身,
并不像凡人那般诸根俱全。
对于自己从自性中流淌出的法要,
他们缺乏先天条件难以真正领悟。
尤其是那智慧能量之说,
他们更是听得云里雾里。
于是, 为了让懵懂的弟子们真正受益,
奶格玛换了种说法再一次开示——

"千万不要被那繁奥的理论吓倒,

净光明是一种本有之智。
虽然要有完善的理论认知，
重要的却是师尊的加持。
只要你们在心中恒常祈请师尊，
让师尊的信息盈满生命时空，
那光明就会沿着虔诚的祈请，
自然而然进入你们的生命。
等你们证悟了那本有之智，
就会像登上山顶俯视四野。

"你们有两种办法可以证得光明，
其一是依托信心虔诚祈请师尊，
在师尊的果位光明加持下直接证悟；
其二是去那娑婆世界入胎为人，
聚足肉身的能量再进行修持。
前一种方式省时省力圆满究竟，
后一种却可以给自己积累功德。
抛开功德是成就的基础不谈，
你们的师尊也要去那里度众。那时，
会有一种大事因缘让我的光明朗照，
我也需要很多种子一起完成愿行。
如何选择，全在于诸位各人的愿力，
不管你们直接成就还是入胎修持，
都是我奶格玛的好孩子。"

众弟子听完师尊这番开示，顿时从心中
放下了包袱，开始欢喜雀跃欢喜奉行。
既然知道那觉悟远离一切理论，

就安住在光明里好个自在安适。
至于那眼前的去留，他们即使没有商量
心中也已有了同样的决定：
师尊要去娑婆世界，他们就誓死追随；
师尊如果决定入灭，他们也绝不留恋。
总之师尊去哪里，他们便去哪里。
他们从信根深种的那一刻起，
就下定决心要当师尊的影子。
成佛或做祖都不如师尊的光明摄受，
他们只想跟着师尊等待人间的大事因缘。

奶格玛听闻更加欣慰，他们不愧是
大浪淘沙后筛出的好种子。
她对他们报以最喜悦的微笑，
更用殊胜无比的光明之波为其加持。
那光明无内无外无我无你，
只把周边客体都融入了虚空。
他们所有的烦恼和妄念都消失不见，
心中只剩下空荡荡白茫茫一片大地。

天人们在这种空寂朗然里沉醉了，
也发出了殊胜的七彩光明。
至此，他们已升华为智慧之神。
由于他们发下的大愿，
奶格玛决定安排他们入胎凡间，
然而他们虽然证得了光明，
入胎后却仍有退转的可能；
就像当初无数的使者曾发下誓愿，可入胎后

却无一不在红尘的泥潭里迷失本性。

只有修到八地菩萨的不动境界，

才能确保入胎后不会迷失。

因此奶格玛当机立断，

告知那一百零八名弟子，

她要将他们连同那即身成就的上根弟子，

一起送到净土去专修，

修到不动之境时，他们再行入胎。

那时，她会在凡间发起大事因缘，

他们在入胎后也会示现各自的剧情。

那时，娑婆世界就是净土圣殿；

那时，成就者将多如繁星；

那时，娑萨朗就会降临人间。

天人弟子们听闻后喜悦非常，

纷纷欢呼雀跃表示会信受奉行。

奶格玛欣慰地望着他们点了点头，

然后开启了连通圣殿的时空隧道。

第九十二乐章

不老女神离开的第二天，娑萨朗的末日便来临了。一个妖娆明媚的女子，激情洋溢，她讲述着她亲历的末日……

第 250 曲　末日在即

送走了一百多个天人弟子之后，
偌大的神宫里尽显寥落和空旷。
嗖嗖的冷风像是穿过地面的箭镞，
卷起一片片枯黄的落叶随风舞动。
它们还裹挟了搅天的尘土，
给广场上的一切穿上灰塌塌的外衣。
望着那空旷的神宫，
奶格玛发出无尽的感慨，
感慨众生的选择造就了他们各自的命运，
有人中途退转也有人升华了灵魂，
也感慨万物无常是颠扑不破的真理：
眼见他起高楼，
眼见他宴宾客，
眼见他楼塌了。
前几天这神宫还是人头攒动，
如今却人去楼空一地凄冷。
还有最初挤在这广场里
眼巴巴等着她的那么多天人众生，
他们之中有人从一开始就拒绝了解脱的机会，
也有人半途而废，
更有人已将半只脚伸进了解脱之门，
却还是因为怀疑而退缩放弃。
而自己，明知那诸多的设计

总会吓走一部分想得到救赎的同胞，
却又不得不设计。因为解脱需要净信，
它从来都不是一厢情愿的事情。
于是，自己只能遵循智慧的指引，
也只能眼睁睁地看着那些同胞，
堕入死神的魔爪和轮回的管道，
就像荷花看着污泥里
那些没有破土而出的莲子，
心中充满了沧桑和无奈，它无力救赎。
有时，得到救赎是一种宿命和注定，
而错过救赎，同样是一种既定的剧情。
大自然在某个不起眼的瞬间，
已为各种生命编写了命运的密码，
他们看似自由的一切选择，
其实都逃不出那既定的程序和规律——
除非，他们唤醒生命中的主人翁，
用自己的双手和双脚，去改变既定的命运。

奶格玛伫立在南天门，放眼江山。
此刻，不必说她前无古人后无来者的孤独，
她的孤独已全被沧桑替代。
她的脚下是娑萨朗的吉门，
它曾在历史上创造过无数的辉煌，
也谱写过许多浓墨重彩的篇章：
新科状元从这里入宫，
行军打仗自这里启程，
凯旋归来在这里接风，
加官晋爵在这里宴请……

这里的每一株草木，都是长寿老人，
它们见证了娑萨朗的繁华与富庶，
也目睹了娑萨朗的萧瑟与悲情。
它们更看着奶格玛长大，
也哀叹过她焦灼的苦痛。
而如今，物与人皆非，她只有感叹。

沙沙沙，一阵细碎的脚步声由远而近，
熟悉的声音，伴随着熟悉的气息。
忽然，一阵暖意自后背升起，
它以光的速度，占领了奶格玛的身心，
原来是母亲给她披上了一件七彩披风。
记得，这披风是母亲当年亲手缝制。那时，
她剪来彩虹作为引线，
找来琉璃画龙点睛，用了足足
七七四十九天才密缝而成。母亲还说，
到了女儿出嫁那天，
她要亲自为女儿披上这披风，
她要把心肝宝贝打扮得比天女还美上万倍，
她要让天上地下所有的花朵因女儿而羞愧，
她要让她明媚得使月亮都隐去，
如今，这个梦想将永远都不可能实现。
爱情再美，也不过是晨露霜花，
纵使到了极致，也会转瞬即逝。
女儿早看破了一切不再执迷于虚幻，
将自己的生命献给信仰，生生世世
做众生的依怙。

母亲把披风披在了她的身上，
驱散那无常和寥落产生的孤冷。
无论那觉悟如何究竟，
母亲的疼爱总是温暖，
心中的暖流一波波荡漾开去，
神宫的寂寥和萧索便消散一空。
这一阵温暖真是如春风入心，
自从证得那圆满的智慧，
奶格玛常常沉浸在自己的世界中，
忘了热，也忘了冷，只有在外缘
提醒她时，她才在无分别的明镜中，
生起妙观察智。一如此刻，
任凭身外的西风如何猖狂，
她的心中，仍是春风和畅。

就这样，母女静立了片刻，
都沉醉在彼此的温情之中。
这温情只能体会不能言传，
所有的言语此刻都显多余，
她们相视一笑后，便是沉默。
她们的心，早通过传承力的相续无碍畅通。
片刻之后，奶格玛就恢复了师尊的庄严，
说："母亲现在可去净境专心修行，
娑萨朗崩塌已迫在眉睫，
往生是目前最好的选择。
待到五大力士成就之后，
我们再造娑萨朗圣境。
那时再请母亲前来，

一同享受那涅槃之乐。"

女神闻言却产生了迟疑，
娑萨朗毕竟是她亲手创造，
这里的一草一木一砖一瓦，
都是她用心血浇灌长大，更有
那诸多天人都是她的眷属子民。
她多希望女儿能陪自己多待几日，
再看一看这里的山山水水花鸟虫草。

看到母亲目光中的迟疑和些许不舍，
奶格玛有些心疼，
她也对故乡充满感情，
那每一处温馨的所在，
都写满了她儿时的青春和记忆。
她理解母亲的每一份爱与痛，
母亲那一头苍苍白发，
也如深秋的芨芨草一样，
勾出她满心的酸楚。
奶格玛甚至就要答应母亲无声的请求了，
她真的很想答应母亲，
可世事无常，万事都要以信仰为要。
对于寻求解脱的行者而言，
越是执着的事物，越要坚决放下，
如果总是拖泥带水犹犹豫豫，
在无常之光降临的时候，
就必然会产生诸多的牵挂。
破执既是心性的训练，

也是成道的必要条件。
如果星球的灭亡能打破母亲的执着，
这残酷的毁灭，便有了另一种意义——
它会成为母亲证道的助缘，
推动母亲走上觉悟解脱之路，
成为一个最好的范例。
它会告诉世人逆缘即顺因，
它会让人们在最绝望的时候，
也能坚定地相信"我还有希望"。
于是，奶格玛板起面孔，示现出一脸威严：
"娑萨朗的一切已进入坏灭的边缘，
生不带来死不带去，
真正的行者会生无可恋。
此刻已由不得你迟疑和犹豫，
除了一些有信心且愿意前往的宫人，
这里的一切，统统放下！"

不老女神不愧是上等根器，
立刻放下了执着去发动宫人。
那些宫人都是她的自性眷属，
凡有信心者都会因信得度。

此外，她已放下了一切，
无论是珍贵的记忆还是娑萨朗，
甚至包括那些没有信心的眷属和子民。
只因她已完全明白——
除自性之外，万物都是无常的；
除正见之外，万物都是能舍的。

只有师尊，她珍爱和敬仰的师尊，
她要生生世世地追随。
有师尊的所在，就是她的心灵家园；
有师尊的所在，就是她的净土天堂。

没过多久，女神就带着愿意跟随的眷属们
站在师尊面前，他们真的没有带走一针一线。
他们两袖清风一无所有，但心中的虔诚和净信
却如喷涌的火山岩浆般滚烫。你瞧，
他们看着师尊的眼神是多么真诚，
他们愿意将一切交托师尊的心念，
也经由那眼神传送到奶格玛心间。
奶格玛心中一热，欣慰地笑了。
她再次拿出奶格之星——那是母亲给她的宝物，
曾是她与母亲之间的心灵桥梁，而如今，
随着她的证悟，这宝物已成了钥匙，
能够开启承载无数众生的光明净土。
那净土是奶格玛的愿力所化，但又何尝
不是承载着不老女神的愿力和悲心？
这救赎众生的秘境圣地，
其实是女神母女合力铸就的。

奶格之星闪耀着七彩圣光，
无数的回忆画面也在母女心中闪现。
它们就像一个个水泡，在智慧丽日的照耀下，
反射出美丽的光泽，却又瞬间破裂。
女神母女遂相视一笑，那眼神那笑容
承载了万千的言语，

和着那些虔诚等候的身影，
在瞬息之间，融入那覆盖天地的圣光。

风萧萧兮易水寒，壮士一去兮不复还，
但这一次却没有悲壮，也没有哀乐，
只有圣歌，只有很快就要升起的信仰星辰，
还有一片由信仰打造的，真正的不死圣境。

第251曲　天女说

女神离开的次日，天国娑萨朗
便开始崩溃。
天人的福报已坐吃山空，
长久以来，娑萨朗的存在
全靠女神的愿力和慈悲护持，
但一烛之光，照不破裹天裹地的黑暗。

如今，女神离开了娑萨朗，
末日景象便如野马一般疯狂肆虐。
亘古的黑暗终于彻底降临，
星球和民众都在刹那间被炸裂成碎片。
于是，无数的冤魂恋恋不舍，
盘旋在娑萨朗上空彻夜哀嚎。
他们多希望可以再活一场，
再体验一下那妙不可言的幸福生活：
珍馐美食应有尽有，
锦绣山河一览无余，
想去哪儿就能去哪儿，
更有曼妙佳人朝夕相伴歌舞升平。
啊，那时的自己是多么幸福！
可如今，命运已将他们一口吞没，
连挣扎一下的时间都吝于施舍，
就送他们去轮回的磨盘。

然而也并非所有天人都入了轮回，

也有一部分人，在关键时刻想起了奶格玛。

当漫天的火球纷纷爆炸，

当大地张开了黑洞，

当他们的同胞纷纷被炸得粉碎，

他们才忽然发现自己竟没有灵魂依怙。

也许那些天人的福报太过厚重，

沉迷总淹没寻觅向往的眼睛。

直到这末日真正来临的时刻，

他们才发现自己需要救度。

他们不想随着命运的磨盘重入轮回，

便有人在最后时刻想到了奶格玛，

祈请这个据说可以实现救度的神灵。

他们只想在死亡来临前达成往生，

多一个灵魂依怙不再惶恐，

能不能实现真正的救度已不再重要，

只要在末日的火焰中能够安心。

他们不想像其他天人四处奔号仓皇惊恐，

不想在巨大的恐惧里承受灵魂的折磨。

反正那熊熊烈火已是避无可避，

他们只想让恐慌的灵魂有片刻安详。

因此，他们不再四散而逃，

而是力求让自己能够平静，

并于这胜意的平静中开始呼唤奶格玛。

于是，他们强烈祈求救度的心愿，

便随了那一声声泣血的祈祷，

向奶格玛发出了最后的信号。

随着时断时续的信息波，
奶格玛周遍法界的光明
重新照亮了他们的生命。
在末日降临死亡来临的最后时刻，
他们感到眼前忽然白光一片，
回过神时，已置身于另一个全新的世界。

也因此，笔者才能在后来的娑萨朗圣境，
遇到其中一个往生的女子——
在那个毁灭的时刻，
她与千万天人通过临终的一念，
将神识融入了奶格玛的心轮，
于是得到了救度。
但在他们之外，尚有亿万天子天女，
都随了业力重入轮回。不过，
毕竟他们也参加过那七天法会，
不管一天还是一刻，都与奶格玛
结上了甚深的善缘。将来机缘成熟，
他们仍有被救度的可能。

此刻，那往生的女子就在笔者面前，
她冰清玉洁明眸善睐，
更有曼妙的玲珑身段和乌黑的发。
两个浅浅的酒窝，像夜空星星的闪烁，
总在笑与非笑之间，若隐若现。
她是江南的杨柳风，是塞北的一滴雨。
她是小清新，也是小碧玉。
一抹红晕爬上那白皙的脸颊，

便叫醒了她盈盈的笑意。
她的眼中，时时摇曳着灵动，
更有跳动的小火苗时而呈现。
即使经过了那一场生死劫难，
她顽皮的女儿性也并未被消解。
只看她一眼，雪漠的心中便爱怜一片，
就像一弯清泉，在心灵的洼地上荡漾，
又像一缕火焰，不时撩动他的情弦。
他的内心虽被那女子擦起缤纷的火花，
但他的表情，却仍是满脸道貌。
要不是具备了出世间的智慧，
一场轰轰烈烈的爱情大戏，就定然会上演。
出世间的寻觅给了他超凡的智慧，
却也使他少了人间的另一份精彩。
那无分别的智慧早融入他的生命，
在光明的世界里，任那女子如何灵动惹火，
他都正襟危坐纯正肃穆，
专注地聆听她的故事。
瞧，以下便是雪漠以心灵为笔，
所做的记录——

"娑萨朗的最后一刻来临的时候，
我正在天乐中扭动身体。
我摇得尽心尽性，摇得疯狂痴癫……"
说到这，她突然羞涩地偷看了我一眼，
那满脸的红霞，就像彩云在飞扬。
那眼神中分明有一泓春水，摇曳出晶亮的微光。
她梦呓般的讲述也像春水，悄悄流入我的心房。

随着她声音的抑扬和顿挫，我的心中
竟有小小的火苗开始爆燃。
看着她俏丽的脸庞和勾人魂魄的凤眼，
我不禁生起了一丝疑惑：这精灵般的女子，
到底是天使还是魔女？但我的神色，
仍是春风吹不皱的湖面。而刚才的那一星火苗，
也不过是万分之一个刹那的闪现。
身为佛陀的心子，
我的五种智慧早已如影随形。
不管这女子如何灵动妩媚，
不管她的笑容与言语
是如何诱惑力十足，我也要保持我的庄严，
她自然会明白，我不是一点就着的棉花，
我是经历过大风大浪的航船，
我不会留恋一朵浮萍，
哪怕它有着倾国倾城的美丽。
我的智慧证量，让我的心如明镜般如如不动，
那瞬间的迷醉，也不过
是一点诗意和浮光掠影。

那女子看到我的表情没有任何异常，
那抹红晕就慢慢地淡了，继续用那
悠悠绵绵的声音往下诉说：
"随着死亡的降临，所有的欲望都会被启动，
人们肆无忌惮，置礼法于不顾，
赤裸裸地暴露着自己的本性。
不论是谦谦君子，还是窈窕淑女，

都会在那一刻撕掉自律的面具。
他们疯狂地追逐疯狂地泄欲，
疯狂地挥霍着自己露珠般的天福。
在这样浮华与颓靡的裹挟中，我也
身不由己，毫无保留地绽放着自己。
我当然知道自己的魅力——
我有俊俏的脸蛋，柔弱的小蛮腰，
还有那丰满的乳和挺翘的臀。
因此我无所顾忌地绽放，尽情绽放，
像盛开的鲜花一样毫无保留，
我打开花瓣也打开花蕊。那一刻，
口哨声四起，全场沸腾，更有无数天子
眼中燃起熊熊烈火。你当然知道，
天人不同于凡人，
所有的爱意只是目光的水乳交融。
所以，只要不让我感到厌恶的天子们，
都可以尽享我身体的丰盈。
于是，个体的疯狂组成了群体的疯狂，
群体的疯狂又促使着每一个个体疯狂。
咦呀，原来，所有人眼中，
都有一个欲望的钩子，它勾出
兽性的火光，再任由它们蔓延……

"这就是末日之下，人生的肆意宣泄呀，
他们用狂欢达到灵魂的高潮，
再借由那高潮逃避恐惧。无数的天子
因我而驱逐了他们天大的恐惧。
我已记不清在那场前所未有的放纵中，

是谁主动是谁被动，我只记得
他们眼中，尽是火。它们烧啊烧，
一心想烧毁我，撕碎我，吞没我。
也许这就是人类所说的'上帝要谁灭亡，
必先让其疯狂'。总之，那时的娑萨朗
已经变成了一片欲望的海洋。
所有的天人都赤裸裸地失控，
在肆意宣泄中一波波颤动，
在彻底的沉沦和满足中死去，
像那燃烧着翅膀仍飞上天空的鸟儿。
火山的岩浆是末日的镰刀也是舞台的焰火，
漫天的灰霾更裹着一种咸湿的味道，
大海里翻腾的沸水变成了交媾时的呻吟，
地面抖动成苟合的大床。
人们肆意地高潮和哭喊，
都想用贪乐撕碎对末日的恐惧……"

说到这里女子停顿了一下，
她的眼里不仅仅有对谈话内容的羞涩，
还有回顾疯狂时的疯狂。
她边回忆边诉说，脸变得绯红，呼吸也急促了，
我还看到她眼中也有了弱弱的火焰。
也许这就是天人的习气，即使往生到净土，
灵魂的宫殿中也还有残留的欲望。
她的主题也越来越远，为了不把净土
变成生产桃色话题的土壤，
我越发显得庄严。

她看到我威严的目光，
双颊刹那间浮起两片红晕。
她转动着身体调整着坐姿，
一心想让自己看上去端庄而矜持。
而她也确实达到了目的，
仿佛换了个人，开始用
另类平静的语气继续配合我的采访：

"那最后一刻来临的时候，
母亲刚扯断一根红色毛线，
天女也刚找到合适的发卡，
还有无数的天子天女正眉目传情。
他们用特有的方式表达自己，
疯狂地作乐一直不停。只因
他们心里充满了恐惧，所以
生怕面对狂欢后的宁静。那时
他们将不得不面对现实，绝望
的痛感就会将他们淹没。于是
他们就像那些借酒消愁的人，
不断地享乐让自己忘掉现实。
他们也不想为得失和生死而纠结，
因为他们知道自己别无选择。末日
的阴影已遮蔽了整个天空，他们
能做的只有逃避再逃避。这一点
跟有些自甘堕落的凡人无异，
只是天人比绝望的凡人更加痛苦。

"他们具足有漏神通，

能够看到自己未来的归宿。
好一点的天人可以投生上三道，
要么享受天福要么成为罗刹或是人类。
但大部分天人的天福已尽，
有的会沦为畜生道的猪马羊犬，
只因他们长时间无想已经十分愚痴。
还有那累世的业力此刻现前，
所以他们更有可能成为恶鬼，
甚至堕入地狱受尽折磨。
这种确定比无常更让人痛苦，
就像进入窄巷连转身都不能，
却有天大的车轮迎面碾来，
没有躲闪空间只能死撑硬挨，
却又宁愿承受最大的灵魂酷刑，
也不想结束这恐惧让末日来临。
于是他们只能拜托情欲来救援，
让目光尽量远离那恐怖的将来。
啊，就让今生与来世都去死吧！
他们这一刻只想尽情地狂欢。"

那天女说完了这几句话语，
便不再作声将目光投向别处。
但我知道她在用余光偷偷瞟我，
想从我的表情中看到些许夸赞。
她显然对这开场白相当满意，
也需要我的认可才敢继续发挥。
我当然不吝于善意和鼓励，
况且她的自信并非没有道理。

她既有一种诗人的诗意，
也有着哲人的敏锐和深刻，
她的讲述中有一种苍凉和洞察，
确实说出了当时的某种本质。
于是我放松了严肃的表情，
嘴角上扬露出鼓励的微笑。
她见状就像孩子得到了小红花，
略一凝神便开始下一轮讲述。
只见她将那才华发挥得淋漓尽致，
末日的场面仿佛影片回放在我眼前。

"你感受过死亡的滋味吗？
对不起，我是说那种真正的肉体上的死亡，
而不是你们修行人所经历的临死八相。
后者只是一种宗教觉受而并非是生命的终止，
因此那感觉远不如真正的死亡
更让人痛入肺腑。

"要知道死也许有千百种滋味儿，
但最难忘的，是一种呛人的味道。
对，我知道你没有试过。
你虽然经历过死亡，但那是别人的死，
不是你的死，肉体生命的终止，
是一种特别的感受，没有亲自尝过的人
很难明白。但你可以随着我的表述，
尽量地发动你作家的想象和感知，
你不是常说创意写作能启动六种能力吗？
别看我，我虽然只是一个偶然得到救赎的天人，

但我还没有忘掉我的有漏神通，

我当然知道你的境界，

也知道你在人间的一些故事。

我更知道，你会把我，还有我的讲述，

都写进一本书里，将来会有很多人看到它。

只是，我不知道，到底有几个人能读懂？

瞧，你笑了，你知道我说得没错。

我虽然只是一个小小的天人女子，

但我也看透了红尘中的一些事情，

毕竟我也荒唐过贪婪过，此刻，

我也仍然没有证得无欲无求的大智。

哎，说着说着，又扯远了，

我也许受到你的熏染。不是说

证得出世间智慧的人，

都有一种奇妙的临在磁场吗？

我此刻感觉到的那种氛围和气息，是不是它？

好，我继续说当时发生的故事。

"那时刻，啸卷的尘埃刺痛了我的眼睛，

紧接着，便侵略了我的肉体与灵魂，

直到整个天地，都被掩盖。

记得在那令人窒息的天堂里，

无数的利器在剐着我的灵魂。

正在疯狂扭动的我便躲开了天子们的目光，

顿时，无数人的慌乱便入了我的眼，

只是一切都成了心外的风景。

我只感到巨大的呛气入了我肺腑，

我被一种污浊熏透了身心熏透了灵魂，

身上开始流出死亡来临前的汗水，
一滴，一滴，打在那焦渴的岩石之上。

"天人一旦流汗，就是死期将至。
我知道我要死了，其实
所有人都知道自己要死了。
之前，大家都恐惧死亡，
而此刻，却显得异常平静，
仿佛一把悬了很久的利剑终于落下，
一切都尘埃落定。
我开始冷眼旁观着眼前的一切，
仿佛它们都与我无关。

"那时的整个世界都地动山摇，
神宫大殿也在剧烈地摇晃，
我的头顶上弥漫着无尽的尘埃，
很多天人都在尖叫和乱跑。

"但我的内心仍是平静，因此才能把
那可怕的一幕看得清楚：
摇篮般的大地突然变了模样，
地面就像奔跑中野兽的脊梁。
明月高悬的夜空也瞬间变成了白昼，
火山上喷射出耀眼的红光。
耳边尽是巨石破空而过的呼啸，
火山口流出了闪闪发光的岩浆。
大地如同海浪一样翻腾，
房子和巨柱成了倒塌的积木，

狂风和惨叫充满了彼时的天空。"

说到这里天女像是又看到了当时的景象，
上面的描述几乎是一口气喷涌而出。
那眼光里呈现出一种恐惧和疯狂，
在她那平静的眼神底下一波波开始蹿动。
她似乎已经忘了我的存在，
完全进入了当时的场面显现出一种魔怔。
因此下面的描述也仿佛那江河打开了闸口，
在她那恐惧但又平静的面孔下一波波涌来——

"还没等那些天人从惊骇中反应过来，
大地又开始了新一轮的擂动。
剧烈的震动中掉落着无穷的石块，
一块块巨石像是放大了无数倍的冰雹，
它们砸在房屋宫殿之上，那些建筑
就像倒塌的积木一样分崩离析。
原来那些金碧辉煌的宫殿竟然如此脆弱，
在末日的面前仿佛面粉一般不堪一击；
原来那些优雅的天人竟然如此胆小，
在天摇地撼中歇斯底里地惊叫和哭喊。
还有那些随着宫殿的毁灭而死亡的天人，
还有那些瞬息之间消散的虹身，
还有那一个个出现的巨坑，
还有那一缕缕黑烟如鬼魅般飞升……
我终于明白永恒的福报也是无常，
禁不起成住坏空的磨盘轻轻一碾。

"然而还没等我发完这些感慨，

一股巨大的冲击力突然从背后袭来。

也许是倒塌的房屋把我压在了地上，

也许是大地的震动把我吞进了废墟，

也许是落下的石块把我砸进了尘土，

也许是巨大的恐惧让我陷入了幻觉。

我跌跌撞撞身不由己，

巨大的恐惧吞噬了天地，

我的眼前只剩一片黑暗，黑暗中

还有一种刺激的气味呛人口鼻。怪的是，

在这无边的黑暗中，

我却清清楚楚地看到了世界，

看到世界如何在我眼前，或更远的地方崩塌，

看到世界如何扭曲，看到世界如何爆炸，

看到世界如何被火山的岩浆吞噬。

那一切惨状显得如此陌生，

仿如发生在另一个世界，

但那呛鼻的气味却又如此真实，

虹身消散带来的疼痛

也如此清晰，至今，

它们仍然烙印在我的心里。

有人质疑我说，既然一片漆黑伸手不见五指，

你怎能看到那么多景象？

就连细节你都能清晰描述，

这难道不是前后矛盾？

还是说这一切都是你的幻觉，

你是一个自欺欺人的骗子，

在用异想天开的讲述，

博取别人的眼球和怜悯？
他们不相信我看到了世界的毁灭，
把我说的一切都当成天方夜谭。
然而我真的目睹了那些细节，
我有十足的把握那不是我的幻觉。
至今我仍记得那场灾难的质感，
就像针扎在手上渗出鲜血那样清晰。
仿佛不是我看到了它们，
而是它们直接将图像投入我的大脑，
让我能将当天发生的一切，在千年后的今天
对你一一诉说。是的，我说的都是实话，
而且全无保留，
我甚至在动用自己诗人的才华，
极力想将我所有的感知都向你表达。
我知道你不像他们，你明白我说的真实不虚。
哪怕你所在的人类群体发出大海般的嘘声，
你也还是会懂我的心。对吗？”

说到这里那女子静静地看着我，
似乎在等着我对她的讲述做出回应。
她期待的眸子里闪着晶亮的光芒，
那点光能把全世界的眼睛都照亮。
我能读懂她眼神背后的话，知道
她要的不仅仅是简单的回馈，
更是一种信任、认同与肯定，至少是
一两句鼓励。她的这种期待，
就像禾苗渴望春雨，爱人渴望爱人，
为此，就算失去尊严她也毫不在意。

这种心态让她在不知不觉中陷入了被动，
而我，则自然而然地占据了主动。
我可以决定
说与不说，何时说，说什么，说多少，
这一切都看我的心情。
然而我根本没有这个兴趣，
我并不想操控和玩弄一个女子的心灵。
或者说，我从来不想去管那些
主动或被动的事情，
我只想在采访中打开另一个世界，而不是进行
一场男女之间的攻防游戏。
我也知道她所言非虚，
更知道那生命体验超越一切言筌，因此
她才不去管那些庸俗的脑袋在想什么，
而是如实地流淌出生命中的一切。
所以我的话才一直不多，我生怕自己一插嘴
就会阻断她的激情喷涌。在我眼里，
这种真实的生命体验远比逻辑更加重要，
我不追求自己所认为的合理，只想听她
发自肺腑的真话。哪怕部分内容并不精彩，
甚至有些枯燥，我也不会觉得厌烦，还会
在她停顿的时候，报以道貌的微笑。
于是我平静地告诉她：
"是的，我懂你，
也完全理解你所说的一切。
那是一种直观的生命体验，
远远超出了逻辑思维。
你不用去管那些冬烘脑袋能不能理解，

只管把你的所见所闻和所有感觉倾倒而出。
要知道，你说的这些内容对我来讲非常重要，
所以我总是听得入迷，不愿打断你的流淌。"

只见那女子听完我的这一番肯定，
眼睛仿佛钻石一般闪出了光芒。
那光亮驱散了刚才的迷乱和恐惧，
显然是内心接收到认可后的喜悦。
她的脸上带着羞涩的笑意，
两颊上的红云更是楚楚动人。
随后她理了理头发又调整了坐姿，
尽可能像个优雅的淑女那样，继续为我讲述
那个时刻她看到的一切。

"我看到一股股大火冲天而起，
山脉被熔化汇入了岩浆。
森林房屋都化为了火焰，
无数的鸟儿在火中翻飞。
还有一阵阵飓风席卷而来，
风头也变成了肆虐的烈火汹涌。
紧接着风助火势火借风威，
万物都变成了火蝴蝶，
在烈火中肆意地扭曲和飞舞。

"这时天人们都已不再哭叫，
都知道这是最后的末日。
也许他们已明白死亡不可避免，
都在恐惧中回想过去的美好。

他们或许还会想起女神的殷切劝诫，
后悔自己为何不听话不肯勤发大愿——
哦，对不起，这可能只是我自己的感觉，
更多的天人也许并没有后悔，他们的大脑
也许被恐慌和绝望搅成了混沌和空白，
已无力去思考，才会像我看到的那样，
睁着一对无神的眼睛仰望天空，
像极了一群群待宰的鸡鸭鹅羊。
而毁灭的夜晚，
不会因为鸡鸭的无奈而变成白昼，
更不会因为它们的仰望就产生怜悯。
它依旧卷着黑云生起黑浪，
比翻腾的大地还要更加疯狂。
蚂蚁开始成群结队拼命逃窜，
蝴蝶也被黑浪砍去了美丽的翅膀，
蟋蟀因恐惧而扯断自己的触须，
梅花鹿一群群地疯狂逃窜，
它们再也没有了往日的优雅和悠闲。
大象也发出了绝望而刺耳的吼叫，
一声声绝望，自喉管喷出，
恨不能刺穿夜幕好逃出生天。

"世界早成了倒扣的黑锅，
覆巢之下没有任何生命能够幸免。
在那个瞬间所有的生命都极度绝望，
都像是死刑台上等待铡刀落下的囚犯。
尤其在高达天际的火山岩浆汹涌而至时，
他们的绝望和恐惧更是到达了顶点。

他们面孔扭曲四肢痉挛，即使想逃
也不知道还能逃往何方。这世界，
已没了一寸安全的乐土，彻底毁灭
只是早晚的事情。可即使这样，
他们还是想多活一秒，绝望的心
还是没有覆盖生存本能。也因为这个理由，
他们就像在烈火中煎熬，
恐惧是如此让人疼痛啊，
明明大脑中空白一片，
心却仍在发出痛苦的信号。
他们放大的瞳孔中映照出岩浆的火红，
那红光越来越大，越来越大，最后充盈了
整个眼球，他们也成了那滚烫熔岩中的飞灰。
而那火红的黏稠浓浆还在不断前进，
所到之处灰飞烟灭一切都成了焦炭。
就连那神宫大殿也没能幸免，
在巨大的女神雕像被岩浆吞噬的刹那，
天人们的精神防线终于彻底崩溃，
他们双脚一软跪在当地，脸上一片泪光，
两眼却空洞无神，死了心等待那将至的极刑。
那尊女神雕像已屹立了说不清多少年，
它一直保佑着世世代代的娑萨朗天人。
他们一直对它顶礼膜拜视其为灵魂图腾，
根本没想过有一天它会崩毁在自己面前，
更没想过它竟是如此不堪一击，
像柔软的豆腐块一样消失在岩浆之中。
随着物质世界和精神图腾的双重毁灭，
他们心中的娑萨朗也被彻底打碎。

他们就连待宰的牲畜都谈不上了，
直像是一群行尸走肉。

"可怕的岩浆之魔并不因吞没图腾
而有所收敛，它像奔腾的狂野魔兽，
始终在大张着血口。
只见它流过神宫的墙角，整个墙面就瞬间成灰；
只见它漫过神宫的屋顶，
那宫殿就像泥水般崩溃；
只见它淹没一个个天人，
天人就呼救不及化为尘埃。
还有那无量的动物和牲畜，
还有那大片大片的森林田地，
还有那草原和湖泊，还有那小溪和浅滩，
还有我小时候奔跑过的原野，
它们都在刹那间成了半空中的飞灰。
那些珍贵的宝贵的坚固的永恒的，
那些幸福的快乐的在乎的执着的，
那些视若生命的毕生为之奋斗的，
那些曾经以为是最大保障的，
那些从来没想过会消散崩解的，
统统都被那凶猛的岩浆猛兽
吞入了血口火海……

"看到万物消失于刹那的同时，
我的世界也彻底陷入了黑暗。
黑暗里有一种死神特有的冰冷和安静，
在那种极致的宁静中，

我的感知似乎变得更加敏锐，
味觉触觉也都变得异常清晰。
于是，我再一次感觉到那种呛人的味道，
我说不清它到底是什么气味，
也许是火山灰的味道，
或是废墟的味道，我不得而知。
那时，我的世界里只有自己了，我连一个
问问题的人也没有。只是，说句实话，
我当时也没了好奇的心思。
我的心被末日的恐怖牢牢地牵引着，
宁静中的我，仍能感觉到自己
的肌肉在痉挛。我知道，这宁静，并不是
你所说的放下和觉悟。
在那静中，我还觉得有厚厚的黑灰向我移来，
又像是大地渗出了滴血的粒子，
更像那万物升腾出滚滚的热浪，
还有那岩浆冲破了厚厚的积土。
总之所有的死亡元素都融入那种气体，
然后那气体仿佛雾霾一样包裹了我，
让我觉得生命已经停止地狱已降临。"

说到这里那女子又停顿了一下，
然而这次的停顿却不是在看我的反应，
而是好像真的又回到了那个死亡的瞬间。
她的双眼散发出平静和恐惧交加的神色，
继续梦呓般地往下诉说。
似乎我也变成了空气消失，
她的世界里，

只剩下那死亡到来之时的黑暗。

"世界已被毁灭，
我只觉得到处是熊熊的烈火，
内里是火，外部也是火；
自身是火，世界也是火。
一切声音都听不到了，
一切光线都看不见了。
那种呛人的气味让人天旋地转，
无尽的旋转中有一个新的轮回，
无尽的旋转中，还有奇异的愤怒和发泄。
仿佛世界的毁灭激发了深藏的心灵之火，
那火焰裹着外面的岩浆在灵魂里呼呼跳跃，
让我分不清是自身的毁灭还是世界的毁灭。
总之在那种狂热中，
我甚至感到愤怒中生出极乐，
只想把所有的一切全部融入那场大火。
于是，我开始疯狂地呐喊——
'让火山爆发让岩浆喷涌，
让大地震动让天崩地裂。
让红光遍照大地，
让赤流席卷天空，
让太阳坠落远山，
让火山连通天际。
燃烧吧，这陈腐的旧世界，
烧光这罪恶和贪婪，
烧光这无明和彷徨，
烧光这挣扎和恐惧，

烧光这苦痛和迷惘,

烧光这污垢和仇恨,

烧光这腐朽和糜烂,

烧光这执着和纠结,

烧光这欲望和妄想,

烧光这永恒的苦难,

烧光这琢磨不透的现实,

烧光这混乱颠倒的世界……'

就让这累世的劫火烧下去呀,

燃烧着生命燃烧着梦想,

燃烧着当下燃烧着永远。

因此我就在这火海里飞翔,

因此我就在这火海里畅游,

因此我就在这火海里升华,

因此我就在这火海里沦陷。

我已经变成了一缕尘埃,

在无尽的黑暗里还有无尽的烈火。

那火焰熊熊燃烧着我无依无靠的灵魂啊,

让我分不清是前往那地狱还是升上了天堂。

甚至我也已经懒得再去分辨,

只想让全部的生命都和那劫火

彻底融为一体直到永恒。

"我忘情地唱也疯狂地跳,

然而, 就在劫火将要席卷我时,

那无边的炽热里, 居然生起了一缕清凉,

仿佛干枯的沙漠里出现了一缕清泉,

又像炽热的火海里落下了雪花一片。

虽然极其渺小却又那么明显,

虽然有搅天的啸卷, 它却是那样坚稳。

它让我的灵魂突然感到安详,

仿佛那火焰的炙烤,

瞬间成了窗外的风景。

更有一波波令人安心的旋律开始在心中荡起,

那是我参加奶格玛法会时第三天的祈请声音。

不知道为何此时会突然在心头浮现,

也不知道到底是我想起了它还是它想起了我。

总之, 它像虚空中的引磬声一般清脆悦耳,

又像智慧女神的歌声一样清逸空灵。

它和劫火的炽热形成了截然相反的感觉,

一波波清凉的空明沿着那音符进入我的灵魂。

于是, 我在那一刻忽然记起了奶格玛,

那个据说可以使我们得救的新一代女神。

因此我用那最后的一点灵觉生起了祈请之念,

跟随那灵魂的声音念起了'奶格玛千诺'。

"随着心中的祈请不由自主地生起,

我已经分不清是主动祈请还是被动跟随,

总之那一刻仿佛有巨大的空灵能量摄受了我,

再睁开眼睛时已经来到了这个光明的净境。"

说到这里那女子才仿佛从记忆中回过神来,

定定地看了我一会儿才完全清醒。

随后她又理了理头发

说:"后面的事情你已知道,

跟奶格玛本尊有缘的那些家乡人,

都像我一样在危急时刻记起了祈请。
因此才依托信仰之力得到救度，
在命终的时刻被奶格玛摄入了心轮。"

说完那女子长长地舒了一口气，
仿佛从一场噩梦里苏醒。
她又回到了这个光明净土，
看着眼前的美好事物恢复了清明。
她有一种劫后余生的庆幸，
于是用一种平静诗意的眼神看了我一眼，
想看看我听完她的故事有何反应。
她期待我随着她的描述而进入状态，
忽而感到狂乱万分忽而感到震撼不已，
更有那吞噬灵魂的黑暗以及恐惧，
还有那劫后余生的扶额与拍胸。

而我的反应又让她失望了，
她讪讪地低下了头不再望我。
长期的禅修让我的内心变得厚重，
就算是泰山崩于前也不会失了心神。
随后我对她表达了真诚的感谢，
虽然我没有配合她的表演，
我的感恩却诚恳无比。
我说，娑萨朗已毁，但她的故事
足以警示后人。
她的思想和选择会成为
我创作的活水，供后来的人们引以为戒：
不应沉溺于欲望中消磨生命，

要争分夺秒升华自己，
以有益的营养达成灵魂的救赎，
而不是等到末日时才惊慌失措。

我还告诉了女子她不知道的结局：
不老女神已证得虹身，
那粗重天身已转为大迁移身，
能不生不灭直到永恒永远。
她传下了一种神奇的咒语，
据说能造福无数女性，
只要虔诚地念诵那咒语，
就可以实现时光的倒流。
不老女神后来有诸多化身，
其中一个叫司卡史德。

那女子闻言露出了嫣然一笑，
笑容里竟然又有两朵红云。
她眼眸里的秋水闪耀着无穷的灵动，
那毫无雕饰的天然纯净令人迷恋不已。
这真是一个集天使与魔鬼于一身的极端女子，
让人情不自禁地陶醉于她的笑容。
此刻，她像得胜的小母鸡一样，
发出了青春女子特有的银铃笑声。
笑声里有自信还有柔软，
仿佛那一晕晕荡开的春水，
化开了我冰冻已久的面孔。

我继续告诉她故事的最后结局：

往生的天女们没有懈怠，
都修成了智慧女神，
在若干年后的大事因缘里，
会成为一个个闪光的姓名……

女子再一次像春风那样笑了，
她银铃般的笑声飘了很远。
一直到若干年后，我想起这段故事，
还能依稀听到她清脆的笑。
而她的讲述，虽然没能如她所愿，
搅乱我的心湖，却留给了我浓浓的诗意。
于是，在采访结束的那一刻，
我的明空之心中，
也流出了属于自己的诗句——

"当劫火燃烧的时候，
我堕入无边的黑暗。
黑暗中有无穷的旋转，
仿佛巨大的旋涡把我吸入未知。
我的灵魂像落叶般无法自主，
被业力的狂风卷向变幻不定的去处。
然而，就像所有的故事里总有一个'但是'
我的故事里也同样有一个'但是'——
但是，幸好我接触过智慧的光明，
种下了被救赎的种子，
在那片吞噬万物的黑暗和恐惧里，
在那个旋转和坠落的关键时刻，
心中的明亮之窗被一股神秘的力量打开。

沿着那窗户透进无尽的救赎之光，

光中有一波波慈母般的呵护。

于是我分不清是主动去追随那光明，

还是被那光明的波动吸入了美丽的世界。

那一刻我完全与光明融为一体，

仿佛整个世界都翩飞着无数的雪花。

那片片的雪花承载着片片的清凉，

片片的清凉熄灭了熊熊劫火的炽热。

于是我醉了，醉在奶格玛清凉的智慧大海；

于是我睡了，睡在安全而又美丽的娑萨朗；

于是我哭了，既痛悔前尘往事

也感动于当下幸福；

于是我静了，女神奶格玛已经印入我灵魂；

于是我笑了，既因为告别过往也因为美好未来。

因为我已清楚地看到那净土里的本尊，

瞧，她正在盈盈地向我招手呢……"

第九十三乐章

三年之约已到，五位娑萨朗力士相聚，那耀眼的五轮光明，铸就了一个怎样庄严的圣殿呀，那便是另一个娑萨朗秘境。

第 252 曲　成就

就这样，在娑萨朗毁灭的时候，
有信心的天人们都得到了往生。
那不老女神也证得了虹身，
永存于法界不生不灭。
在那千年的一瞬里，
地球上的五力士也有了日新月异的变化。
有道是天上半日地上一年，
奶格玛在娑萨朗只讲法七天，
五力士三年三月零三天的闭关就已圆满。
在那段时间里，他们经过各自的苦修，
终于证得了心气自在并显发了三身五智。

三年前的约定就要兑现，他们就像
闪亮的五颗星，相聚在阴阳城尸林，
散发出清凉柔和璀璨夺目的光明。
又像那五股熏风融在了一起，
变得更加温暖和沁人肺腑。
还像五台电脑互相联网，
每一个档案都可以透明共享。
更像五个智慧太阳叠加在一起，
能照亮亘古的夜空。
再次重逢，相视而笑。
往事一幕幕涌上心头，

令他们个个感慨万千。那时大家
你争我夺你死我活杀出了血海深仇，
如今在圆满的智慧观照下，
方知一切都是打闹的儿戏。
他们的智慧和证量都已达到究竟，
他们的气场相融无二。
那种心有灵犀的感觉，
让他们的重逢即使无声也胜过有声。

五颗星光汇聚一处，
完成这一幕完美的大戏。
一切的开始源于对娑萨朗的拯救，
千寻万觅，千辛万苦，
只为寻找那神话般的永恒啊，
故事的结局却产生了另一种意义。
娑萨朗已成为逝去的过往，
光明的照耀却永无终点。
五个成就力士静静地聚在一起，
没有老朋友的热烈寒暄和勾肩搭背，
仿佛洗尽了铅华出淤泥而不染的五朵莲花，
彼此心有灵犀地会心一笑。
这一笑就像迦叶尊者的拈花相应，
这一笑就像五股清泉汇成了汪洋，
这一笑将所有恩怨情仇化作了清风，
这一笑让沉寂的法界绽出了春光。

于是那尸林充满了祥和慈爱，
仿佛是清净的道场。

也因此，那啃噬腐臭尸体的狼群，
因为他们的聚首而温顺拱让环绕左右。
而雪漠的师尊也带着他穿透时空的雾霾，
回到了那个历史性的伟大瞬间。
在那个时空隧道里，他拉着智慧之母的手，
坦然而放松，紧接着在明空中生起了觉性。
那漆黑的隧道便渐渐明朗，
他的眼前虽是千年前的尸林，
但也是无数戏码上演的舞台。
于是他用冷静的笔调，如实地做了记录，
这也是他心中流淌了千年的诗意——

五力士静静地坐下来，
安住于明空祈请奶格玛师尊。
他们按约定一边祈请，
一边将各自的心光连成了一片。
只见时辰一到万缘齐备，
奶格玛在尸林上空显身，
还有秘密主的无边金身，
两者合一化为忿怒尊父母，
遍天就响起了清净的真言，
消除了法界的所有违缘。
五力士均进入禅定明空，
身心都化成了相应的光明。
半空中也响起缥缈却清晰的歌声，
那歌声伴随着花雨般的霞光，
还有那感人至深的剧情，
萦绕在历史的天空，千年不绝。

只听那歌声中唱道：
无限的混沌苏醒了，
灰蒙蒙的一片中，渗出了光亮。
那光亮越变越大，
它身后的暗影也随之产生并扩大。
那光明中有点点光明在闪烁，
那暗影中也有团团暗影在涌流。
那一片无垠的能量海洋，
不断翻滚起层层海浪。
海浪上有无数的水泡，
或大或小，稍纵即逝，或略作停留，
折射出色彩不一的光芒。

也许你认为这些水泡太微小太短暂，
其实你错了。想知道为什么吗？
那就来吧，闭上你的眼睛，凝神静气，
这时，你就会进入其中一个水泡。
现在睁开眼吧，看看你眼前是什么？
没错，那是一个浩瀚无垠的宇宙。

它异常博大，却依然是一团神秘的混沌。
其中有无数的星辰，喧嚣或宁静；
有多彩的星云，绚烂中暗藏杀机；
更有那似乎空无一物的空空之处，
正演绎着超乎想象的剧情。

它是怎样地富有魅惑力啊！

总让好奇心旺盛的你想一探究竟。
然而，那发现总是让你失望，
因为那神秘世界的绝大部分，
竟然都对你隐藏了真容。
你极目，你聚精，你竭力，
但你见到的仍是一片虚空的虚空。

那空里有什么？
有一切的可能与不可能。
但也许"秘境"这个词更容易令你接受。
那好吧，我们就说秘境。
那空中，有无数个秘境。
有天帝的秘境，
有魔王的秘境，
有诸佛菩萨的秘境，
有修罗王的秘境，
还有娑萨朗的秘境。

不必一味地羡慕那些秘境，
你看到了吗？秘境中的他们也正在看向你，
看向你来自的那个美丽星球。
在茫茫的宇宙中，
它虽然无比微小，如一尘一沙，
但它蕴藏着一个巨大的秘密，
足以吸引所有秘境的注意。

天帝在他的秘境中坐卧不宁，
魔王在他的秘境中惶惶不安，

娑萨朗人也正在面临绝境。
他们的眼神或窥探或渴盼，
齐齐射向那蔚蓝色的星球。
在无垠的宇宙空间里，
它像是一颗蓝宝石，静默着，
不知道自己蕴藏的秘密，
是宇宙中至贵的珍宝。
它一直在经受着苦难，
那苦难源于寄居在它身上的人类。
人类同样不知道，
自己身上蕴藏着宇宙间至贵的珍宝。

隐藏无数秘境的空空之处，
开始了无声地喧嚣。
一个个主角，都酝酿了满满的激情，
迫不及待地想要上台表演。
比如那好战的修罗王，
他总是被自己的嗔怒所驱使，
忘了究竟为什么要战斗不止；
还有那妄图以黑暗统治宇宙的魔王，
他一个劲向蓝色星球上的人类
发射着汹涌的暗波，
以勾起对方内心深处的呼应；
更有努力维持宇宙秩序的天帝，
他总想玩一个互相牵制的游戏，
在那游戏中，光明和黑暗
谁也别想压倒谁；
还有一个小小的角色，

那是一个来自娑萨朗的小女孩，
她正为母亲和家园哭泣不已，
她的母亲本是不老女神，却长出了一根根白发；
她的家园本是秘境天堂，却灾难频发濒临毁灭。
她想要阻止母亲的衰老，
她想要阻止家园的将毁，
但她改变不了娑萨朗人的懒惰和堕落，
因此她什么都阻止不了。
于是，她擦干了眼泪，
挺起她少女的脊梁，
将千斤重担压在自己娇嫩的肩膀上，
一步一踉跄地走向了拯救之路。
那条路直通向地球，
所以她不惜入胎，投生为人类，
去寻找地球上暗藏的那个解脱秘宝。

秘境中的大人物们，
都没有注意到这个哭泣不已的小角色，
在他们眼里，
她只是一个老是在哭的小家伙。
她也确实很弱小，很无助，就像
一只妄图扭转轮回磨盘的小蚂蚁，
但是，就在她擦干眼泪踏上征途的那一刻，
弱小的她，就成了一个勇敢的战士，
敢于为母亲和族人牺牲自己。

当然，她也害怕，她还是一个孩子。
但她的母亲已经向地球

发送了无数颗希望的种子，
却一个都没有发芽，
除了依靠自己，她没有任何办法。

于是，在无数人惊讶的目光中，
她毅然决然地上路了，
去那个美丽又危险的星球，
去寻找娑萨朗的先锋勇士们，
去寻找潜藏于人心之中的珍宝。
这一路上，她经历了无数风刀霜剑，
也躲过了无数暗箭明枪，
更跨越了无数艰难与险阻，
流尽了无助彷徨的泪水。
而最令她想不明白的是，
那蔚蓝色的星球上，
为何会美丽与丑陋并存？
为何会善良与邪恶同在？
为何会爱与恨交织？
为何她想要找到的光明与永恒，
会深藏于那些既不光明也无法永恒的生命之中？
就连娑萨朗五力士，
也深深地迷失了。

但她仍然披荆斩棘乘风破浪，
从来没有想过放弃也从不退缩，
她心中的誓愿一直引领着她，
无论如何她都要点亮心灯去照亮世界，因此，
她永远都像大漠的旅者在砥砺前行。

于是她走啊，走啊，
留下的脚印能环绕三千世界了，
可是依旧没能从脚印里找到答案；
于是她寻啊，寻啊，
寻觅的眼光翻阅了过去现在和未来，
可是那三世的时空里都没有想要的结果；
于是她看啊，看啊，
看过了无数的智者又摇了摇头，
那些智者自己尚且在生死里打滚；
于是她哭啊，哭啊，
为了众生的苦难也为了母亲的白发，
更为了渺茫的希望和路上的孤独。
当这些寻觅的脚步积累成一座雪山的时候，
那足够长的火把终于遇到了一粒命定的火星。
在那一次看似偶然实则是必然的缘起下，
她兑现了那一场生生世世的约定。

于是，她穿越了黑暗，理解了光明；
她洞察了无常变化，融入了永恒；
她找到了宇宙至宝，完成了寻觅。

是的，母亲一手建造的娑萨朗家园
终究还是毁灭了，但另一个娑萨朗净土诞生了。
当然，这新生的净土仍然不会永恒，
因为它仍然依托于愿力存在。假如有一天，
新娑萨朗人又再耽于享乐，它就会像前一个
娑萨朗那样毁灭。

世界上永远没有永恒的秘境，
能够永恒的，永远只有光明。

瞧，能量海上的那个水泡，
噗地湮灭了，
但当它复归于大海的瞬间，
整个海洋化作了一片光明。

而那个寻觅的小女孩，
从此也进入了真正的光明，
光明里有无数个你和无数个我，
还有无数个等待被救赎的身影。
他们都像是一群埋在淤泥里的莲子，
随着那女神的手指轻轻一触，
便绽放出了五彩的笑容……

这宏大的娑萨朗之歌唱完，
再看那五大力士——
密集郎化成了密集尊，
呈白光汇入忿怒尊父母的顶轮，
无量无边的自性眷属
在半空中跳舞，一阵阵歌声
仿佛从他们的心轮传出——

你才华横溢却不被世人理解，
你多愁善感却没人愿意倾听你的心声，
你爱好和平却生在战乱的世界，
所以你或者成为疯子或者成为囚徒。

于是你彻夜地悲号啊，
叹这世上没人能懂你；
于是你彻夜地书写啊，
在一堆凌乱的秸秆上流淌诗句；
于是你彻夜地追问啊，
到底自己为什么会来到这个世界；
于是你彻夜地沉默啊，
如何才能让这混乱的世界拥有祥和。

但那日以继夜的痛苦并没给你答案，
你依旧疯子般孤苦飘零。
每一处流浪的地方都有你演讲的声音，
可是它很快淹没于庸碌的嘲讽。

于是痛苦的你变得更加痛苦，
于是疯癫的你变得更加疯癫。
你时时追问这世界到底出了什么问题，
又或者你自己为什么会那么格格不入。
好在你人生的剧本早已经写好，
一切都是为了让你走向最关键的剧情。
因此在你最痛苦的时候遇到了一个女子，
那女子有着晶亮的眼睛和清透的笑容，
更有那智慧的威严和高明的手段。
所以你还没来得及生起那浪漫的春情，
就被她用盈盈的一笑和金刚的怒目，
打开了你那尘封已久的宿命之门。

尽管你找到了宿世的使命，

然而那习气的污浊总是顽固。
那因缘的大手还没有合拢，
那命定的剧情刚开始上映，
温和的少年就变成了杀人将军，
制造了无数自己曾极力反对的罪行。
只因那些你争我夺的厮杀充满功利和血腥，
它们腌啊腌，腌透了你的心。
于是你再一次迷失在人间的红尘里，
像那重新没入泥水的泥鳅般乐此不疲。

吊诡的是剧情到了最高潮时，
那绽放了一半的烟花却戛然而止。
一切都呈现出曲终人散的凌乱，
你才发现所有的故事都是梦境。
你甚至差点找不到你自己，
最终却发现你是你又不是你。
于是你宿命中的慧眼又再次张开，
擦去了遮盖眼睛的尘霾雾霭，
放出刺破外相的光明，
去兑现生生世世的约定……

幻化郎化为幻化尊，
再化出幻化一十六尊，
还有无量的自性眷属，
呈红光汇入忿怒尊父母的喉轮。
听，他的自性眷属也在歌唱，
诉说着他那段寻觅的生命历程——

你变啊，变啊，变化啊，
据说能让天上的云彩也自叹不如；
你躲啊，躲啊，躲避啊，
只为能躲过那上帝和魔王的追杀；
你寻啊，寻啊，寻找啊，
只为能找到自救救他的锦囊妙法；
你哭啊，笑啊，感叹啊，
发现命运的故事总是虚幻无常。

你一边玩世不恭地戏谑，
一边演绎着曲折离奇的剧情。
忽而是观透了造化玄机，
忽而是惹来了遍天的追杀，
忽而是提取了未来的科技，
忽而是被欲望宝石迷了心智……
你在这些"忽而"里骄傲着，
同时也惶惶不可终日希望得到救赎，
你总觉得自己像胆战心惊的鼠仔，
那天大的神能其实是惹事的祸根。

因此你并不快乐，是吗？
天大的神通无法令你快乐，
造化的玄机无法令你快乐，
万能的科技无法令你快乐，
对天神和魔王的戏弄也无法令你快乐。
所以你总是透过厚厚的钢窗玻璃，
仰望着天空畅想无拘无束的自由，
甚至还渴盼救世主的出现，

带你离开这造化弄人的囚笼。

于是你夜以继日地查找啊，编程啊，
试图从程序里找出一种救赎的可能；
于是你昼夜不停地呼叫啊，寻觅啊，
总想从那显示幕上看到真主的影子；
于是你废寝忘食地钻研啊，论证啊，
想知道自己是否走入了无解的死胡同；
于是你肆无忌惮地挑衅啊，捉弄啊，
只想在天帝和魔王的身上找回一点自信和自尊。

然而天帝和魔王都是疯狂的老头，
他们带给你的永远只有恐惧。
他们放出一次次明枪暗箭的谋害，
他们派出一波波天子魔孙去追杀，
他们的心理极其狭隘又极其敏感还极其好斗，
他们的内心极其凶狠且手段极其毒辣，
他们总想消灭所有的隐患，
好让自己的王国千秋万代。
因此你越是戏谑就越是恐慌，
你越有大能就越是危险，
你越是呼救就越是绝望，
你越是渴盼就越不能自由。
无论你多么想要脱离这困境，
命运都将你死死地扣在造化的牢笼。

终于在某一个绝望而黑暗的境地，
你想要通过自尽来实现救赎。

就在这命运的关键时刻，最后时刻，
一个女子按响了你深山里的门铃。

从此你走出了自己亲手打造的监狱，
从此你进入了世界自由畅快地呼吸。
从此那所有的功能和所有的系统，
都成了你玛哈玛雅金刚的度众道具。

所以你笑了，笑得那样玩世不恭和充满喜悦，
所以你哭了，对着那女子的身影
长长地跪拜下去；
所以你智慧了，
上帝和魔王的追杀成了秋风里的蝉鸣；
所以你慈悲了，
用十八般道具去度化那无量无边的众生。

终于在一个安静到极致的时刻，
你来到了这个无数次梦到过的地方，
再一次见到那几个生生世世的兄弟，
跟他们一起去兑现那生生世世的约定，
宿世的记忆，也在这一刻苏醒：
你们曾一起盟誓结义，
也曾一起上山打老虎；
你们曾一起抬水畅饮，
也曾一起晨曦中抚琴……
你终于发现，那命运的约定
从未离开过你的生命。

而欢喜郎也化为欢喜尊，
呈蓝光汇入忿怒尊父母的心轮，
自性眷属们也在跳舞和歌唱，
诉说着欢喜郎那恍如隔世的记忆——

沉重的王冠不是你的所愿，
黄金的权杖不是你的所想。
你只想带上心爱的女子，
和她一起目送归鸿，游心太玄。
如果能再有一些善行的点缀，
让你能终止这世上的少许战火，
那就更好了，不是吗？

然而命运却跟你开了一个天大的玩笑，
在那个梦魇一般的洞房花烛夜里，
你一生的幸福被那道白光所斩断，
你的世界从此被彻底地扭曲，
你陷入了歇斯底里的疯狂。
从此你不是逆子而是弑父的罪人，
从此你深爱着母亲却无法放下对她的仇恨，
从此你不喜欢杀戮却频繁地大开杀戒，
从此你爱好和平却让天下百姓血流成河，
从此你抹杀了心中所有的柔软和爱意，
用疯狂的毁灭来放纵自己也报复世界。

在人前，你是欢喜的国王；
在人后，你是满心悲怆的男人。
你伟岸的躯体里住着的，

其实不是高高在上的君王，
而是一个孤独的新郎。
你总在反刍着你新婚的甜蜜，
还有那甜蜜背后无尽的梦魇。
你老是在夜深人静的时候，
回到那个新婚的夜晚。
于是，你闻到了那一股沁人心脾的幽香，
可紧接着就被浓烈的血腥味笼罩，
再一次被那白光和喷射而出的血柱，
将心与灵魂整个刺穿。

每每被命运绑架的时候，
你都会下意识地挣扎。
那善良的天性从未完全泯灭，
它总像一条缰绳勒住你砍下的屠刀。
于是，即使在得到胜利的时候，
那成山的战果也不能令你快乐。
你知道那些战果的背后是无数冤魂，
他们正躲在黑暗的角落里阴阴地瞅定了你，
随时准备伸出鲜血淋漓的手指，
插入你裸露的颈项。

尤其在安静到自心显露的时候，
那罪恶与救赎更会让你癫狂不已，
你一边高烧不退，
一边情不自禁地胡言乱语。
在充满恐惧的疯症里，
你只好折磨疯狂的自己。

因此你渴望得到救赎却被绑上命运的战车，
那国王的权势成为囚禁善良灵魂的枷锁。
甚至那枷锁戴得久了也就长进了你的肉里，
让你时时产生了错觉认为它就是你本身。

所以你似乎也已经认命了，
也许这辈子就是来平定天下的吧。
于是认命的你给自己标榜了伟大的理由，
好让自己的罪恶看起来不那么罪恶。
把罪恶变成功德之后，
你也就放下了良心的谴责，
开始像一个真正的英明国王那样去开疆拓土。
于是随着欢喜国的领土如气球般急剧膨胀，
血腥也极其迅速地腌透了历史的书页。

世人都说你有智慧，其实
智慧的你也有蠢猪的行径。
本该是兄弟，你却硬是把他
当成了宿敌，说那是命定的克星。
你们强取豪夺各不相让，
你们口蜜腹剑尔虞我诈，
你们像毒蜘蛛一样咬来咬去，
你们像蝎虎子一样自相残杀。
而就在你们杀得兴起时，
舞台的灯光骤暗音乐骤停——
是的，这是命运编剧的有意为之。
他故意安排了一个小插曲，

让你们不得不在最高峰也是最激烈的时候谢幕。
这可真是一个诡异而且操蛋的剧本，
然而它的名字却十分神圣且不可侵犯——
对，它的名字就叫无常。

看透了无常，你才会明白帝王江山的虚幻；
发现了因果，你才会明白地狱的种子是谁种下的；
领略过地火的猛烈，
你才会发出歇斯底里的祈请，
祈求命运之神赐予你光明的救赎。

好在这一次你成功了，
那个光明的女子循着你的呼唤，
向你伸出了她那纤细但有力的手，
轻轻一笑，便把你拉出了尘世的泥潭——
但你知道吗？
这"轻轻一拉"，她等了很多年。
这么多年来，她始终在注视着你，
等你放下痛苦，等你向往光明，
等你有一天能记起使命。
在你竭尽所能地抗拒命运时，
她陪着你一起流泪，只是你不知道；
在你破罐子破摔横扫天下时，
她依旧陪着你流泪，可你仍然不知道。
你更不知道，不管你犯了多少错，
甚至不管你是多么罪恶，
她都不离不弃地等着你。

她也曾不厌其烦地暗示你，
奈何你总是入戏太深，
始终看不到她话语背后的光明，
也始终不明白天下与历史的无常。
于是，她只好示现那惨不忍睹的战争，
以赤裸裸的惨败唤醒你今生的悔悟。
而你也终于听懂了她的提示，放下了一切，
去兑现那生生世世的灵魂约定……

胜乐郎化为胜乐尊，
呈黄光汇入忿怒尊父母本身的脐轮，
更有六十四个本尊，
还有无量的自性眷属。
他们也在唱着那流传至今的歌谣，
歌里，有胜乐郎传奇的一生——

你一生辛苦操劳风尘仆仆，
你一世奔波只为众生的幸福。
那些沉重和苦难压弯了你的身躯，
那些战火和血腥总让你愁眉不展。
为了众生的福祉，
你甘愿把自己往碎里剖，
剖成水滴也剖成泥土。
你把众生的苦难扛在肩头，
也把纷飞的战火揽入怀中。
你支撑起揽天的狂风骤雨，
只为能给他人留出一方晴空。
所以你总是显得苍老，

所以你总是愁眉不展，

所以你总是马不停蹄，

所以你总是呕心沥血。

然而你却对这些毫不在意，

只因你知道它们都是沙里的故事。

无论是流言蜚语还是赞美讴歌，

都会被无常的大风吹得无影无踪，

你只是在演绎着命运的剧情，

剧情里有你有我还有本尊和众生。

你只是在颠倒的世界里做最好的自己，

除此以外，所有的事情都让它缘来缘去。

其实你最放不下那一个女子，

她用她方便的肉体和智慧的灵魂，

还有她钢铁般的意志照亮你的觉悟之路。

她以她全部的身心爱你，

无怨无悔忠贞不渝地爱你。

她爱你的眼泪爱你的疼痛，以卑微以成全。

当你成就，她却

默默地躲在背后承受着伤病和孤苦。

因此你想在圆满谢幕之后，

抛下世人的赞颂和聚光灯的闪烁，

洗净所有的铅华和那些苦难与功德，

然后轻轻挽了你亏欠太多的那个女子，

柔声对她说，走呀，我带你去采莲子。

你知道她一定会给你一个最灿烂的笑容，

然后挽着你的手，像一只快乐的小鸟。

你还记得上次她中了刀伤几乎死去，

你心中像是堕入冰窖般的疼痛。
你还以为，从此，茫茫黑夜再也无人倾诉，
漫漫人生再也无人相伴。
风来你说是她的叹息，
雨落你说是她的悲泣。
你的世界似乎没有她了，
可那法界里的一切，又统统都是她。
从那一刻起，你便知道
她已经烙印在你的生命里，
她是你生命中的空行母，生生世世……

威德郎化为大威德尊，
呈绿光汇入忿怒尊父母的密轮。
更有三十二个本尊天身，
还有无量的自性本尊。
听，他的自性本尊也在歌唱，
那歌声萦绕在万里晴空——

我那雄壮威猛的大力勇士呀，
你力拔山兮气盖世，
你是名副其实的英雄好汉。
有人说你是魔王，你不屑一顾；
有人说你是救世主，你不置可否。
你不要名相也不要规则，
只想把乾坤玩弄于股掌之中，
甚至把宇宙也随意翻来覆去，
仿佛耍弄一根轻飘飘的橡皮筋。
你令三界的众生不知所措，

也令法界的神灵战战兢兢。
那天帝和死神仿佛晕车的老妇,
随着你的耍弄呕出遍天的血雨腥风。

还是请停下你的神威吧, 你看,
你振臂一挥, 就是横尸遍野;
你一声令下, 就会血流汪洋。
你打着一统天下的旗帜东征西伐,
在你不可一世的心里,
百姓的惨叫不过是蚊虫的哼唧,
如山的尸体也只是功业的阶梯。
你耍开了十八般武艺的无边威风,
把血腥的气味熏进了亘古的夜空。
那盈天的冤魂都在呜呜地哭泣,
为你的神威一边诅咒一边喝彩。

于是你更像演技一流的戏子,
在天地的大舞台上尽情发疯。
你裹着无边的威风怒目而视横冲直撞,
将你的私欲撑了又撑。终于,
当你再次显露你的军威武功时,
那舞台的灯光却出人意料地熄灭。
那黑灯瞎火里落下了纷纷扬扬的鸡毛,
把你的地盘搞得一片凌乱。

于是你破口大骂这操蛋的编剧,
还有那舞台的布景和工作人员。
总之你像个眼看积木城堡就要完成

却突然倒塌的孩子，
肆意地发泄着你那无量无边
却又苍白无力的蠢脾气。

为何说你苍白无力呢？
因为那时你才发现，
自己已经没有了说话的能力。
死亡的夜空仿佛一个巨大的黑口，
轻轻地一张一合，
就把力大无比的你给吞了进去。

那些光荣的耻辱的仇恨的爱戴的，
那些金光闪闪的和耀武扬威的，
那些荣耀那些掌声和那些千秋万代的功业，
也都化作了一缕轻烟随着你的谢幕而消散。

于是你只好苍白无力地哭泣，
像个无能为力的孩子。
你拼命地踢腾你那强壮有力的小胳膊小腿，
试图战胜命运的编剧为你写就的剧情。
尽管你知道这是徒劳无谓的抗争，
但你想保全你身为男人的自尊。

终于你累了，再强壮的男人对着天空踢腿，
时间久了也会累成一摊软泥。
你只好气喘吁吁却又不甘心地退下舞台，
跟那个与你打了一整出戏的对手一起，
回到那后台，卸下了各自的服装和戏容。

这时你才发现，原来自己演绎得太过投入，
竟然忘记了你们本来只是表演的戏子。
只因卸装后的你和他，都有着另外一副面容，
而这副一直藏在脸谱背后的面容，
才是你们真正的样子。

因此你羞惭地笑了，
笑自己的盲目投入，
也笑自己竟然会在表演中迷失。
但你其实不必害羞的，谁都走过这段路。
瞧，你的对手跟你不是没有两样吗？
于是你主动拉过他的手，
原来他的手也跟你一样温暖，
那手掌上传来的力量，
竟然让你觉得十分安心。
那就一笑泯恩仇吧，
让一切都完完全全地过去。
那些过眼云烟般的存在，
本就不值得你去留恋。
在觉醒的这一刻，
你只想拉起兄弟们的手，
一同接过菩萨手中的那粒火种，
保护它，传递它，让它
一直燃烧到永远的永远……

第 253 曲　永恒的家园

千年后的我，
在虚空中拾起了一段记忆碎片，
那里面承载的密码，
讲的正好是娑萨朗净境的建立。
说不清叙述者是谁，
也许是五大力士，也许是另一个皈依者，
也许是遥远时光中的自己，
也许是某一个恍惚中的你。
听，他在喃喃自语了，
他的呓语中，可有你的心声——

只见那五轮光明齐发，
诸力诸缘化现为圣殿，
那圣殿释放出无量火焰，
化现为另一个娑萨朗秘境。

那一刻云蒸霞蔚。
那一刻日月同辉。
那一刻无数人眯缝起眼睛，
那巨大的瑞相裹带着巨大的能量，
使所有习惯了庸常的眼睛感到刺痛。
那光明的火种一旦点燃，
就能照亮一切浓稠的夜空。

我情不自禁地发出颤抖，
生怕被那强烈的瑞相之能震成碎片。
我感到天地在一阵阵抖动，
那是魔王的胆战心惊。
那智慧的火焰一旦从心中烧起，
所有的福报和梦想都会变得苍白无力。
它们仿佛被强光一照便迅速褪色的照片，
以往的五彩斑斓此刻只剩下斑驳和黯淡。

所以魔王震惊了，
他知道自己的国度已经根基不稳；
所以魔王愤怒了，
他试图卷起狂风暴雨终止这场光明的大动；
所以魔王恸哭了，
他发现所有的绞杀都无能为力，
诱惑和恐吓再也发不出声音。
因此他只能拼命地摔打东西，
发泄着一个懦夫的暴怒。
但他仍不死心，时刻瞪着蝇营狗苟的眼睛
阴阴地瞅着我，仿佛在说，
我奈何不了他们，难道还奈何不了你？
其实他在虚张声势，他之所以瞄准我，
只因为他在我身上看到了某一种未来，
他知道我会传承智慧的光明，也知道
这种光明会一代一代地传下去，
直到轮回劫尽。
那时他的子子孙孙都会被光明所笼罩，
那时他的魔界也会变成枯萎的树根，

那时他的威势就连最寒碜的乞丐也会嘲笑，
那时他也只好投奔光明以求得庇护和生存。

所以他时不时就龇牙咧嘴地扑向了我，
或派出魔子魔孙来恐吓我让我远离光明，
又想方设法地诱惑我，
就像大人用糖果诱惑孩子，
此外还有天帝派出的天兵天将，
他们也想震慑我，
让我那根基未稳的心性不时感到恐惧，
让有序的光明传承出现断裂。

就在我下意识地想要逃离的时候，
背后传来了智慧大海的气息。
那无形无相的波动传递着强大的信念，
仿佛一波波巨大的海浪让我变得坚定。
因此我的心安了，神定了，
我知道背后有法界的靠山，
也知道它超乎想象地无边和伟岸——
是啊，我为什么要害怕？
就让那些该死的纸老虎统统去见鬼吧！
我睁开了脆弱而又坚定的眼睛，
我盯着那震动的所在之处。
那是一个结构极为严密的圣殿，
它有四层保护圈——

第一层保护圈由熊熊烈火构成，
从外到里共四种颜色，

红黄蓝绿代表着四业成就，
也代表着智慧火无量无穷。
这是究竟智慧的火帐，
其超高温度就像宇宙爆炸，
它能烧毁世上的一切违缘和想蕴污垢，
恶魔见之魂飞魄散，
邪魔妖祟便不敢接近。

我在心里无声地呐喊着，
就让那大火汹涌地燃烧吧，
烧掉所有的罪恶和污垢，
烧掉所有的妄想和贪婪，
烧掉所有的执着和仇恨，
只留下一片清明与祥和。
看着火妖们尽情地狂舞，
我也想融进那片红色的海洋。
成为其中的一丝一缕甚至一片，
在那累世的劫火中随性舞蹈，
或是在那疯狂到极致的疼痛中
体会别样的极乐。我想让那
炽热焚尽我心中的一切妄念，
还想把那火妖也引向整个法界，
请它们烧尽众生的业力，
让众生都拥有朗朗晴空。

瞧，我已融入火中变成一缕火焰，
在那累世的劫火里尽情地舞蹈；
我已跳进火海里酣畅淋漓地游泳，

在那种疯狂到极致的痛苦里体会着极乐；
我已让高温的烈火烧遍我的大脑，
把那些该死的念头统统化作灰烬；
我已把那熊熊火焰引向这个世界，
烧毁那众生的业力让他们看到晴朗的光明。

就让我在那火焰里尽情地绽放吧，
燃烧我的每一个毛孔和每一根头发；
就让我在那火焰里尽情地狂欢吧，
让巨大的痛苦和巨大的快乐填满整个世界；
就让我在那火焰里死去又活来吧，
只有经历了彻夜的哭号才能见到生命的壮美；
就让我在那火焰里化作无边的火焰吧，
那是生命与生命的相融
也是灵魂与灵魂的相撞；
就让那个旧我在火海中尽情地毁灭吧，
烧尽贪的毛孔嗔的发丝与痴的呼吸。

我不怕那烈焰会烧掉狭隘的自我，
我已经彻底打碎这副肮脏的躯壳；
我也不怕那炽热会烤化我污浊的身心，
我多么希望自己是一缕干净的魂魄。

我知道那种烤化还有一个名字叫作锤炼，
我知道那种痛苦还有一个名字叫作破茧。
我知道那种炽热是因为灵魂与灵魂的碰撞，
我知道那种相通是因为心灵与心灵的相印。

所以我笑了，开怀大笑仰天长笑喷涌怒笑，
我用那极致的笑声奔向那极致的烈火。
并且高喊着：
就让那火焰来得更猛烈一些吧，
只有烧不死的飞鸟才能叫作凤凰！

第二层保护圈由金刚杵构成，
无数个金刚杵层层密密焊接在空中。
每个金刚杵大小不一，
大者穿越云端直入天空，
小者进入微观世界化成基本粒子。
所有金刚杵都顺时针旋转，
因频率共振而发出轰鸣之声。
三千大千世界因之震颤，
引发的气流场紧密相连，
充斥了第二层的所有空间，
光明历历无有一丝缝隙。
此金刚护轮寓意金刚不坏，
不生不灭直至轮回未空。

来到这一层我还没有来得及调动视觉，
就被那层层密密的振鸣声占据了听觉神经。
那大大小小的金刚杵发出了不同的震动之声，
小的像对着银元吹气时的嘤嘤；
中等的像两把宝剑在用力撞击，
也像疾风吹过狭窄的金属通道，
发出了急促而穿透力极强的金属之声；
最大的声音像怒吼的波音 747 客机，

发动机卷动了气流震耳欲聋。

那无数的金刚杵连成了密不透风的墙壁，
放出了刺眼的金光令一切邪魔外道远离。
这诸种的声音也形成了毫无缝隙的声屏，
能震碎一切宵小的心魄。
它们组成了层层叠叠的防护屏障，
全方位无死角地保护着秘境。
那魔王也被这种声屏震裂了脑壳，
那诸神也被这种光亮刺瞎了眼睛，
所有试图破坏娑萨朗曼陀罗的邪魔外道，
都在这金光万丈和震耳欲聋中碎为粉尘。

但它们在具信弟子的眼中是另一番景象，
我眼中的金刚杵都静静地散发着清光，
我耳中的共鸣像那空行勇士的合唱。
它们构成的屏障是一道清凉之墙，
穿墙的同时能净化身心。
瞧，我随手摘过了一支金刚杵，
看着它静静地在我手中旋转。
那杵尖的一点清凉沁透了我的肺腑，
那微弱的清光照亮了三千大千世界。
那顶天立地的刚强撑起了智慧天空，
那世出世间的两头利益着无量众生。
因此我对着它发出了会心一笑，
把美好和信力装进了心里。

第三层保护圈是盛开的莲花，

花蕊朝外花瓣相连。
有白黄红蓝四种颜色，
代表清净无染的体性，
点缀着六合上下十方。
那莲花有二十四瓣，
代表着心轮的二十四脉，
连通着二十四个空行圣地。
每朵莲花上都有种子字，
环绕着密密的经文，
放出八万四千种光明，
并恒常地发出静谧的智慧之声。

你静静地站在那里，
那样神秘又那样朴实无华。
我穿过了宇宙的劫火，
又走过了天旋地转的旋涡，
把那些炽烈和激烈全部经历过，
才看到了你那安静和神秘的容颜。
只是为什么你紧闭着花瓣，
只是为什么你收敛着光彩，
只是为什么你那样美丽却又那样低落，
明明傲视群芳却郁郁寡欢？
为什么你明明超越了淤泥却愁眉不展，
仿佛一个等不到知音的孤独琴者？
你的脸上写满执拗和倔强，
只因你在等待，等那生生世世的赴约之人。
为了一份相知如镜的感动，
你说，哪怕再等它几个大劫，

你也不改初衷不忘初心。
你等得太久了，
在那宇宙的深处一等就是几个大劫，
却从来没有一个人，让你绽放美丽。
那荷叶上的露珠其实是你的泪水，
那挺拔的梗其实是你的倔强。
你倔强地等候那命定的相遇，
而不向任何无聊的庸俗者妥协。
你知道佛陀早已写好了你的剧本，
定会有一个人前来轻叩你的心门。
那时你生命中的光彩才会真正地朗照世间，
那时才是你完全绽放那华美容颜的佳期。

所以我来了，我劈波斩浪历尽艰险。
当我见到你，依旧有如初的斗志昂扬。
你没有说话，但我懂得你
沉默背后的所有情话。

而你见到我却发出了无声的一问，
那无声里还有一种平淡和漫不经心。
仿佛在失望了无数次之后你也开始麻木，
就连那种命定的问答也成了例行公事。

于是你轻轻地问我，你懂我吗？
我轻轻地告诉你，我懂你。
那些经文仅仅是世人的梦话，
那些种子字也仅仅是虚幻的雕刻。
那些脉络据说能连通空行圣地，

其实那圣地何尝不是心中的另一个自我。

你听完我的这一番话语，
先是愣了一下仿佛天地都陷入死寂。
然后你用清澈的双眼看着我，
没有发问只是与我静静相对。
我也没有说话，因为我知道你懂得我
寻你的每一寸光阴，
懂得我身后那飞扬的尘土，
懂得我品过的每一份苦辣酸甜。
于是，看懂我的你突然绽放了光华，
那光华充盈了天地也惊艳了流年，
更充斥着你水光激滟的眼眸。
仿佛那春天的姑娘见到了情郎，
仿佛那尘封的历史打开了门锁，
仿佛那等候已久的守望者满脸风尘，
他终于等来另一个风尘仆仆的归人。

于是你尽情地绽放啊，欢呼啊，
把你的身姿尽情撒向这个枯燥的世界；
于是你尽情地喷涌啊，跳跃啊，
把那一朵朵五彩流光的花朵抛向苍白的众生；
于是你尽情地爆发啊，疯狂啊，
把那压抑了千年的劫火肆意地喷向了法界；
于是你尽情地收敛啊，含蓄啊，
只因那种安静和质朴才是你的本来面目。
所以你对我含情脉脉又狂热似火。
所以你对我心有灵犀又体相融合。

所以你把你所有的生命都交给了我。

于是在那个刹那里我突然静谧了，
那种安静的氛围融化了我的身心，
让我抛开那劫火般的大乐，
只想待在你清净无染的花蕊里，
一定千年。

第四层保护圈是骷髅头骨，
密密麻麻超越了无常红尘。
诸多的头骨们形态各异，
似悲似怒似喜似嗔。
它们代表了超越死亡，
有缘的亡者都能入境。

世人心中总是充满了对你的恐惧，
仿佛你的枯白会炸裂他们的美梦。
在他们的眼里你代表着死亡和邪恶，
那可真是一个让人胆战心惊的角色。
他们总喜欢样貌圆满的佛菩萨，
他们总盯着金光闪闪的华丽袈裟，
他们总想着那金山银山的巨大福报，
他们总希望长寿还想要妻妾成群。

虽然他们也在念着无常无常，
但他们心中的无常，
只是远在天边的云朵；
虽然他们也在讲着死亡死亡，

但他们心中的死亡，
只是隔着江水的恶狼；
虽然他们也说万物因缘而起又因缘而灭，
但那缘起缘灭，
并不妨碍他们目光里射出贪婪。

于是他们就算看到唐卡上有你的存在，
也会选择性地忽视你的内涵；
于是他们就算在经典里看到你的身影，
也只是无关痛痒地说一声那就是无常，
随后便调转了身子，去追求那诱人的福报。

他们总觉得佛陀应该是善解人意的，
可以满足世人的一切索求和愿望。
他们总觉得佛陀应该是慈悲为怀的，
怎么可以用冰冷的棍子
去打那些热爱生命的众生。
于是你就这样静静地发着枯白的幽光，
躲在那被人遗忘的角落里暗自叹息。
和你一同叹息的还有那觉悟的佛陀，
他倒是时常来探望你并且陪你沉默。
其实，你们不时也会发出无奈的笑，
但即使在这无奈里，你们也坚信着
定会有人懂得你们沉默背后的慈悲。

于是你时时发出苦笑，
用似悲似怒似喜似嗔的造型来嘲讽自己，
笑自己徒有慈悲却无可奈何。

你说，我从来也没有骗过你们呀，
我一直说无常才是世界的真理。
可是你们为什么却恐惧这骷髅；
可是你们为什么却贪恋那福报；
可是你们为什么每当看到死亡的字眼，
就说那是恶魔现前而不是佛光普照？

这四层保护圈护卫着娑萨朗，
娑萨朗屹立于镜子般的海面上。
那海面便是法界大海，
无波无纹中光亮湛明。
最高殿堂约有万仞之高，
东南西北各有一巨门。
人在门前如同蝼蚁，
四门各有两尊神兽守卫。
此兽龙头象鼻口吐象牙，
从嘴中发出无上光明。
神兽及其光芒颜色各不相同，
北门为青色代表水大，
南门为红色代表火大，
西门为白色代表金大，
东门为绿色代表木大，
中央为黄色代表土大。
诸种光芒如彩虹一般，
会于门楼屋檐上方的金轮之中。
那金轮转动永不停歇，
象征传承永不断裂。

我看到你们的前世，
是一个个发愿修行的僧人。
你们来自五湖四海，
也有不同的根器和不同的目的。
有的想要逃离红尘的牵绊，
有的想要修得通天的神能，
有的想要证得无漏的智慧，
还有的贪图那如山的供养。
总之你们怀着各自的目的，
会聚到了同一座寺庙里修行。
那寺庙里还有一个成就者师父，
他当然清楚你们的心理和来历。

于是一日日地青灯古佛啊，
于是一日日地念经打坐。
于是一日日地砍柴挑水啊，
于是一日日地日出日落。
在这单调而枯燥的日子里，
很多弟子都生起了退转之心。
原来修行并不是浪漫的事，
反倒像是把自己变成了机械的人。

于是有的弟子第一年就下山而去，
还有些弟子第二年就离开古寺，
再有的弟子第三年中途退转，
默默地收起了行囊，去追求多彩的梦想。

终于在第四年的时候庙里只剩你们八个，

还有那个看起来有些糊涂的据说成就者。
他在那一个普通的早上把你们召到了座前，
告诉了你们修行中的最大秘密——
放下功利，功利是浮云；
放下有求，有求是苦因。
只有无求于世的素心，
才能进入那大光明之境。

可你们的心里，
却因此掀起了搅天的风暴。
你们无数次地动摇，又无数次地自我抗衡；
纵使有一千个放弃的理由，
但仍有一千零一个坚持的念头。
因为师尊不倦的教导，
早已在你们稚嫩的心上，
深深地种下信仰的种子，
就算你们沾染了怀疑的习气，
也仍有想要净信的强烈愿望。

在经历了你死我活的自我斗争之后，
你们心中终于有了笃定的答案。
就像那狂风暴雨再怎么肆虐，也会渐渐平息；
就像那海面上卷起了再大的巨浪，
也会因海底的如如不动而风平浪静。
你们的那场风暴同样已经过去，
虽然它几乎打碎你们远行的航船，
让你们停留在近海的浅滩，
但它也洗去了你们灵魂里的杂质，

让你们心中的天地更加清明无染。

所以，当你放下希望，就会得到自由；
当你放下期待，就会感到舒畅；
当你放下自私自利，就会实现无执无我。
这时，你再也不会发愿去做大殿里的佛陀，
你甘愿当一片普通的瓦砾。
你说质朴才是修行的真正秘密，
无求才是走入光明的唯一路径。

你突然感觉到无执无我的明空，
像是卸下了沉重负担终于可以自由奔跑的飞鹿。
它离开了功利不堪的城市，
回到森林里自由自在地呼吸。
你离开了封锁智慧的执着，
安住在自心本有的自由之境。
在这种境界中，
那一草一木都在向你招手，
整个世界都充满了灵性。
你像那宝磬一样，
只要轻轻一敲，就绽出五彩的清音。

所以你们抛下所有的光环只想默默奉献，
所以你们不怕被别人轻视得不到尊严，
所以你们不怕这辈子白活了一趟，
所以你们不怕牺牲自己成全了他人。
只因你们已经找到了最宝贵也是最寻常的，
那颗无求之心。

因此，依托愿力你们来到了秘境娑萨朗，
在这里，你们甘愿做那守门之人。
尽管有着五彩的衣玲珑的身，
你们却坦然于自己的质朴和无求。

我在经过你们身边的时候，
并没有因为你们的职位就心怀轻视，
我默默地向你们致以崇高的敬意，
还想和你们一起看守这神圣的大门。
我看到你们的精神已超越了身份，
正被千千万万的后来者学习和敬仰。
那是一种佛光普照的伟大和庄严啊，
有无数粒种子在光明里展露笑颜。

连接四门的是一方形回廊，
将娑萨朗胜境环绕其中。
回廊上空悬浮着硕大的八宝，
它们正在缓慢地顺时针旋转。
恒常的梵音时时传来，
那便是《奶格玛吉祥经》。
回廊外墙为白色尽显挺拔高洁，
屋瓦为红色并镶嵌着彩色琉璃，
发出无上的解脱光明。

仿佛已有无数个千年了，
我走过斑驳和璀璨的历史，
我穿越黑暗和明亮的时空，
我拨开神秘和浩大的宇宙，

我迈出缓慢而悠远的步伐，
一步一步，来到你的脚下。

我看到你的高大和挺拔，
也看到你的古朴和沧桑，
那沧桑里还有苔藓的芳香呢。
我听到你那悠远而恒常的梵音，
也听到你那沉默和厚重的宁静，
那宁静里还有对众生的悲悯和慈爱呢。

于是我知道你虽然白玉为墙琉璃彩瓦，
但你的内心却一直平淡无奇厌倦繁华。
我知道那些璀璨夺目都是演出的戏服，
只为给迷途的众生点亮一盏向往的灯火。

因此我倾听着你流淌而出的亘古梵音，
因此我触摸着你光洁如玉的回廊墙壁，
因此我读懂了觉悟之光里其实并没有觉悟，
因此我笑一笑俯身摘下一朵墙边的小花，
把它放在你的缝隙里然后继续前行。

回廊内侧装饰璎珞有雕花勾栏，
雕刻了诸种吉祥动物栩栩如生。
回廊内壁也雕有八宝，
鲜花宝瓶及海螺，等等。
回廊墙上绘有壁画，
内容是三十七代师尊。
还有二十一尊度母前来相助，

或弹奏乐器或说法讲经。
无论你在哪个方位，
都能清晰地闻听梵音。

我看到一座座巍峨的雪山，
仿佛一条条相连起伏的洁白哈达。
那雪山的山峰高到天上去了，
三十七座雪山矗立在群山之巅。
它们有的秀丽挺拔有的雄壮巍峨，
有的像擎天立柱有的能容纳百山。
并且从第一座雪山一直到第三十七座，
那山顶上火把的光明从未断灭。
它代代相传始终在发出照亮历史的光明，
那光明刺穿了黑夜又照亮无数众生的心灵。

这是怎样雄壮而伟大的景象啊，
这是怎样华丽而壮美的奇观。
这是怎样亘古不灭的悲悯啊，
这是怎样傲然耸立的风范。
我情不自禁地俯下身子去顶礼膜拜——
我在亲吻大地，我在拥抱天空，
我在自由呼吸，我在欢呼奔腾，
我在痛哭流涕，我在嘶号悲鸣，
我在融入火焰，我在大默大声。

我仿佛那迷失的孩子终于见到了母亲，
心中的惊喜化作了猛然张开的双臂，

仿佛那归巢的雏燕一般忘我地扑去，
融入那遍天遍地的无上光明……

　　　　　　　——2018 年 9 月 29 日五稿定于樟木头
　　　　　　　——2019 年 6 月 28 日六稿定于樟木头

代跋：变化与光明

　　刚开始写这本书，是两年前，而直到今天，每一次看到它，我都仍然会感到心痛。因为，它写出了人类世界曾经发生、正在发生的很多变化，也写出了面对变化时的种种人心，包括心碎，包括抱怨，包括痛苦，包括无助，包括恐惧，包括沮丧，等等。这一切看起来是我设计的，其实不是，它们真实地发生在形形色色的人心里，我只是用自己的笔，把它们写了出来而已。所以，我曾经对一个孩子说过，看懂了这本书，也就看懂了人心。

　　在这套书中，让我心痛的变化有很多，比如奶格玛的变化，她只是一个柔弱的小女孩，但是她的母亲正在迅速衰老、迅速走向死亡，她的家园也是如此。母亲派出的所有力士都音信全无，她没有任何人能够依靠，所以只好自己站出来，亲手拯救母亲和家园。她曾经历过的痛苦和恐惧，是我们可以想象但也很难想象的。所以，描写这个小女孩的无助时，我的心里既感到疼痛，又觉得自豪。因为我知道，这时的所有凶险都只是路上的风景，她终将穿越这一切，找到永恒，拯救母亲和家园，甚至照亮更多的众生。一时的艰难和痛苦，只是命运推了她一把，逼着她成长而已。但是，想到这个小女孩受过的折磨，我还是会觉得心疼，这是一种带着欣慰的心疼。

　　然而，想到欢喜郎的遭遇，以及这种遭遇将会给他带来的冲击时，我的心非常疼痛，这是一种纯粹的疼痛。因为我知道，这个善良至极的人，日后将会深受这种冲击的影响，成为一个跟现在的他完全不同的人。他的人生中将会充满痛苦和矛盾，他会给世界带来无穷无尽的灾难。所以，他即将出现的转变，是一个让人非常心痛的悲剧。

跟发生在很多人身上的变化一样，这种悲剧也有一种必然性，因为他出生在帝王之家。他的父亲背负着使命，而他又是独子，父亲不得不把这种使命转交给他，也不得不亲手毁掉那个善良的他，唤醒他心里的仇恨和暴力。所以，欢喜郎的这种变化，几乎也是从他出生在这个家庭起，就已经注定了的。

世界上有很多像他那样的人，这些人一开始不一定是恶魔，他们或许曾经纯真，曾经善良，有些人可能连踩死一只小蚂蚁都会哭泣，但外力和际遇改变了他们，让他们的心变得像生铁那么硬，像寒冰那么冷，让他们封闭了内心的善，去报复这个改变了自己的世界。这时，他们也许会比那些改变他们的人更恶。

但欢喜郎跟他们不一样，欢喜郎的世界里有胜乐郎，也有奶格玛，他们都代表了欢喜郎人性中光明的一面。而且，他们都在锲而不舍地想要帮助欢喜郎，启动欢喜郎心中的光明，拯救欢喜郎的灵魂。所以，无论欢喜郎堕落得多快，堕落得多深，造下了多大的罪恶，将会承受怎样可怕的后果，他还是可以得到救赎。他可以恢复原先的善良，甚至可以变成一个比过去更好的人，就像那个叫鸯掘摩罗的人。

所以，一个人的生命中有没有光明，对他来说是至关重要的。一个一直生活在黑暗中的人，想要拥有一双光明的眼睛，很难。他只能用一双黑色的眼睛去寻找光明，但他的身体和心灵仍然沉浸在黑暗里。直到有一天，终于有一线光明照进他的生命，让他明白了什么是真正的光明，被光明朗照是怎样的一种觉受时，他才有可能真正地融入光明。这也是我为什么一直想要传递光明的原因。

人类需要光明，有了光明，人类就会有一种跟恶不一样的选择。

比如，如果有光明，欢喜郎的父亲可能就是频婆娑罗王，他不会逼自己的儿子变成恶魔，他会让孩子跟他一起向善，让孩子跟他一起修行。可是欢喜郎的父亲并没有遇到那线光明。相反，他看到了无边的战火，看到了强敌的窥伺，看到敌人的长矛在泛着寒光，看到敌人在觊觎着欢喜国的土地、物产和女人。所以，欢喜郎的父亲没有选择，他只能不断地战斗，也只能逼着孩子战斗，甚至侵略。很多时候，你能看到什么，你就会有什么选择，选择是由眼界决定的，而眼界又是由心决定的，所以选择是由心决定的。选择光明的人，必然有一颗光明的心；如果没有这样的一颗心，就必然不会有这样的决定。

不过，欢喜郎的父亲就算遇到了胜乐郎，甚至遇到了奶格玛，也不一定会像频婆娑罗王遇到释迦牟尼那样，他可能会错过，甚至会像欢喜郎最初对胜乐郎的迫害那样，迫害和摧毁光明。所以，人类是矛盾的。人类永远需要光明，但人类不一定能接受光明。当一线光明照进人的生命时，有些人会走进光明里，也总有一些人会撑起遮阳伞。但即使这样，太阳还是要给人类光明。因为，人类中总有一些人会接纳光明，甚至传递光明。

而《娑萨朗》所做的，就是写出这个接纳与不接纳并存、光明与黑暗并存、变化与永恒并存的世界，并且让你看到这一切的矛盾和纠结背后的光明——永恒的光明。它就是解脱的密码，也是进入永恒的娑萨朗的密码。

这就是我将这套书命名为《娑萨朗》的原因。

附 录

《娑萨朗》（全八卷）故事梗概

第一卷：星光中的力士

因沉迷享乐、过度开发，娑萨朗濒临毁灭。在先知的建议下，不老女神决定派出地水火风空五位力士去地球寻找挽救家园的良方。五位力士慨然前往，却不知何故，如泥牛入海，全无消息。于是，勇敢的奶格玛决心只身前往地球去唤醒迷失的力士，同时，通过找到永恒去拯救她垂老的母亲和濒毁的家园。

经过天界时，奶格玛发现它并非想象中单纯美好，天人和修罗残酷厮杀。奶格之星的神力使战事稍停，在寂天仙翁讲清战争原委后，奶格玛继续踏上了征途。在寻找五力士的艰辛历程中，她首先探寻到了胜乐郎（地）的讯息。他生于国师之家，一切无忧，除了心头牵挂着的即将嫁为人妇的华曼公主。谁知天降不测，华曼公主突患恐怖的麻风病，婚事取消，家人离弃，从天堂跌落深渊。她孑然一身，拖着孤清的身影准备去向沙漠。得知此事后，胜乐郎欲与公主同往，却被公主以麻风病之因暂拒。为了心爱的公主，胜乐郎决定独自前往毒龙洲寻找解药。

接着，其余四位力士的影像也渐次浮现于莲花灯光中，幻化郎（空）孤苦无依，是个孤儿；密集郎（风）多闻广识，却陷于分裂的疯癫状态中；威德郎（火）和欢喜郎（水）皆是帝王之子，性格却迥异。他们都在红尘中或多或少地迷失了自己。

转生如入梦，最为难醒。忧心忡忡的奶格玛四处寻求帮助，经由寂天仙翁、帝释天、疯行者几人提点之后，她决意入这迷梦。再次轮回降生，奶格之星化作印堂红痣。从小就与众不同的奶格玛引来各处魔君窥伺，却总能逢凶化吉。她苦修有相瑜伽，在秘密主加持下终大梦方醒，看破红尘。

泥婆罗里的精彩剧情继续上演着：欢喜郎为战争和流离失所的百姓而焦虑心忧；疯癫的密集郎因多言被人群敌视驱逐；幻化郎结识了忘年之交，他偷来对方的人皮书，却发现惊天秘密——世界是一个精密的电脑系统。深情的胜乐郎克服内心恐惧勇闯毒龙岛，在奶格玛的救助和智慧老人的点拨下获得明悟，却在回国后以拐走公主之罪被迫入狱。在兄长的帮助下，胜乐郎洗清冤屈并成功与公主重逢。

离开毒龙洲后，奶格玛渐感力不从心。她艰辛地跋涉至圣地，梦见世界成住坏空，皆渺然如轻烟。她以为爱情是永恒的，却发现爱也不过只是泡影。胜乐郎则不同，他不仅拥有了爱情，还拜吃鱼肠的卢伊巴为恩师，但很快他便因显露神通而遭遇生死大祸。华曼公主紧急相救，本应欢喜相见，却因卢伊巴的寥寥数语而变成了伤心别离。与此同时，欢喜郎正陷入与父亲政见不合的苦恼之中，理想终不得偿，即使有美眷傍身也无法消除忧愁。

第二卷：王子的血腥婚礼

奶格玛挥别母亲，踏上寻觅永恒的路。在寻觅永恒的路上，她先后遇到工力先生和老夫子，但万里长城的被毁坏告诉她，立功不是永恒；而古籍文献的被焚毁又告诉她，立言也不是永恒。寻找永恒受挫已经让奶格玛陷入迷茫，五力士的迷失更让奶格玛心急如焚。她目睹了欢喜郎的悲剧——欢喜郎原是一个向往和平的王子，但狼烟四起、群狼环伺的客观环境和强硬好战的父王都在逼迫他拿起屠刀。在屡次失望后，国王以若兰女的归宿为赌注，再次把欢喜郎逼上战场。但欢喜郎对生灵的慈悲、对若兰女的愧疚以及对父王的畏惧都让他愈发懦弱，以至于在战场上被威德郎生擒。国王为了救儿子，当着两国战士的面向威德郎下跪，在自身威严扫地的同时，也让国族脸面全无。回到国家，为了宽慰儿子，皇后偷偷给欢喜郎和若兰女举办婚礼，却被国王识破。国王闯入婚房，再次以若兰女的归宿相逼，以激发欢喜郎的血性。皇后为了化解父子相残的惨剧，让若兰女自尽。若兰女为了终结这场悲剧而死，欢喜郎也因此彻底堕魔，杀死父亲，成为嗜血好战的新魔王。奶格玛为欢喜郎的堕落而悲叹，而密集郎的遭遇同样让她着急。密集郎总是滔滔不绝，话语中有着智慧之言，也有无端呓语不被众人理解，因此被人下狱饱受酷刑。幻化郎虽然有着智慧，但只会闭门造车，还被天帝追杀，如履薄冰。奶格玛一方面自知暂时无法帮助他们，另一方面也感受到了奶格星球力量的衰弱，选择回归自我，拨动慧眼见到了智慧主母，并在智慧主母的指导下修行。随着修行的不断精进，她对五力士的遭遇不再焦虑，将他们的苦难看作是一种磨砺。她见到了梵天，但发现这依然不是永恒，最终她终于见到了秘密主，在秘密主的帮助下彻悟了过程的意义，找到了永恒。她挥别了秘密主，重新开始帮助五力士走出迷失。她首先找到了胜乐郎，三次考验他，胜乐郎也在三次考验中不断澄明了自己的信念，拜奶格玛为师尊开始修行。但他心里仍挂念着华曼公主，华曼也挂念着他，而华曼的受辱和流落红尘则让他们二人都十分痛苦。奶格玛因此劝告胜乐郎，苦难亦是宝藏，修行方能圆满，胜乐郎于是继续修行。进一步地，奶格玛救出了密集郎，并教授他修行的方法，但密集郎的习性让他的修行困难重重，还掉进了魔王的美人计。奶格玛冷眼旁观，等待密集郎的自我觉醒。接着，奶格玛以智慧点化幻化郎，又驯服了威德郎，教威德郎以慈悲，使他们二人都开始修行。最后奶格玛重见欢喜郎，以大智慧回应欢喜郎的试探，点燃了欢喜郎的心中之烛，虽然微弱，但也有了好的缘起。故事的最后，奶格玛手持甘露瓶播洒出了大爱，揭示帝释天的顺境实为修行的阻碍，奶格玛的逆境反而促使她踏上寻找永恒之路。

第三卷：造化的魔盒

奶格玛发现幻化郎遭遇大难，被打入地狱，寻找未果，十分担心，想要博学的密集郎提供寻找的思路，密集郎一见到奶格玛就开始呓语。奶格玛听完后教给他幻观瑜伽。

另一边，胜乐郎与华曼重逢，但她的过去令两人始终有隔阂无法全心修行。奶格玛以神通加持胜乐郎做了一个长梦，帮助他彻底觉悟。胜乐郎与华曼在爱里体悟。

至于威德郎，他带领手下打败了许多国家，欢喜郎也曾被他击败。但威德郎仍不满足，一心想要吞灭欢喜郎的国家。恰好欢喜郎有个妹妹绿晶，她的母亲被欢喜郎当作了父亲的殉葬，因此对欢喜郎怀恨在心。刺杀欢喜郎失败后传信给威德郎，痛陈欢喜郎弑父的罪行，请求他打败欢喜郎，这给了威德郎进攻的合理理由。欢喜郎被迫应敌，与番国联合，威德郎落了下风，走投无路。奶格玛前来解救，教授威德郎威德瑜伽，对欢喜郎分析战争背后隐患，促成双方和平签约。威德郎得到女神度化后，正式走上修行之路。修行之时，冤魂前来索债，威德郎求助，为表真心，自断右手，奶格玛度化冤魂，也为他复原右手。同时，喋喋不休的密集郎在闭关中，经过煎熬，内心逐渐沉淀，获得了成长。

威德国之行后，奶格玛决定净修打扫习气。不料招来魔王，魔王使尽各种诡计威逼利诱，都动摇不了奶格玛半分，她已经彻证空性。

五力士那边，欢喜郎获胜后，加紧备战，想顺势统治周边各国。密集郎前去劝阻却被抓。威德郎修行偏离方向，信仰变为工具。幻化郎躲在零磁空间，自我缠斗，终于明白修行的意义和幻化的真相。胜乐郎与华曼水乳交融，证得空乐智慧。

一切暂时平稳后，奶格玛返回娑萨朗，想把妙法传给族人，但他们不愿修习，奶格玛无奈离开娑萨朗。

地球上，五力士还在历练，胜乐郎和华曼的和谐在入红尘后被打破，世俗流言不断，爱情艰难磨合。一个来自异度空间的魔盒出现，已被欢喜郎获得，威德郎派人前去抢夺。原来是造化仙人开启魔盒，帮助欢喜郎。魔盒的力量十分疯狂，幻化郎想修改宇宙的后台程序，避免灾难，但却无法施行。他发现魔力之源来自黑城堡，就以幻身潜入，见到了许多惊人景象。还看到魔盒被威德郎轻易截获，威德郎带着魔盒和行者巡游，结果中计，被欢喜郎生擒。欢喜郎劝降威德郎失败，打算将威德郎带去欢喜国。这一去凶多吉少，因此幻化郎奉奶格玛之命，解救了威德郎。奶格玛倾心教授威德郎梦境观修，但也没能使他真正改变心性。重获自由后，威德郎再次调动军力进攻欢喜国，又被俘虏，成为囚徒。在大牢里，他终于醒悟，一切如同梦幻。奶格玛教授梦境光明，传他心法。可威德郎的修行又走向变异，他努力修习，但不能完全放下权力，一时之间还不能真正证道。

第四卷：空行人与空行石

幻化郎虽发愿生生世世利益众生，但由于对华曼动了凡心，心在风雨中飘摇不定，晨曦时被信仰感动，暮霭时又想要财富和爱情，这两股力量的撕扯让他无比烦躁。幻化郎终究是爱而不得，因为华曼公主已经跟随胜乐郎。胜乐郎原是卢伊巴的弟子，但由于爱上了妓院女子华曼被抛弃，后也入了奶格玛门下。由于胜乐郎信仰纯正，修为知识渊博，思想纯净，很快声名鹊起，有无数弟子慕名而来，但却受到了之前同门师兄弟如疯狗咬太阳般的造谣。弟子们也是良莠不齐，他们前一刻还在污蔑胜乐郎，伙同一些极端分子推波助澜，下一秒又把他捧作天上的太阳。胜乐郎也明知道饿虎正垂涎自己，却还是愿意舍身饲虎，体现着修行人的大能。由于胜乐郎的才能，引来了同门师兄威德郎的关注，威德郎是一国之君，虽然已入修行，但还是心存欲望，总想建功立业留名青史。胜乐郎认为修行要远离政治，但苦于阴阳城里的流言，只能离开……

而幻化郎终于在奶格玛的指引下决定走出凡心，去盗取魔盒，劝解师兄威德郎勿起战争，爱护苍生和平。但幻化郎进入尸林后被魔境困住，差点被迷乱的幻象牵走，幸而寂天出手阻拦，才帮助幻化郎成功销毁黑城堡，铸就金刚魔盒。幻化郎一路与恶魔势力斗争，内心欲望也逐渐释放，也曾无法克制使用了魔盒，祸乱了苍生，但在师尊奶格玛的引导下又重新追寻信仰，还遇见了流浪汉，流浪汉给幻化郎带来了温情，而且周身有神力护体。幻化郎来到威德国，但不料威德郎野心勃勃，由于偶发原因终于与欢喜郎展开大战。和平的绳索勒得威德郎实在难受，他天性好战，喜欢在战场驰骋，但他心中仍存善意，时时被幻化郎和密集郎所感动，但内心仍然求战，要将密集郎处死。愚昧的百姓也不再相信密集郎，密集郎无奈投奔欢喜郎，他也受内心的欲望所驱使加入了领战队伍。威德郎偶然得到了空行石，以自身能力无法控制空行石会走火入魔，所以拼命寻找有痣的空行人，而空行人流浪汉却进入魔界所设下的陷阱，沉醉于爱情之中无法自拔，三人继续前往阴阳之城，一路上流浪汉依旧失魂落魄。而后欢喜郎和威德郎齐聚阴阳城，空行人和空行石合二为一，迸发出巨大的力量，城内被摧毁得一片狼藉，卢伊巴和胜乐郎将空行人能量限制，顿时世界寂静。每个人心中都有自己想法，欢喜郎令胜乐郎此时进攻拿下天下，反被挟持，只能留下一句："你必须为自己的行为负责。"

第五卷：刑天的宝藏

空行石被封印，幻化郎决意深入红尘做事利众，找到第三方力量打破欢喜与威德两国的对峙。他尝试去兽人边界城寻求帮助，不料城主是个美艳而又毒辣的女人（欢喜郎妹妹绿晶公主），她诱惑他并拒绝了他的请求。胜乐郎则因在阴阳城一战中违抗旨意，被欢喜郎投入死牢，华曼想尽办法为夫鸣冤，始终无果，最后不得不竖起悬赏大旗，幸运的是，第四天清晨终于有四人揭下了赏榜。

为了增加国家力量，威德郎重新起用了密集郎，密集郎根据老术士提供的地图找到了精灵世界，并遇到了幻化郎。奶格玛证得虹身，再次返回娑萨朗星球，面对愈加衰败的家园和年迈的母亲伤痛不已，并勾来网虫的神识为其开示心性。在奶格玛进行中蕴教授时，密集郎和幻化郎的历险也仍在继续，他们在断头谷收到上古战神刑天留下的不少"礼物"，并获得了九天玄石。密集郎靠着宝石带来的吉祥加官晋爵，也日益依赖宝石，却不知道自己已经在不知不觉间从一个和平主义者变成了战争狂人。

在欢喜国，武甲乙丙丁四人拼了命从死牢救出了胜乐郎，胜乐郎收了丙丁为徒。由于欢喜国已经无法居住，他决定带华曼和徒弟回阴阳城，并在途中感化了更多百姓。百姓对于华曼的尊敬和爱戴也激起了她心底超越爱情的崇高无我的精神，她决定照顾百姓，等待胜乐郎见过师尊归来。胜乐郎师徒三人在见到奶格玛后以各自的心灵之境获得了相应的光之照耀。阴阳城沐浴在圣者的光明中，充满了温馨，然而欢喜军却杀了过来，其头领因曾被胜乐郎感化而想要撤兵，不料百姓的群情激愤惹怒了欢喜军，使其大开杀戒，华曼也在战争中受伤昏迷。残酷的战争打破了胜乐郎最后一丝执着，他认识到不应该一味忍让，而应学会反击，并在甲乙丙丁的帮助下诛灭了为祸四方的巫师。而不断扩张国家版图的欢喜郎终于也陷入了矛盾，他一面享受征服的快感，一面又厌恶现在的自己。他在用怀柔政策收服咸国后又准备进攻阴阳城，但被胜乐郎感化，放弃了攻打，并成为奶格的弟子。

一切似乎都在变好，但密集郎却被宝石异化，被内心的欲望之火焚烧。他劝说威德郎动用死士，却不料死士的出现带来了无尽的血腥与噩梦，疫病在各地蔓延，百姓受难，军心动摇。密集郎前往精灵国希望面见精灵王，又在途中再遇幻化郎，两人都心怀鬼胎，面和而心不和。

第六卷：复活的巫师

威德国的将士们都染上了不知来源的瘟疫。密集郎与幻化郎从精灵国返回威德国的途中，两人不欢而散。密集郎徒步返回威德国；幻化郎前往净土寻找寂天与流浪汉，请求他们帮忙驱散威德国的瘟疫。幻化郎与寂天、流浪汉一同前往威德国，为了治疗瘟疫尽心尽力。寂天发现了幻化郎帮助威德郎背后的功利之心，于是便向他们告别，只剩下幻化郎与流浪汉一同治疗瘟疫。

欢喜国围困了威德国的盟国赤乌国，威德郎为了不陷入"失道寡助"的局面，前往赤乌国进行救援。因为赤乌国城内正在发生瘟疫，于是欢喜国军队打开大道让威德国军队进入赤乌国城内，试图让他们都染上瘟疫而死。赤乌国军队与威德国军队在城内，欢喜国军队在城外包围，敌对双方就这样僵持着。密集郎回到威德国军队当中，献出了"牛阵"的计策，威德国军队小胜欢喜国军队。威德郎派出幻化郎潜入欢喜国军中打探邪气的来源，幻化郎发现那邪气正是欢喜郎发出的。僵持已久，两国军队终于打起了仗，战况激烈，双方损失惨重。后来下起了大冰雹，双方才不得不停战。与此同时，因为欢喜郎修巫师所教的邪气，巫师不断在他的身上注入邪恶之气，胜乐郎为了欢喜郎不陷入彻底堕落的境地，在其身上注入善。善恶双方在欢喜郎的身上共同发生作用，导致欢喜郎时冷时热，体内挣扎异常，时常心智失常。

因为欢喜郎晕倒了，欢喜国的军队退兵。幻化郎留下治疗瘟疫，并建立了净土娑萨朗。威德国军队乘胜追击，到了欢喜国城下，因为刺客刺杀欢喜郎没有成功，威德国军队退兵。密集郎此时既表面效忠威德郎，又私下与欢喜郎有勾结，只是为了消耗两方势力，他好渔翁得利，建立起密集帝国。欢喜郎前往威德国进行报复，两方进行大战，寂天等人从娑萨朗过来救治伤兵，但两方军队又进行了三天三夜的大战，未分出胜负。

与此同时，胜乐郎不断地追踪巫师，试图把巫师消灭，但第一次不忍心看见刚苏醒过来的妻子华曼因为双方的战斗而死去，于是放过了巫师；第二次不愿意看到巫师所在的山头的冤魂受到牵连，于是又放过了巫师。

第七卷：神秘的红嘴乌鸦

胜乐郎一行在寻找巫师的线索时，发现一位幸存的欢喜兵。他恰是胜乐郎的徒孙，对师尊的净信使他免遭巫师毒手。从他口中听到巫师以假乱真的理论后，三武士各怀心思。幻化郎想去欢喜国搜寻巫师，但胜乐郎想去调停欢喜威德两国的战争。巫师跟着他们，伺机而动。为搭救欢喜军所抓壮丁，武丁潜入军营，武甲辅助，但未能成功。他们远离军营后，巫师操纵傀儡、发动欢喜军进行追杀。他们左右夹击令巫师现出真身，但最后巫师化作鸟人逃脱。察觉到巫师取得魔盒，胜乐郎一行调转方向前往欢喜国都。

以流浪汉和寂天为首的娑萨朗人在战场救死扶伤、宣扬和平，感化许多士兵。主张以暴制暴的欢喜国王摆下鸿门宴，将流浪汉和寂天软禁，寂天借机教流浪汉打坐观修。欢喜郎说服其他娑萨朗人远离战场并派兵监控，随后解除软禁。娑萨朗人已移入欢喜郎所建寺院，享受着丰厚物资和闲适生活，信仰已被异化。寂天和流浪汉力挽狂澜，守卫娑萨朗人的欢喜军也集体投诚，大半娑萨朗人重返战场。娑萨朗从此分成两个阵营。之后，欢喜军攻入威德国，威德郎在山巅筑坝蓄水，欲到万不得已时水漫敌营。突来的暴雨令大坝决堤，洪流肆虐成灾。最终两败俱伤，各自休整。寂天一行兵分两路，一方前往灾区救助难民，一方前往战场救助伤兵。

胜乐郎一行风餐露宿追杀巫师，胜乐郎教育弟子这是降妖除魔更是锤炼自心，武丙在师尊的反复训诫下开始蜕变。巫师借动物尸体摆出迷魂魔阵，众人陷入幻境，红嘴乌鸦指引他们脱困，而这也是奶格玛的引导。随后胜乐郎收下一名新弟子，众人赶赴战区寻找消灭巫师的契机，找到了娑萨朗。在胜乐郎和幻化郎的努力下，威德郎和欢喜郎愿意休战谈判。巫师为阻止欢喜郎，将其困入迷魂大阵，复制出欢喜郎的傀儡为所欲为。幻化郎发现傀儡国王后，胜乐郎在玛哈嘎拉的加持下进入欢喜郎的魔境，救出欢喜郎。欢喜郎将巫师押入天牢，两国召开和平大会进行谈判。胜乐郎施计令密集郎腹痛，无法继续煽风点火。最终两国求同存异，并在中立区内划出名为娑萨朗的国中之国。合约蜜月期结束后，两国又起争端，星球上邪气涌动。胜乐郎去天牢审讯巫师，二人争论信仰的意义、政治与文化、权力与欲望、善与恶等问题，胜乐郎不认可他的悲观。密集郎启用九天玄石，以黑暗能量增盛百姓怒气，引发中立区的动乱，胜乐郎调查到真相却很难阻止。中立区成为杀戮之地，两国战争再次爆发。巫师死去，但大魔王进入他的肉身，与欢喜郎谈交易。得到欢喜郎默认的魔王鼓动他出兵阴阳城，欢喜郎变为魔王的傀儡。

第八卷：永恒的家园

正义的一方胜乐郎守卫着阴阳城，邪恶巫师煽动着欢喜郎，带领着魔子魔孙前去攻打阴阳城，谁能占领并固守就能决定天下大势，威德郎带兵前来支援胜乐郎。造化仙人发现胜负的关键在于欢喜郎能否回归正轨，于是来到欢喜郎身边，努力劝说他远离巫师这样的邪恶之徒。巫师却研发了黄煞阵，如果阵法成功，黑暗势力将疯狂增长，士兵会变成战争机器。此时幻化郎带着寂天来到了阴阳城，增援胜乐郎，于是胜乐郎带着幻化郎和流浪汉去毁灭黄煞阵的阵眼，据说是一名体质阴寒的小兵。他们幻化成普通士兵来到欢喜郎营地后，却发现巫师在异时空，找不到他。凭借着共同对巫师的厌恶，幻化郎和胜乐郎说服了造化仙人，使仙人告诉他们前往异时空的方式，胜乐郎前往其中，发现阵眼其实是欢喜郎，他在阵眼闭合前毁灭掉阵眼，重创巫师，随即重伤离开异时空，与同伴逃回阴阳城。在路上偶遇威德郎与欢喜郎的部队对垒，密集郎与造化仙人父子对阵，巫师祭出魔盒，流浪汉用空中碎片对抗，最后欢喜郎部队撤退。造化仙人目睹战争的残酷，退隐山林。欢喜郎继续向阴阳城进军，威德郎努力防守，寒冬来临，阴阳城前的护城河冻成寒冰，欢喜郎部队踏过寒冰，兵临城下，战争开始，一番厮杀过后，巫师被流浪汉和胜乐郎击杀，欢喜郎被不明物体击中昏迷不醒。威德郎一方守卫了阴阳城，可是城里一片断壁残垣，威德郎在重建城池的过程中死去，胜乐郎疯癫，密集郎接管城池，但是对政治斗争不胜其烦，选择归隐修炼，幻化郎明悟得道，经过奶格玛的考验之后，一心修道。欢喜郎的灵魂随着奶格玛前往地狱，看见地狱烈火，看见自己父母因为自己的征战杀伐而受刑，也悔悟过来。威德郎经过奶格玛的救治与警醒，也放下前尘往事。从此，五大力士都幡然醒悟，一同修炼三年半，准备重建娑萨朗。奶格玛也重新回到娑萨朗，度化众生。最终信仰者得往生，五力士重建娑萨朗。

追求永恒真实的汉民族史诗

✦

晏杰雄

　　二十世纪八十年代，"西部文学"讨论红极一时，西部文化亦被多元的文学形式所阐发和表现。至九十年代西部经济边缘化加剧，以文学作品指涉西部独特文明形态的作家纷纷离场，而甘肃作家雪漠却扎根西部大地，苦修出《大漠祭》《猎原》《白虎关》等"定格"真实西部生存诗意的长篇小说，以长篇故事讲述、日常生活呈现、具体人物群像打破了符号化的西部想象。在这些小说中，雪漠致力于真实地"定格"着西部当代生活。但正如他自己说的："既可以定格特定的历史横剖面，也可以流淌经久不息的历史歌谣。"① 雪漠的创作步伐没有停留于"定格"，而是不断地在加强对西部精神的溯源，不断地转换着文体表现形式，继捧出八十万字书信体长篇小说《爱不落下》后，又捧出近九万行的八卷本长篇史诗《娑萨朗》，作家创造力之丰沛令人称奇。在《娑萨朗》中，他由小说叙事转为诗歌叙事，将"真实性"追求放置于流淌的歌谣中，谱写出了永恒真实的汉民族精神史诗。哲学家柏格森在过去本体论

---

① 雪漠：《序：不合时宜的气象》，《娑萨朗》第一卷，作家出版社，2024 年，第 16 页。

中提出了"唯有绵延真实"的观念，认为只有把过去的记忆与现在互相交融，才能使世界充满生命性①。雪漠《娑萨朗》中的"真实性"追求，恰是通过史诗唤醒过去的记忆，以过去为本体彰显民族文化与心理真实，从而汲取文化养分构建民族生存的道德律，为现实生存实践的自由意志服务。

　　这部近九万行的规模宏大的长诗《娑萨朗》问世，应算是2024年度中国文学重要事件之一，它意味一部亘古未有的汉民族史诗出现于中国文学版图。真正的作家是有使命感的，使命落在谁的身上，也有难以言传的定数。这部史诗体现了雪漠宏阔深邃的文学追求，以及身上古老绵延的精神负载。区别于《格萨尔王》《江格尔》等少数民族史诗，《娑萨朗》歌唱出汉民族形象化的历史，找到了汉民族童年的记忆；区别于《诗经》"楚辞"等千古风骚，雪漠以宏观性眼光，凭一己之力打磨出一个质朴、连续、完整的故事；区别于《黑暗传》等创世史诗，《娑萨朗》不停留于丧歌等有实际功用的民间文学，而是沉思如何经营"生命之世"。"娑萨朗"意为西部古老神话中的净土，是和平安宁、无限接近永恒之处，《娑萨朗》即揭示了如何在短暂生命中追求永恒的真实命理。"当安住在这种状态，便明白生命只是一个幻影，对一切都不再执着时，红尘就是娑萨朗净土。因此，对于短暂易逝的感慨，会更能感受到当下世界的美好，也更能珍惜享受和宽恕一些东西。"②西部文化恰在浓厚的民间神话氛围中成长，神话对西部人民的救赎已经化为他们现实人生的参悟。由此，大漠的浑厚、西部精神的坚韧、灵魂的清凉，已经悄然融入了汉民族文化的血液中，流淌在这部鸿篇史诗中。中国少数民族有着悠久的史诗传统，如藏

---

① ［法］柏格森：《创造进化论》，肖聿译，华夏出版社，2000年，第11页。
② 雪漠：《雪漠智慧课程》，中国大百科全书出版社，2020年。

族《格萨尔王》、苗族《亚鲁王》、瑶族《盘王大歌》等，但缺少以文字记录的书面文本，史诗基本上是在边地少数民族地区以口耳相传的方式保存下来。在口头传唱流布的过程中，真实反映民间风貌的原初文本已经受口口相传影响，其语言、结构、故事等内部元素呈现不完整性。内部研究尚存在困难，考察史诗反映的社会历史文化特征、展开对中国民族史诗的外部研究更加艰难。而雪漠以历史性眼光与现代性叙述紧握住汉民族的童年记忆，使"活形态"的史诗落地。因此，对《娑萨朗》展开外部研究时能清晰地感知其所反映的汉民族社会、历史与文化特点，于永久性存在的文本中追求文学生产的真实。无论是通过"娑萨朗"在无常中追寻真实的永恒，还是通过汉民族史诗在永恒中探索真实的文化记忆，雪漠用区别于传统史诗的真实性叙事，在汉族文化真实、民族心理真实中唱响了古老而又现代的汉族文明之歌。

一、吸收儒释道养分的文化真实

西部文化以极强的包容性不断吸收着异文化的养分，滋润着西部人民包容的精神品格，养成着宽阔的文化胸襟。如雪漠所说："所有能被称为文化的东西，一旦进入西部，就可能会背离其本有的原始的纯粹的特征，跟当地土著文化相融杂交，变成一种异化的文化现象。"[①]"娑萨朗"胜境即为释家文化与中华文明融合的产物，其实现精神超越的人生追求亦蕴于《娑萨朗》中。《娑萨朗》处处可见精神修炼的种种方式，提供了人格完善与超越的场所，在"以出世之心做入世之事"的心灵

---

① 雪漠：《当下关怀和终极超越》，《中国比较文学》2014年第4期，第178—196页。

教化上实现了西部文化的超越。这部史诗在追寻个体生命永恒之路中实现终极超越和终极关怀，而其精神养分，正是吸收了儒释道的相关文化。雪漠在西部土生土长，远离汉族聚居地的中心，却能自觉寓儒释道文化于追求永恒真实的《娑萨朗》之中，亦可见汉民族文化深厚的强大感召力与真实的文化生命底色。

同音互训的训诂方法强调音义互求，将同音字相互假借，以同义词相释的方法解放词义。"人"和"仁"同音互训，义同。儒家正是将"人"与"仁"提到了相同的意义高度，将"仁"这一道德范畴的对象指向"人"这一群体。用"人"来解释"仁"的意义，《娑萨朗》所崇尚的"人"的内在品格，可见儒家"仁"真实的文化印记。孔子强调"仁"施受的过程，人人欲仁方能通往"仁"之道路成为君子，锻造所崇尚的理想品格。有学者认为："君子在施受关系中是以一种特殊的身份出现的，这就是'师—官'合一的身份，即君子要实行仁，就要使自身具有师长或官吏的身份，师长有德行才能教人，官吏有权威才能使人。"[1]君子实现仁的途径即建立自身为"师—官"合一的身份，如此"仁"之意义才能在施受关系中显示出来。《娑萨朗》奶格玛唤醒深入红尘迷失的五力士的故事，也构建了"仁的施受关系"过程，从而在"仁"的大环境中脱离尘世的欲望牵扯，救度娑萨朗星球的俗人到娑萨朗之永恒的净土。以施仁的对象来看，《娑萨朗》塑造了如奶格玛、胜乐郎等一系列"师—官"合一的人物，实现对五力士及自身的引导救赎。在娑萨朗星球，奶格玛作为不老女神之女，始终凭借极高的社会身份领导娑萨朗众人，以"官"的角度教化众人以仁爱之心共建家园。而至下凡彻底入世，奶格玛

---

[1] 唐子奕：《"井有仁"释——"仁"之逻辑分析》，《道德与文明》2003 年第 5 期，第 45—51 页。

达成"师—官"合一的身份，才真正走向仁之理想。下凡后奶格玛一直以"师尊"的形象引导五力士在人间寻求永恒，其自身"为保护家园深入红尘"的仁爱通过"师"这一角色传递到五力士身上，通过指点教化推动弟子修行。《娑萨朗》第二卷讲述了一个收徒的故事："奶格玛见威德郎的悟性甚高，/又告诉他武功还有提升的可能。/那就是以现在的功力加上慈悲，/用慈悲之水来淬炼剑的锋利。//天下之主！威德郎一听热血沸腾，/于是他开始潜心研究慈悲。"① 奶格玛以"学习绝世武功"抓住威德郎命脉，使其自觉拜她为师，并在修行过程中熏染"慈悲为怀"之道，实现了"仁"的施受。于受仁者而言，亦处在"需求仁"的处境之中。胜乐郎怀拯救天下苍生之心，却被疑心、妄念困扰，渴求破除欲念；密集郎才华横溢却不被世人理解，渴望寻求为什么世界中格格不入的答案；幻化郎为观透造化而骄傲，却时常被欲望迷失心智，渴盼离开造化弄人的境界；欢喜郎爱好和平却被命运威胁杀虐无数，在接近疯狂的自我纠斗中等待仁爱的救赎；威德郎热爱建功立业，却发现光荣耻辱只会加深人的苍白无力，渴求他人的温暖。《娑萨朗》中"受仁"的对象不仅指向世俗中的人，且受仁者也处于对仁的需求中，如此才能实现"仁"的施受。"仁"的施受过程以"施仁者"与"受仁者"为主客体展开，"受仁者"经"仁"的施教成为"施仁者"，形成"仁"施受的闭环，如此"仁"方彻底融入人的内在品格。为达到培育"人"的内在品格向"仁"靠近、共建娑萨朗净土的目标，雪漠在"仁"的施受环节中构建了"受仁者"向"施仁者"转变的模式。胜乐郎不仅为奶格玛弟子（即受仁者），也是武甲等人之师、阴阳城

---

① 雪漠：《娑萨朗：王子的血腥婚礼》，作家出版社，2024年，第415—416页。

的领导者（即"师—官"合一的施仁者），实现了真正的伦理自觉，在信仰力量的召唤下带领众人走向永恒存在。

被救度至娑萨朗净境后，史诗中娓娓道来"某个皈依者"的自语："所以，当你放下希望，就会得到自由；/当你放下期待，就会感到舒畅；/当你放下自私自利，就会实现无执无我。"① 秘境娑萨朗的众人坦然于自身的质朴与无求，其中可见道家文化"自然""无我"的文化真实。"道"随顺万物，尊重并辅助自然万物的差异而展开，是道家的行为法则。奶格玛吸收了道家生存方式，作为师尊本应积极引导弟子的每一劫难，但她却对于五力士在人间的许多遭遇都不加干涉，让他们经历自己所经历的。这正是道家文化的体现，在"利众"的大方向中实现自我发现，而不是干涉与自我发明。《娑萨朗》如一本圣书，教诲人们如何在现代社会的欲望丛林里放下功利与有求，以无求于世的素心踏入大光明之境。从雪漠充满现代性的处世眼光里，亦能窥见道家的文化真实。《娑萨朗》中众人追求永恒的秘密与道家"依乎天理，因其自然"的理念不谋而合。人生无常，唯有做到顺其自然，无求无我，才能追求永恒。有学者认为："物我两忘的境界即复归于人的自然本性，是道家所追求的最高人格理想。从精神上超越个体的有限存在，忘掉生死的变化，进入空虚的自然之中并与之合为一体。"② 无己的至人、无功的神人及无名的神人，与"娑萨朗"这一轮回之中的净土，也都被赋予了人生哲理的意味，即拥有无求无我、物我两忘的生存态度。

---

① 雪漠：《娑萨朗：永恒的家园》，作家出版社，2024年，第493页。
② 杨荫楼：《道家的理想人格试论》，《山东师范大学学报》（人文社会科学版）1999年第3期，第63—66页。

二、以现实关怀揭露民族心理真实

尽管《娑萨朗》为记载汉民族童年的鸿篇史诗，但史诗在神话世界观的基础上产生，其神话元素激活了汉民族群体的文化认同和心理共通性。雪漠在《娑萨朗》序言中说："史诗中从不乏神话，因为那些神话正是史诗的发源。……又或者说，这些被认为是神话的东西，恰恰是另一种真实。"① 从《娑萨朗》的文学创作中可见，雪漠亦不否认神话元素在史诗中的重要性，并认为神话赋予了史诗作品以"另一种真实"。

马克思如此看待神话："神话是已经通过人民的幻想用一种不自觉的艺术方式加工过的自然和社会本身。"② 马克思强调了神话创作的不自觉性与加工特征，可见神话是自然与社会经过人们的心理处理所产生的集体创造。这一观点与钟敬文对神话的定义不谋而合："神话是人类共同体（氏族、部落、民族等）在氏族时代以原始思维为基础，将自然现象和人类生活不自觉地形象化、人格化，从而集体创造，代代相承的一种以超自然神灵为主角，表征着特定群体的神圣信仰的语言艺术。"③ 可见，《娑萨朗》虽不符合"原始思维""集体创造""代代相承"的神话特征，但其神话元素确反映了人类共同体的原始记忆。借巫师之身复活的魔王、拥有不老之身的女神、随意潜入他人梦境的奶格玛，都借助神/魔力拥有超自然特征。蕴藏无限力量的空行石、一分为二的精魂、神工鬼力的九天玄石，其形象化的背后皆寄予了人们在自然世界对超能力的盼望。不自

---

① 雪漠：《序：不合时宜的气象》，《娑萨朗》第一卷，作家出版社，2024 年，第 4 页。

② 中共中央马恩列斯著作编译局编：《马克思恩格斯选集》（第二卷），人民出版社，1972 年，第 113 页。

③ 钟敬文编：《民间文学概论》，上海文艺出版社，1985 年，第 166 页。

觉的神话元素在《娑萨朗》中被雪漠以现代化思维自觉地表达着，借神话"集体创造"的记忆，触摸着汉民族集体无意识的心理真实。

受荣格集体无意识理论启发，弗莱将原型从心理学领域扩展到文学，认为神话作为核心性的传播力量，具有原型的意义，为文学提供结构原则。弗莱认为："在神话相中的象征是可交流的单位，我给他取个名字叫原型：它是一种典型的或重复出现的意象。我用原型指一种象征，它把一首诗同别的诗联系起来从而有助于统一和整合我们的文学经验。"[①] 神话原型的模式给予了文学以文化经验，《娑萨朗》以文化人类学的高度展示着前文明形态的神话原型，试图将至高真实的汉民族心理渗透进这部充满信仰力量的史诗作品。弗莱将原型分为三种意象群，分别为神启意象、魔怪意象和类比意象，皆能在《娑萨朗》中找到证明。"娑萨朗"这一重复出现的意象在该史诗中有三个不同的现实变体，指向弗莱所分类的三种意象群。首先是史诗中最后建立的娑萨朗净土，指向神启意象，为救赎众生的秘境圣地。这片由信仰打造的不死之处，展现的即为人们向往的心理现实，表达汉民族在实现民族复兴过程中"追求光明与永恒"的真实主观心理。其次是因沉迷享乐、过度开发而濒临毁灭的娑萨朗星球，指向魔怪意象，该星球被怀疑、诱惑等情绪笼罩，因此奶格玛与五力士才下凡拯救星球。如地狱般的娑萨朗星球，即为魔怪意象所展示的"人的愿望被彻底否定的世界"，无尽欲念与无知心理以原型的方式传递，挖掘着现代生活中汉民族的心理结构。最后是红尘中的娑萨朗城，指向类比意象，以天堂和地狱间的意象结构的形式显现。娑萨朗城人民心地善良、热爱和平，其大善大爱能感化欢喜国士兵，但

---

① ［加］弗莱：《批评的剖析》，陈惠、袁宪军、吴伟仁译，百花文艺出版社，2002年，第99页。

也易受欲念驱使，缺乏独立思考的能力。这一原型意象，取材于心理现实经验，却又趋于"高模仿"这种自然与理性的类比，对应着现代社会人们摇摆的真实心理境况。雪漠借助神话原型，在史诗文学的结构原则中窥见汉民族心理结构，从微观的共同文学模式跨越至宏观的共同文化经验。

能抓住历史风尘中的神话元素唤醒着民族记忆、展现着民族心理真实，出自雪漠现实关怀的写作精神。秉持着社会关怀，雪漠立足民族较为顽固的社会心理问题，将真实的民族心理移植入史诗文本，于历史性语境中达成对现代生存方式的发现与拯救。承袭着五四"一人对抗众人""看与被看"的模式，雪漠以现代性眼光再现着五四关怀，以大爱情怀明了生存之道。在《娑萨朗》中，奶格玛对娑萨朗星球民众、胜乐郎对欢喜国国民等，承接了"一人对抗众人"的五四模式。"一人"代表的是开化却不被理解，"众人"代表的是愚昧却无限狂欢，该模式恰为五四时期国民性在当代史诗写作中的承袭。史诗中盲目的百姓，对应的是民众至今都未能改变的麻木心理状态。鲁迅的"狂人"回归至非正常心理的"正常"状态，但《娑萨朗》中的"一人"人物却从未放弃，孜孜不倦地奔赴在教化民众的路上。最终，奶格玛、五力士等"狂人""超人"，唤醒了民众良知，带领众人进入光明之境。受自身欲望驱使纷纷离开的娑萨朗星球人，在星球灭绝之日自觉自发祈请，也得到了救度。雪漠用爱与光明感化着落后的国民性，重塑着民族灵魂，在怒其不争之后，并没有"哀其不幸"，而是以本初之善教化、救赎着民众。

鲁迅曾说："群众——尤其是中国的，——永远的戏剧的看客。"[①]看客们带有集体无意识的国民劣根性在《娑萨朗》中

---

① 鲁迅：《娜拉出走之后》，《鲁迅全集（第一卷）》，人民文学出版社，1982年，第163页。

被重新发现，"看"与"被看"的模式也被承继。密集郎曾拥有的"反战"信众，转眼就将他架上高台欢呼他"罪该万死"。奶格玛等人认为："百姓毕竟是百姓，他们盲目愚昧，他们贪生怕死，他们缺少正见。他们不过是一群看客。"① 汉民族积习的心理在奶格玛、密集郎、胜乐郎等人与百姓之间"看"与"被看"中展现，麻木愚昧的民族心理化作熟悉的生活场景，表现了非理性思维在民族心理中流传的顽固性。源于利众精神与现实关怀，雪漠在《娑萨朗》中对"看"与"被看"模式进行了更为双向的处理，为"被看"的对象赋予了"渴望被看"的愿望。在紧张的对立关系中，密集郎渴望被群众看见自身热爱和平的心理，欢喜郎渴望被国民看见自身矛盾纠斗的内心。尽管"不被看见"的密集郎等人也曾背叛初心甚至走火入魔，但最终大善战胜了贪欲，"被看"者的光明愿景，缓解了"看"与"被看"的麻木模式。正是在这种对人性光明永恒的追求下，"看"的民众得以教化，实现了看客与被看者的水乳交融。如此，缺少独立思考能力、通过侮辱他人得到满足感的民族劣根心理在"被看者"的坚持中瓦解。雪漠对"看"与"被看"模式的承继与创新，不仅真实地再现着汉民族较为顽劣的社会心理境况，更彰显着追求永恒光明的真实力量。

三、异于传统史诗线性叙事的在场叙述

史诗作为民间叙事诗的一种，叙事功能是史诗最主要的文学职责。我国的英雄史诗也以叙事为主，采用的是依时纵述的方式，按照人物的生命节奏与事件发生的时序，对民族早期英雄事迹进行宏大讲述。忠实于叙事功能，中国的英雄史诗多以

---

① 雪漠：《娑萨朗：空行人与空行石》，作家出版社，2024 年，第 222 页。

"时空"或"人物"为线索,展开串联性的叙事,从而实现故事完整的叙述表达。史诗在一定程度上离不开线性叙事的传统手法,方有追求因果和时间的连续性,才能在长篇叙事诗中表现人物行动与命运。《娑萨朗》以展现人物完整命运的史诗为载体,为追寻永恒的生存之道构建着宏阔的艺术空间,可见其追求永恒生命体验的努力。但传统的史诗叙事模式给读者带来的多为完整的结构与故事体验,却无法真正追求到纯粹而又深刻的"永恒"层面。

为使读者与人物一同追求永恒,雪漠在维持主题连贯性的基础上,用异于传统史诗线性叙事模式的手法,打破叙事的自然纵性时序,将不同空间的同存性纳入叙事结构。受限于时间的不可重复性,意大利作家卡尔维诺曾提出"空间的同存性"概念,以空间的繁复感创造叙事画面的厚重感[①]。《娑萨朗》的空间叙事即建立在共时的基础上,以不同空间之间的变换营造着空间的繁复感。《娑萨朗》奶格玛带领众人寻求永恒光明之途,空间被完全打乱融入共时的时间中。奶格玛出入莲花灯、出入五力士梦境,出入地球、天界、娑萨朗、圣境等相异空间,变得轻而易举。空间随人物行动趋向被打乱,而碎片的空间在共时存在的基础上,又为"追求永恒"提供了条件场域。如此,服务于主题的叙事功能已经盖过了按序列叙事的目的。在这个神话元素丰富的史诗作品中,异空间的变化屡见不鲜。一边是空行石被封印,幻化郎打算打入红尘利众,一边转眼又叙述胜乐郎在阴阳城一战而受到的遭遇;一边是密集郎踏入精灵世界,一边转眼叙述奶格玛证得虹身返回娑萨朗星球,后又将叙事视野投到密集郎与幻化郎的历险。没有必然因果与逻

---

① [意]卡尔维诺:《零时间》,《宇宙奇趣全集》,张密、杜颖、翟恒译,译林出版社,2012年,第201页。

辑的事件，在时间的线性流淌之中，增加了叙事的空间维度。虽然空间在变化，但是《娑萨朗》的叙事不停留于一个固定坐标点，打破着时间的幻觉、空间所带来的狭隘秩序规则。时间共时同存，却能在不同的空间变换中寻求永恒，凸显的即为在不定变换中追求永恒真实的生命体验。《娑萨朗》扎根汉民族在新时代社会语境下的现状，将被现代多种价值引导的社会空间，移植入历史性史诗文本中，使读者借助史诗新颖的叙事模式，达成对现代社会生存方式的反刍思索。在变化不定的繁杂社会空间中生存，只有如奶格玛及众人般意识到人生无常，达成无求无我的自我发现与觉醒，方能追求永恒。

现代叙事学认为："任何故事都必然至少有一个讲述者，无论这个讲述者是作为人物的叙述者，还是隐姓埋名的叙述者，否则故事就无法组织和表达。"[①] 只要是叙事的文学作品，"讲述者"的身份必定存在。自说唱文学起，史诗因多限于民间传说或历史功绩的题材，其"说故事"的特点便决定了叙述者的旁观姿态。《娑萨朗》中不乏有客观叙述的视角，全知视角拉远了叙述声音，使读者在长篇叙事中独立思索"追求永恒"的问题。但全知视角的叙述，在提升读者自觉思索能力的同时，也减少了读者与作者之间的双向互动。因此，随着人物行动与故事开展，史诗中视点也进行着转移。通过"全知视角—限知视角—全知视角"的循环，《娑萨朗》人物不间断跳跃至叙述者身份，拉近着史诗与读者之间的距离。除进一步达成与读者的心灵深交，雪漠自身也保持着身体与灵魂的同时在场，以"身"和"心"深入参与实现着与读者沟通的终极目标。

在《娑萨朗》中，这种在场性具体表现为雪漠作为作者出

---

① 胡亚敏：《叙事学》，华中师范大学出版社，2004年，第37页。

现在文本中："恍然之间我成了奶格玛，/我穿越历史穿越空间，/既体验着觉悟后的坦然，/也享受着洞悉世相的空明。//我还时常潜入五力士的梦境，/在那里植入一些信息，/为他们种下觉悟的种子。"①雪漠自然地以人物的身份展开着叙述，以身体作为物质载体的本质依附于奶格玛，自由穿梭五力士的梦境，带着情感判断与五力士的灵魂对话。"雪漠"以在场的方式与五力士共同成长，最终也得到教化。又如，在娑萨朗胜境遇见一个往生的女子，并以第一人称的叙述角度与其展开对话："她的思想和选择会成为/我创作的活水，供后来的人们引以为戒：/不应沉溺于欲望中消磨生命，/要争分夺秒升华自己，/以有益的营养达成灵魂的救赎，/而不是等到末日时才惊慌失措。"②在对该往生女子的采访中，雪漠以直观的生命体验，追求着灵魂的在场。历经娑萨朗追求永恒之旅，雪漠的灵魂也得到了净化，"大德"带给个体的处世经验以支撑力量。雪漠作为作者，身体与灵魂的双重在场加强着与读者的双向互动，读者跟随这个"可靠的叙述者"，体悟着生命永恒的真实之相与路径。至此，雪漠以告别传统史诗叙事模式的在场叙述，将个体的生命经验升华到群体乃至民族的生存哲学。

雪漠对人类生存意义的思索，已经不停留于再现西部生活诗意来诘问生存价值。史诗《娑萨朗》激发着汉民族文化真实与心理真实的活水，反哺给史诗以精神资源与文化养分。雪漠自称"这是一部不合时宜的作品"③，实际上他通过汉民族深埋的童年记忆，捡拾着人类对永恒追寻的梦想，以现代性眼光

---

① 雪漠：《娑萨朗：王子的血腥婚礼》，作家出版社，2024年，第313页。
② 雪漠：《娑萨朗：永恒的家园》，作家出版社，2024年，第447—448页。
③ 雪漠：《序：不合时宜的气象》，《娑萨朗》第一卷，作家出版社，2024年，第2页。

唱着历史文明的童谣。在不同于传统史诗线性叙事的在场叙述中，读者与其一同被信仰所教化治愈，明了在无常人生中的生存之道。从个体生命体验上升至汉民族童年记忆，借汉民族文化真实呼唤着人们生存之思觉醒。在弘扬文化自信、文化自觉的当下，这部作品恰恰合乎时宜：在对民族记忆的回望中构建着现代性的生存哲学命理，在自由意志的探索中回望着过去历史本体，追求着至高的永恒真实。

晏杰雄（1976—），文学博士，中南大学人文学院教授、博士生导师，中国现代文学馆特聘研究员，主要从事中国当代文学、文学人类学研究。

家园的救赎

—— 谈雪漠长篇史诗《娑萨朗》中"娑萨朗" 意象的构成形态和艺术表现

✦

王元忠

　　雪漠长篇史诗《娑萨朗》如其所言，是一本"大书"。"大书"之大，首先在于其体量。书总计八卷，分九十三乐章，二百五十三曲，且每卷五百页上下，总计四千页左右，一百多万字。作者在序言中说了："最关键的是，它还足够长篇，这意味着够我写好几部长篇的时间，却只够写这一部史诗。回想这部书的写作和打磨过程，仿佛是经过了漫长的远征。一百多万字，每修改一遍，八个月的时间便倏然而逝。"其次更在于其构成。一部史诗，天上人间，神魔之间，善恶两端，现实神话，过去未来，……人物多，头绪纷繁，线索复杂，意蕴丰富，表现方式多种多样，从某种程度讲，是可以谓之为"工程"或"百科全书"式的写作的。

　　"娑萨朗"意象的构造，即其复杂表现之一端。从书名到主题象征，文本中"娑萨朗"作为一个核心的构成意象，包孕了多样的形态和意蕴，缘此，以其为分析对象，审视其具体的存在形态和艺术表现，自然是可以有效深入文本的内在肌理，从而对文本进行深度感知和解读的。

一、"娑萨朗"意象的构成形态

作为词语的"娑萨朗",首先是《娑萨朗》这部书的书名,其次还是书之表达主题的关键提示词。书之各卷目录前的空白页上,都醒目标示有一句作者题词:"娑萨朗,娑萨朗,我生命的娑萨朗"。"娑萨朗"不是汉语,也非借助汉外词典可查的外语,所以,题词中虽然以"我生命的"一词限制而仿佛具体,但是单凭"娑萨朗"三个字,读者还是不能具体确知其所指。好在,在书之第一卷的《序曲》部分,作者设置了一个具体的说明,他说宇宙中有极多的未知领域,这些领域佛教谓其为"秘境"。"娑萨朗"为北俱芦洲——北俱芦(Uttarakuru),音译为郁单越、郁怛罗、郁多罗鸠留、嗢怛罗矩噜等,为佛教传说中四大部洲(另包括东胜神洲、西牛货洲和南赡部洲)——秘境之一,其中住着"无想亦无忧"的天人(包括故事主人公奶格玛和五力士)。据此,"娑萨朗"意象的基本形态,应为"天国"或天人们的"家园"。

这一形态的"娑萨朗",作为天人们生活的家园,从小说故事的构成来看,其既引领了故事的发生:旷日持久,能量的消耗让天国也不禁日渐式微,不老女神也渐渐衰老。如何阻逆这必然的式微,重振天人们的家园,由是便促使了叙事的开始;其也规约了文本叙事主题的建构:奶格玛引领和超度,让五勇士从地球寻找智慧,通过自身成为和融汇,"找到永恒/拯救娑萨朗人和他们的家园"。

娑萨朗人的家园,天人们的国度,茫茫宇宙中远离蓝色地球的另一个星球或空间,在"娑萨朗"意象的形态构成层面,这一形态的"娑萨朗",其所指极为具体,具有非常突出的实体特点。

实体的"娑萨朗",书中还有一种存在。书之第六卷第六十二乐章第一百六十曲《红尘中的"净土"》一节中，写到幻化郎率领信众，救治因欢喜国与威德国战争而受伤的兵士及收留四面八方不断拥来的难民，有感于其所寄身的赤乌国已然不堪的承载，所以他决定在城外重新选址，建立一个难民们可以远离战争、自给自足生活的"世外桃源"。书中的原话是这样的："他将那些追随者称作信众，/给那片洼地起名叫娑萨朗。/这名字源于神话传说，/但也是他心中梦想。/他记不清这念想源于何处，/只知道它一直在心底闪亮。/他要建立一片人间的净土，/给黑暗的世界点亮一盏灯光。"按其中话语所示，欢喜国和威德国之间这片新建立的国土，其命名源自幻化郎无意识的记忆，书中人不明白，但读者却都清楚，其事实上就是他所来的"娑萨朗"秘境的人间复现，也可以称之为天人国"娑萨朗"的镜像或倒影，是其前世所生活的天上的"娑萨朗"版本复制。

无论是天上的"娑萨朗"还是人间的"娑萨朗"，其基本形态构成，都不脱具体和实体的属性，所以，遥远的天人国也罢，现实的一块净土也罢，"娑萨朗"意象的真实所指，也便都和人的居所相关，一个是天人们的国土，一个是凡人们的净土，是实体的空间或处所。

但是，无论是天上的"娑萨朗"，还是人间的"娑萨朗"，当文本对这两种不同的"娑萨朗"进行描述之时，其在具体和实体的形态之外，不断或频繁将"娑萨朗"和家园、永恒、光明、净土、理想等词语加以连接之时，读者也便能够清楚，在对"娑萨朗"意象的现实、实体和形而下形态进行表现之时，作者雪漠事实上也在不断提醒人们，在此实体形态之上，"娑萨朗"意象还有其更为重要的理想的、虚体的和形而上的形态，也即其作为文学形象的意义形态，如光明、幸福、永恒等的象征或隐喻形态。

于此一层面，象征或隐喻的"娑萨朗"意象，更接近于黑格尔所言的文本的"深层意蕴"，它将读者对于现实实体之"娑萨朗"的描绘欣赏，自然导引向更为深层的文本意蕴解读，从而将较为单纯和表层的审美欣赏深入至逐渐复杂和深层的价值建构。

以天上的"娑萨朗"为例。从其现实、实体一面而言，雪漠对于天上之"娑萨朗"意象的表现，更多集中于人们对于家园行将崩溃或毁灭的担忧和恐惧。其笔下所见，是不老女神愈来愈多的白发和皱纹，是昔日金碧辉煌的宫殿的日渐颓败，是天人居所和活动场所的不断荒芜，是神性中愈来愈明显的人的凡俗内容的增多，等等。透过其描写，读者可以明白，天上的"娑萨朗"，其实也不过是别一的人间存在，并未显见特异或非凡的特征。然而于此现实、实体的基本，进一步将它和不老女神、奶格玛、五勇士相连，特别是考虑到其终了经过超度和提升之后的空间转移，读者也便清楚，其实天人们的"娑萨朗"，并非衣食无忧、生死不惧的现实实指，它事实上不过是一种象征或隐喻，代表人们通过信仰的引导和自身心灵的修为而欲臻至的精神家园或意义之所。

人间的"娑萨朗"也不例外。欢喜国和威德国不断交战，造就了大量的伤兵和难民，不忍伤病和难民们的哀痛及流离失所，幻化郎率领其愈来愈多的信众，救死扶伤，安置难民。先是寄身于中立国"赤乌国"之内，但伤兵和难民愈来愈多，赤乌国逐渐不堪重负，幻化郎遂决定别辟新土，筹立新居，且名其曰"娑萨朗"。根据文中语境，幻化郎率领信众所建的人间"娑萨朗"，其基础于赤乌国城外山间一片巨大洼地，居民多为信众、伤兵和难民，有现实的具体所指。但于此具体之上，因为对于战争和统治者暴虐的躲避动机，所以一如作者所言的"净土"，其在形态上与《诗经·硕鼠》中的"乐土"和陶渊明《桃花源记》中的"桃花源"相类似，更多理想生活形态之意味。

综合观审，《娑萨朗》一书中的"娑萨朗"意象，虽然其有着非常现实的实体形态，可以指向具体的生活内容，但是，超越这种实体，人们还可以看到其附着或者可以拓展生成的虚体或象征特征，发现其所具有的精神和文化的意义。家园，意义，理想等，从其虚体的形而上形态去看，"娑萨朗"意象也便更多象征或隐喻的意味，一如神话中的"伊甸园"或文化中的"精神原乡"，具有了更为深层的存在形态和更为复杂的表现意涵。

二、"娑萨朗"意象的艺术表现

照应"娑萨朗"意象形态构成的复杂特性，在对其进行艺术表现之时，于方法和技巧层面，《娑萨朗》一书的写作也显示出了一部大书应该具有的多元和多样。

其一，象征或隐喻的设置。作品中的"娑萨朗"，有其具体和实体的所指。它首先说的是不同于地球的另一个星球，是天人们的国度；其次它还是对现实中一个中立国的指称，说的是文本中由幻化郎率领其信众建立的一方处于欢喜国和威德国战火之间的"净土"。但除此而外，它还超越具体和实体的存在，通过不断地泛化和抽象，成为人类家园及作者个人通过艰苦修养所欲臻至的意义处所的象征或隐喻。

"而《娑萨朗》所做的，就是写出这个接纳与不接纳并存，光明与黑暗并存，变化与永恒并存的世界，并让你看到这一切的矛盾和纠结背后的光明——永恒的光明"（《代跋：变化与光明》），或者"写《娑萨朗》之前，没有'娑萨朗'，我只有让自己成长，到最后，我成了它的时候，就让它从心里流出来，所以，我不是在创造它，而是我成为它"（《序：不合时宜的气象》）。作者的话说得很清楚，"永恒的光明"的呈现，或者"自我的成为"，出离具体的实指，"娑萨朗"其实在充分的主观化和意义化之中，附着或者内蕴了更多精神或认知的成分，更为接近于艺术的象征或者隐喻。也许只有在这个意义上，读者才能充分领略雪漠在书之《序》中所言的"这部史诗的故事，是整合人类的故事，也是我的故事"的话的真实所指。

其二，张力的建构。象征或隐喻更多表现于"娑萨朗"意象的整体设计，而落实整体的设计，"娑萨朗"意象的形成，在实际的文本中也便更多实现于各种不同张力关系的建构。

《娑萨朗》文本中的张力关系建构，首先表现于其史诗叙事的整体。《娑萨朗》之书的叙事构成，原本就是一个张力的故事：一个因沉溺享受和过度开发的星球，面临行将毁灭的态势。为了救赎其不断衰落且行将崩溃的命运，五力士投身遥远的地球，于世俗红尘之中通过欲望和升华、迷失与觉醒间的艰难的挣扎，最终在奶格玛的引领和超度之下，承受住情欲、名利、生死、正邪等种种考验，修成和融汇慧力，求得光明和永恒，从而开辟出生存的更高"净界"。毁灭和救赎，迷失和升华，当核心故事具体展开之时，天上和人间，神性和人性甚或神性和魔性，理性和感性，意识和无意识，习惯和自性，传统和当下，群体和个体，向心和离心，散失和追寻，等等，一部《娑萨朗》，内中也便遍布了构成丰富的张力关系，不同人物的对立和统一成为了故事构成的基本形态。

其次还表现于史诗叙事的细部，特别是书中人物关系的具体设置。有作为故事基本"行动元"的奶格玛和五力士及其寂天仙翁、造化仙人等各种慈心善行，就有作为反对和阻碍者的巫师、魔王和阿修罗、夜叉及各种投机者、阴谋家等的倒行逆施，他们之间紧张的争斗和较量，构建了文本叙事的基本情节框架；五力士及其身旁的各种追随者，作为救赎的"角色"，当其不断表现出身上所具有的正义、良知、觉悟、明亮和神功之时，他们也同时常常沉沦于邪恶、欲望、迷失、黑暗和凡俗之中，每一个角色（包括作为恶的代表的巫师）都非单纯的"扁形人物"个体，其性格和命运中多样甚至矛盾冲突成分的构成及其反复不断的变化性，都通过其鲜活的方式，形象表明了救赎"娑萨朗"的艰难和不易。

人物关系张力的设置，有三个角色的表现特别值得给予关注。其一是欢喜郎。欢喜郎本是一个主张和平的善良青年，他的生活理想很简单，就是和自己心爱的姑娘在一起过平平淡淡的日子。但不幸，他却偏偏生于一个权力之家，他的父亲是一位尚武的国王。父亲对他的强力期待和他天性的懦弱相冲突，一场浪漫的婚礼演变成血腥的悲剧，他由此被扭曲，蜕变为嗜杀的狂魔，救赎之路因此显现得异常艰辛。其二为华曼公主。她本来是一个单纯善良的女性，忠贞高贵一如女神，但命运多舛，生活将她从公主的宝座拉拽于世俗的风尘，被迫成为一个人尽可夫的妓女。情和欲、纯洁和污秽、高贵和低贱，她的救赎，因为反差极大的张力营造，她的故事发展也便有了格外饱满的戏剧特点。其三是巫师。在史诗中，巫师基本是被当作一个恶的存在而处置的，他存在的主要功能，就是丧心病狂地和力士们作对，阻扰"娑萨朗"救赎的实现。但就是这样的一个恶魔，作者在具体的叙事中却并未将其进行简单的处置，相反，在神力和恶魔动机的可通之处，通过对于他成魔过程的同情理解，甚至他灵光一现地对于自己作恶行为的自觉或反省，揭示出一个反派人物身上人性存在的复杂性和变化性，予人以真实多样的审美接受况味。

以"表现论"的意见，文学究其本质而言都不过是作家的一种自我表现。"娑萨朗"是一种想象，是一种文学的具体虚构，但更是作家雪漠自我的一种表现。言及《娑萨朗》意象的复杂张力的构成，雪漠一方面承认《娑萨朗》中"充满了灵魂的纠斗：灵与肉的纠斗，生存和命运的纠斗，自我与他人的纠斗……这类无量无尽的纠斗，同样充满了人类的天空"；一方面更为诚实地指出，这种复杂的张力，深层地来源于其自身，且是他个体成长的必需。他说："我的人生中，也充满了纠斗，充满了跟自己的战争——我天生是一个作家，有着各种欲望和纠结，但我又想超越一切，于是就免不了纠斗。我的生命，就是在这种纠结中成长的。直到有一天，'哗'的一声，我的世界一片光明。"(《序》)据此，在文本与作者之间的"镜像"关系审视之中，读者可以认为，"娑萨朗"就是雪漠，"娑萨朗"意象的复杂张力关系生成，其实也就是雪漠复杂人生的文学呈现。

其三，互文性的促成。"互文性"也作"文本间性"，是法国后结构主义理论家茱莉娅·克里斯蒂娃在1969年出版的《符号学》一书中首先提出的。其理论的核心，意在强调任何一个单独的文本都是不自足的，其意义是在与其他文本交互参照、交互指涉的过程中产生并形成的，缘此，任何文本其实都可以被看作一种互文，在一个文本中，不同程度地以各种能够辨认的形式存在着其他的文本。以此理论观照，"娑萨朗"意象的形成，虽然整体而言，更多是作者主体创造的一个艺术形象，但是深入分析意象所形成的经验成分，从中也可以看出其形象背后内存的多样的文本参照，亦即鲜明的互文性。

"娑萨朗"意象的形成，其明确可见的参照，首先是中国神话中的"女娲补天"和"夸父逐日"等形象原型。奶格玛的虹身幻化以及希冀通过对于五力士的引领超度以期重振"娑萨朗"的行为，分明是女娲炼五彩石补天而救苍生于水火的模式；而胜乐郎、幻化郎等信仰之士，不计生死而执着追求，全心全力救助和度化信众的行为，又分明是夸父不懈逐日，即使渴死，也不忘分身以造福人间的影子。此外的参照当然还有，比如"精卫填海"，比如"刑天干戚"，等等，一个"娑萨朗"，一部《娑萨朗》，其中交织了众多神人、魔幻的内容，展读之际，不时让人仿佛游心于中国古代神话的长廊，又宛若置身在《山海经》奇幻不已的故事之中。

其次是外国神话和宗教故事的参照。希腊神话中的英雄流落和海妖诱惑，《圣经》中的上帝创造世界和"光"的预言，佛教本相中释迦佛的普度众生、以身饲虎和地藏王菩萨的"我不入地狱，谁入地狱"等，读《娑萨朗》，史诗故事，奶格玛及其天人形象，特别是"娑萨朗"意象的建构，慧心的读者都能从中看到诸多异域文本和文学形象的元素和成分，分明是作家艺术创造的外来经验滋养。

还有就是中国古典小说的借鉴。其中最为突出的文本参照，一个是《西游记》，一个是《三国演义》。胜乐郎和欢喜郎率领武甲武乙武丙武丁等降灭巫师、修行自我的叙事，几乎就是唐僧率领三弟子和白龙马西天取经故事的翻版，其中四武士相互的差异和角色们"情节元"多功能的显示，也像极了唐僧众弟子的具体表现；而欢喜国和威德国之间的较量，各种谋略的运用，如蓄水以淹敌军和火烧连营等，也极多效法于《三国演义》中的作战做法。

最后就是将古老的神话和现代的科幻写作相结合，充分借用现代天文、地理、动漫特别是电脑技术，以科学化手段阐释神魔故事，探讨人的心灵以及时间、空间存在的可能，从而在对文学虚构的科学化描述之中，将文学规律和科学逻辑进行对接，让"娑萨朗"世界及《娑萨朗》文本由此显现出亦真亦幻、神奇而又现代的艺术魅力。典型事例如幻化郎对于巫师焚身之后的追踪，其中即充分利用了电脑运用的许多词语和做法，如定位搜索、防火墙、更新版本、下载新软件，等等，将神魔的大战演化为黑客攻击和机主防护的博弈，文学写作和科学应用结合，显见现代科幻写作对于作家写作的突出影响。

以中国古典叙事作品及宗教特别是佛经故事为主，但又绝对不局限于此二端，相反却博取杂食、转益多师，融汇种种的阅读所得，立足于自我主体，在经验的打碎与重构过程之中，创造出视野宏阔而又面貌多样的跨文体叙事文本《娑萨朗》。总结其创作的经验，雪漠夫子自道曰："我时时在打碎过去的自己，时时在创造一个新的自己。体现在雪漠作品里的，总是新的雪漠。我跟我的作品一起成长。就是说，我总在成长，我必须成长，我必须打碎自己，所以我的作品必然变化。这部《娑萨朗》，就是我打碎自己后的产物。"他的话说得很清楚，不断吸收同时又不断打碎重组，他的写作到《娑萨朗》的出现，就自然"构成了作品异乎寻常的复杂和博大"。

从《大漠祭》到《西夏咒》，从《野狐岭》到《凉州词》，从《空空之外》到《老子的心事》，从《爱不落下》到《娑萨朗》，雪漠写作一路的不断变化，其中所体现的，既是他对于写作本身所进行的不断探索，更是其生命态度和生命理念的不断修为和提升。他讲："当我发现我在某方面非常成熟时，我就一定要打碎它。当我发现待在凉州就能很好生活时，我就离开它，走向一个新的地方。当我发现岭南很好，可以滋润地生活时，我就一定要走向一个新的陌生。当沂山书院已经建好，我又会选择到更远的地方去。所以，我一直在走，一直在打碎自己，让生命有一种新的可能。"这样的不断打碎或寻求新的可能，不仅营造了他写作的"大气"，愈是到晚近，愈是表现出某种吞吐可能、融汇所有的复杂；而且也使他的写作，即如《娑萨朗》这般的长卷写作，更多成为他生命或精神的表征，

"写一种情怀，写一种气象"，呈现他的境界，同时也通向他念兹在兹的东方智慧的体悟和汇通。

因此，书本中"娑萨朗"意象的建构，既标示了雪漠心灵世界的丰富和复杂，更说明了他精神修为的艰辛。"娑萨朗"即雪漠，雪漠即"娑萨朗"，只有于此对象和主体互动与间性的体认之中，人始能深入到《娑萨朗》和雪漠自身精神的动人之处。

王元忠（1964—），文学博士，天水师范学院文史学院教授。天水师范学院学报编辑部主任、执行主编。主要从事文学理论和中国现当代文学的教学和研究。